KB032817

음악의 신

음악의 신 9

이창연 장편소설

초판 1쇄 찍은 날 | 2017년 7월 26일
초판 1쇄 펴낸 날 | 2017년 8월 2일

지은이 | 이창연
펴낸이 | 예경원

기획 | 위시북스
편집책임 | 박우진
편집 | 이즈플러스

펴낸곳 | 예원북스
등록번호 | 제396-2012-000132호
등록일자 | 2012. 7. 25
KFN | 제1-122호

주소 | 경기도 고양시 일산동구 호수로 646-24 위너스21 II 빌딩 206A호 (우)10401
전화 | 031-819-9431 팩스 | 031-817-9432
E-mail | yewonbooks@naver.com

ISBN 979-11-6098-320-3 04810
      979-11-5845-408-1 (set)

음악의 신

이창연 장편소설

WISHBOOKS MODERN FANTASY STORY

9

Wish Books

CONTENTS

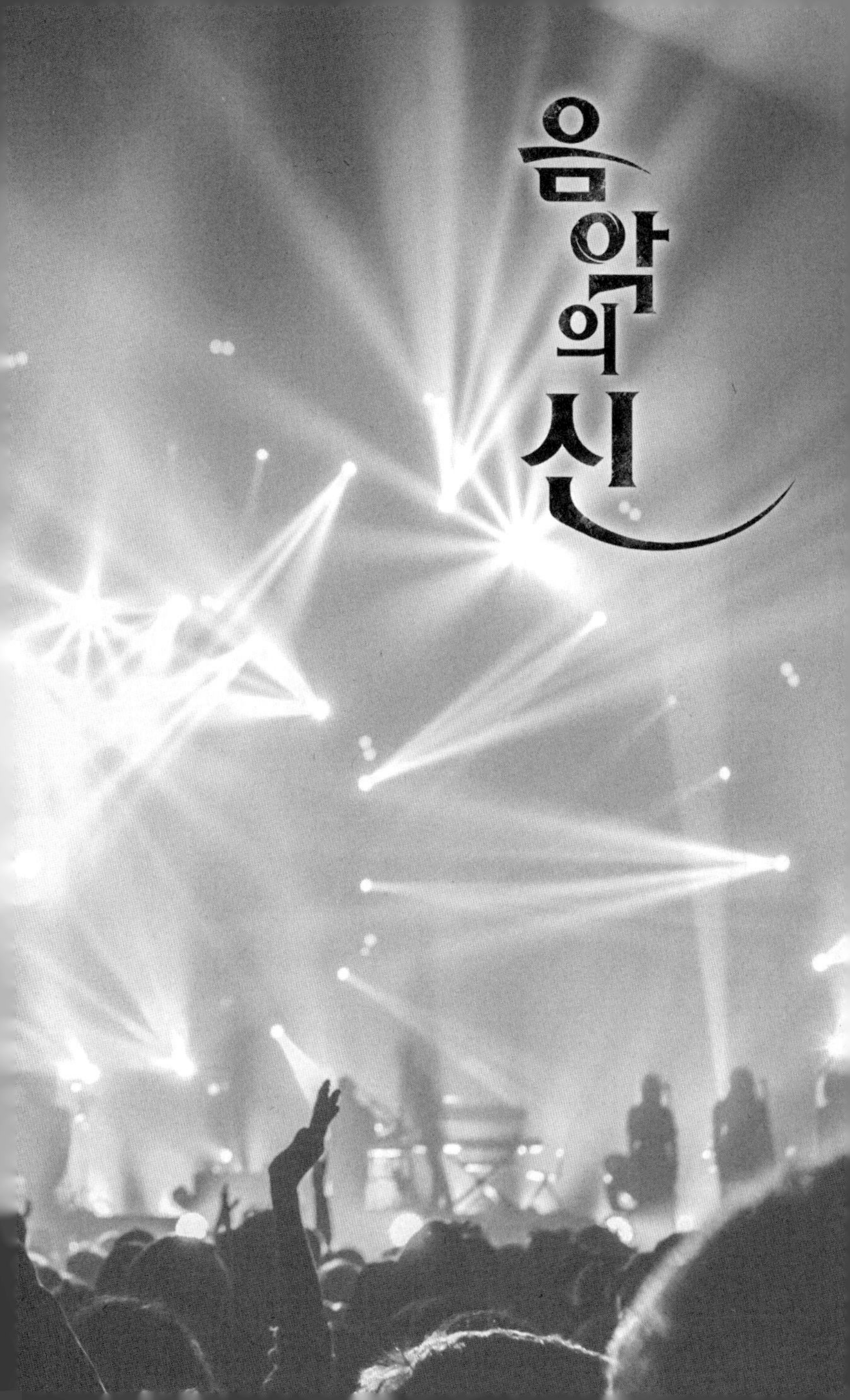
음악의 신

1화
검은 노래는 사람을 안 가려

"이거, 형이 듣기엔 별로야?"

평소라면 자신감에 가득 차 있어야 할 이준열이었지만, 오늘의 그는 자신감이 없었다.

한참을 고심하던 강윤은 냉정하게 말했다.

"만약에 나한테 이 곡으로 앨범을 내라고 한다면, 한 번 더 생각해 보자고 말할 것 같아. 편곡까지 마치고 끝까지 들어봐야 알겠지만, 지금으로 봐선…… 이 곡을 어디서부터 손을 대야 할지 감이 잡히지 않네."

회색빛의 영향을 넘어선 검은빛의 찐득함.

이 곡을 다시 들어보라고 한다면 강윤은 절대로 사양할 생각이었다.

그의 솔직한 의견을 듣자 이준열은 진한 한숨을 쉬며 힘겹게 말했다.

"하아…… 그래도 박태성 작곡가님한테 받은 곡인데…… 별로라니. 그분 요새 감이 많이 떨어졌나? 어쩐지 돈을 적게 부르더라니. 승철이 이 바보 같은 자식. 유명세에 비해 노래 값을 싸게 불렀다면 의심부터 하고 왔어야지……."

이준열은 사고를 친 원인, 유승철 담당 매니저를 탓하며 얼굴을 가볍게 일그러뜨렸다.

강윤도 의아한 생각이 들었다. 박태성이라면 발라드 작곡의 대부라 인정받는 명망 있는 작곡가였다. 한려예술대학에서 작곡과 교수직까지 맡고 있는 그런 사람이 이런 곡을 주다니…….

'이 곡은 단순히 준열이에게만 안 맞는 노래라고 할 수도 없어. 그냥 누구에게도 안 맞는 노래지. 그런데 이런 노래를 대체 왜 준 거지? 착오가 있었나?'

강윤이 이런저런 생각에 잠겨 있을 때, 이준열은 인상을 쓰며 자리에서 일어났다.

"아무래도 안 되겠어. 이걸로는 못 하겠다하고 곡 다시 받아와야지. 형, 미안. 나 잠깐만 나갔다 올게."

"다녀 와."

성질 급한 남자답게 이준열은 조금도 견디지 못했다. 그는 바로 핸드폰을 꺼내 들고 자리를 떠났다.

창밖에서 거친 모습으로 통화하는 이준영를 보며 강윤은 조금 전 들었던 노래를 다시 떠올렸다.

'사람들을 끌어들여야 하는 초반부부터 노래를 듣고 싶게 만드는 매력이 없는 것 같아. 코드가 지나치게 복잡한 것 같군. 차라리 심플한 게 더 나을 것 같은데. 작곡가가 생각이 많았던 게 아닐까?'

강윤은 이런저런 생각을 하며 곡에 대해 생각에 잠겨 있었다.

잠시 후, 이준열이 씩씩대며 테이블에 앉았다.

"아, 진짜. 이 사람 정말 미치게 하네."

"왜 그래?"

강윤의 물음에 이준열은 잔뜩 상기된 얼굴로 노기를 토해 냈다.

"형. 이 사람 정말 말도 안 되는 소리를 해대고 있어. 곡이 전체적으로 느낌이 별로라 다른 곡을 달라고 했더니 대체 어느 부분이 마음에 안 드냐며 적반하장으로 나오네? 작곡가라면 당연히 가수가 원하는 대로 해줘야 하는 거 아냐? 또 나더러 직접 자기 사무실로 오라네? 자기가 선배면 다야?!"

그는 화가 많이 났는지 어깨를 거칠게 들썩였다. 강윤은 이준열에게 숨을 고르게 했다. 이준열은 강윤의 말에 따라 심호흡을 하며 숨을 골랐다. 그러자 천천히 그의 노기가 가라앉았다.

강윤은 타오르던 분위기가 가라앉자 부드러운 어조로 말했다.

"회사로 찾아오라고 했다고?"

"그렇다니까. 진짜. 이 사람이 미쳐가지곤……."

"화가 난 이유가 직접 찾아오라고 해서 그런 거야?"

"그럼 내가 왜 화를 내겠어? 이 나를 직접 오라고…… 아! 아하(아파)!"

그가 화를 내는 얼토당토않은 이유를 듣고 강윤은 기가 막혀 한 손으로 양 볼을 세게 눌러 버렸다. 이준열이 뭐하는 거냐며 거세게 항의했지만 강윤은 가볍게 표정을 일그러뜨리곤 말을 이어갔다.

"화를 내야 할 부분이 틀렸잖아. 그 사람이 찾아오라고 해서 화를 낼 게 아니라 곡을 안 바꿔준다는 데서 화를 내야지."

"아, 그렇지."

이준열은 그제야 뭔가가 생각났는지 손바닥을 쳤다. 그 모습에 강윤은 헛웃음을 냈다.

"하여간. 전화를 한 이유가 새 노래를 받기 위함이잖아. 직접 가든, 오라고 하든 본 목적을 중요하게 생각하라고."

"쳇. 알았어, 알았다고."

이준열은 투덜댔지만, 연신 피식피식 웃어댔다. 그는 자신에겐 없지만 강윤에게는 있는 이런 모습을 참 좋아했다.

"자, 그럼 내일 만나기로 하고. 한잔 더 할까?"

이준열이 잔을 내밀자 강윤도 그의 잔에 자신의 잔을 부딪쳐갔다.

"할머니. 나, 갔다 올게."

"잘 다녀와."

학교를 가기 위해 김지민은 대문을 나섰다. 그녀의 할머니 정길례 여사는 현관까지 그녀를 마중 나왔다.

더운 여름, 뜨거운 햇살이 혹여 할머니에게 좋지 않을까 김지민은 걱정이 되었다.

"나오지 말라니까."

"괜찮아. 할매가 얼마나 건강한데. 다녀온나."

김지민을 보내고는 정길례 여사는 집안으로 들어가 출근 준비를 서둘렀다. 손녀가 작은 집도 마련하고 생활비를 훨씬 넘어서는 돈도 벌어오기 시작했지만, 그녀는 여전히 일을 하고 있었다.

버스를 타고 멀지 않은 그녀의 일터, 월드엔터테인먼트로 향했다.

"안녕하세요?"

"안녕하세요, 이사님."

출근하니 먼저 회사에 나온 이현지가 정길례 여사를 반겨 주었다.

"지민이는 학교 갔나요?"

"네. 이사님은 오늘도 예뻐요. 데이트라도 가시나요?"

"감사합니다, 여사님. 데이트라니요. 저 혼자잖아요."

혼자라는 말에 정길례 여사는 살짝 슬픈 표정을 짓고는 그녀의 자리에서 쓰레기통을 비웠다. 이어 강윤의 자리와 정혜진의 자리에서도 쓰레기통을 비우고는 바닥을 쓸고, 책상을 정리해 나갔다. 그녀의 손길이 닿은 자리는 눈이 부실 만큼 깨끗해졌다.

이어 출근한 정혜진도 정길례 여사와 마주쳤다.

"어머? 어머님, 안녕하세요?"

"안녕하세요?"

정혜진은 가방에서 드링크를 꺼내 정길례 여사에게 건넸다. 아침마다 깔끔해진 자신의 자리에 감사하는 의미이기도 했다.

아침시간, 강윤이 출근하기 전 찾아오는 세 여인의 수다 시간은 그녀들만 아는 즐거움이 있었다.

"……그래서 사장님이…….."

가장 많이 오가는 이야기는 강윤에 대한 뒷담화였다.

강윤이 워낙 사람들을 잘 대해주기에 나쁜 이야기는 거의 없었다. 그러나 이현지는 강윤이 일을 너무 많이 준다며 얼굴을 찡그리는 일이 많았다.

'그 일이 나한테 오잖아요.'

정혜진은 크게 공감하지 못했다. 강윤의 일이 토스가 되어 자기에게 오는 일이 많기 때문이었다.

결국 위로와 화합은 정길례 여사의 몫이었다. 결국 그녀로 인해 모두가 하나가 되며 수다는 절정으로 향했다.

"좋은 아침입니다."

그리고 강윤이 출근하며 그녀들의 토크도 끝이 났다. 그와 함께 본격적인 업무가 시작되었다.

정길례 여사는 이어 연습실을 비롯해 회사 전체를 청소하며 하루를 보냈다. 작은 건물이었지만 청소를 하는 사람이 그녀밖에 없었기에 꽤 오랜 시간이 걸렸다.

건물 청소를 끝내자 그녀는 사무실에 들러 모두에게 인사를 했다.

"수고하셨습니다."

사무실 사람들의 배웅을 받으며 그녀는 집으로 향했다.

시장에서 저녁거리를 사들고 집으로 오는데, 웬 정장을 입은 키 큰 남자가 그녀에게 다가왔다.

"가수 은하 양 가족 분 되십니까?"

"무슨 일이신가요?"

연예인의 가족이기에 정길례 여사는 함부로 긍정도 부정도 하지 않고 상대를 경계했다. 그러자 정장의 남자는 수상한 사람이 아니라는 제스처를 보이며 서류 하나를 내밀었다.

"전 VVIP엔터테인먼트의 연대수 실장이라 합니다. 은하양의 가능성을 보고 더 높은 곳으로 함께 가고 싶어서 이렇게 불쑥 찾아왔습니다. 저흰 배우 재영, 가수 혜림 등 다수의 연예인을 키워냈고 함께하고 있는 기획사입니다. 일단 서류를 보시고 마음에……."

"일 없을 것 같네요. 그럼."

정길례 여사는 서류도 받지 않고 그대로 연대수 실장이라는 남자를 지나쳐 버렸다. 그가 뒤에서 몇 번이나 더 불렀지만 그녀는 모든 말들을 다 흘려버렸다.

"월드라는 기획사가 애를 잘 키웠나 보네. 하지만 결국 오게 될 거야."

정길례 여사가 들어간 대문을 보며, 그는 자신감으로 버무려진 찐득한 미소를 지었다.

강윤은 박소영과 함께 스튜디오에 있었다. 그는 기존에 있던 김재훈의 노래로 박소영과 편곡 연습을 하는 중이었다.

"스트링 섹션 3을 좀 더 올리는 게 낫지 않을까? 4는 줄이고?"

강윤의 말은 발라드 연주에서 주로 사용하는 스트링에 맞게 세팅을 하라는 의미였다. 그러나 박소영은 생각해 둔 게 있는지 조곤조곤 말했다.

"스트링 소리를 뒤에서 들려오는 듯한 효과를 내보는 게 어떨까요. 다른 시도를 해보는 것도 괜찮지 않을까요?"

"4번을 키우고 3번을 줄이겠다는 말이지? 일단 네 생각대로 한번 해보고 이야기할까?"

강윤은 웃으며 박소영의 뜻대로 하게 해주었다. 그녀는 자신의 생각대로 컴퓨터를 조작해 볼륨 모양의 3번 섹션을 줄이고 4번 섹션을 키웠다. 그리고 마지막에 김재훈의 목소리와 합성해 음원을 재생했다.

그런데 김재훈의 목소리와 스트링 소리가 붕 떠버리는 결과가 나와 버렸다.

"이거 왜 이러지……."

박소영은 야심차게 준비한 계획이 실패하자 어깨를 추욱 늘어뜨렸다. 그러자 강윤이 웃으며 그녀를 다시 북돋아주었다.

"이번에는 내가 말한 대로 한번 해볼까?"

그녀는 강윤이 이야기한 대로 3번 섹션을 올리고 4번 섹션은 줄였다. 그리고 적당한 볼륨이 되자 김재훈의 목소리와 합성한 후 재생시켰다. 그러자 조금 전과는 달리 스트링 소리가 김재훈의 목소리와 제대로 융합해 아름다운 음악을 만들어냈다. 이미 만들어진 원곡과도 많이 다른 느낌이었다.

박소영이 놀라는 모습을 보며 강윤은 부드러운 표정으로 말했다.

"감이 조금은 잡히니?"

"아, 어렵네요. 고집부리는 건 안 좋다는 것만 배우는 것 같아요."

"이런이런. 하지만 컨츄어나 릴리즈 양은 잘 조절한 것 같아. 여긴 더 손댈 부분이 없었어. 스트링 설정도 좋았고. 한두 개 빼먹었다고 그렇게 의기소침해지지 않았으면 좋겠어."

"……네. 그렇게 말씀해 주셔서 감사합니다."

수업이 끝나고, 박소영은 일어나 강윤에게 고개를 숙이며 감사를 표했다. 편곡의 중요성이 높아지는 지금, 이런 편곡의 실전을 배우는 건 쉬운 일이 아니었다.

박소영은 집에서 더 연구를 해보겠다며 파일과 악보를 들고 스튜디오를 나섰다.

'작업이나 할까.'

최근 하얀달빛에 에디오스까지, 정신없이 달려오느라 편곡 등의 작업에는 그리 신경을 쓰지 못했다. 감이 사라지진 않았는지, 걱정되는 마음에 강윤은 연습 삼아 희윤이 준 곡을 편곡하며 시간을 보내기로 마음먹었다.

그러나 그에게 주어진 시간은 얼마 되지 않았다. 박소영이 나간 지 얼마 되지 않아 스튜디오에 손님이 찾아왔다. 김지민이었다.

"오늘 쉬는 날 아니었어?"

"그냥 연습하려고 왔어요. 계속 바빠서 연습도 못 했잖아요."

김지민은 자신의 지정석이라 할 수 있는 소파로 가서 자리를 잡았다. 그녀는 메고 온 기타를 꺼내 들고는 크로메틱 스케일을 하며 손가락을 풀었다. 이제 크로메틱 스케일이야 안 보고도 가능했다.

그녀는 강윤 쪽으로 시선을 돌리며 말했다.

"선생님."

"왜 그러니?"

"저 그제 진짜 이상한 사람 만났어요."

"이상한 사람?"

"제가 얼마 전에 할머니랑 쇼핑을 다녀오는 길이었어요.

그런데…….”

김지민은 할머니와 쇼핑을 다녀오던 중, 뮤지엔터테인먼트에서 나온 사람을 만나 명함과 서류를 받았다는 이야기를 했다.

강윤은 당혹스러운 표정으로 말했다.

“그래서? 어떻게 했니?”

“그 사람 가고 서류랑 명함 다 갖다 버려 버렸어요. 제가 그런 걸 왜 갖고 있겠어요.”

그녀의 말을 들은 강윤은 피식 웃었다.

‘당차네.’

보통은 비상용으로 명함을 가지고 있거나, 조건을 들어보거나 등의 행동을 했을 것이다. 설사 그렇지 않더라도 사장인 강윤에게는 말하기 매우 껄끄러웠을 것이다. 그러나 김지민은 사실 그대로 이야기했다. 강윤은 그런 면이 대견스러웠다.

“신인이 스타가 되면 여기저기서 자신들과 계약을 하자고 달려들지. 처음 전속계약을 한 소속사에는 위약금을 물어주면 그만이니까. 보통 거대 기획사들은 계약 중간에 그렇게 하진 않고, 중진 기획사들이 그런 일들을 많이 벌리는 편인데……. 돈의 유혹이 상당했을 텐데, 잘 견뎠네?”

강윤의 말에 김지민은 웃으며 답했다.

“할머니한테 돈보다 사람이 중요하다고 계속 배웠었거든요. 선생님은 저를 믿어준 첫 번째 사람이에요. 그런 사람을 배신하고 간다는 건 말도 안 되는 일이죠."

"하하, 오글거리면서 묘하게 감격스러운데?"

강윤의 입가에 미소가 번졌다.

김지민은 그 모습에 신이 났는지 말을 이어갔다.

"언니, 오빠들도 모두 다 좋고…… 다른 기획사들은 군기가 빡빡하다 들었거든요. 실제로 선배 가수들 만나면 눈에 날이 서 있었어요. 에디오스 언니들만 봐도 강한 곳에서 컸다는 느낌이 들거든요. 그런데 저는 이런 좋은 곳에서 가수가 될 수 있었으니 그저 감사할 뿐이에요. 이런 곳을 떠나서 고생을 할 필요는 없잖아요?"

"하하하하."

강윤은 유쾌하게 웃었다. 사장으로서 크게 인정받은 느낌에 마음이 시원해졌다. 김지민은 강윤이 웃는 이유를 몰라 고개를 갸웃거렸지만…….

"먹고 싶은 거 있어?"

"고기요, 고기!"

"가자, 까짓것. 오늘 기분이다."

"아싸! 그런데 저 연습은……."

"가끔은 괜찮아. 가자."

김지민은 기타를 내려놓고 강윤을 따라나섰다.

그녀는 그날, 온몸에 고기 냄새가 떠나가지 않을 정도로 고기를 포식할 수 있었다.

행사가 있는 시흥으로 가기 전, 서한유는 강윤과의 면담을 위해 회사에 들렀다.

그녀는 스튜디오에서 강윤과 면담을 마치고 계단을 오르던 중 하얀달빛의 연습실을 나서는 박소영과 마주쳤다.

"어? 언니. 안녕하세요?"

"한유야."

서한유가 반갑게 인사하자 박소영도 손을 흔들었다. 아직 어색한 월드엔터테인먼트 생활 중에 서한유는 그녀에게 먼저 다가와준 고마운 사람이었다.

"한유야. 스케줄 가는 거야?"

"네. 언니는요?"

"내 사정 잘 알잖아. 연습 중이야."

두 사람은 자연스럽게 옥상으로 향했다. 월드엔터테인먼트에는 아직 따로 휴게실이 마련돼 있지 않아 옥상의 그늘은 모두에게 휴게실로 활용되고 있었다.

옥상 그늘에 마련된 벤치에 나란히 앉아 그녀들은 대화를 나누었다.

"언니, 곡 작업은 잘되고 있어요?"

"쉽지 않아. 희윤이나 사장님이나 다들 엄청나니까. 나도 빨리 그 정도가 돼야 하는데…….."

박소영은 짧게 한숨지었다. 그러자 서한유가 그녀 옆으로 바짝 다가오며 부드럽게 말했다.

"전 하얀달빛 앨범 중 언니가 만든 노래가 제일 좋았어요. 마지막 트랙 '전하고 싶어' 그 곡…… 특히 '다 흘리지 못한 눈물 손 안에 고여도 꿈은 사라지지 않아' 이 가사에서 눈물까지 났다고요."

"한유야. 그렇게 말해줘서 고마워."

박소영은 자신의 노래를 인정해 주는 서한유가 고마웠다.

월드엔터테인먼트는 전속 작곡가가 최근 히트곡만 뽑아내는 뮤즈였다. 거기에 김재훈과 이현아는 싱어송라이터였다.

막 풋내기를 벗어난 자신을 인정해 준 이는 강윤과 이현아를 제외하면 서한유가 처음이었다.

"나중에 저도 음악 가르쳐 주세요. 기회가 되면 꼭 제대로 배워보고 싶거든요."

"그래? 알았어. 이번 활동 끝나면 말해. 그럼 나도 춤 가르쳐 주는 거야?"

"그럴까요? 바꿔서 가르쳐 주면 재밌겠어요."

마음이 맞는지, 서한유와 박소영의 대화는 화기애애했다. 그녀들의 옥상토크는 점점 활기를 더해갔다.

"어제 대천에서는 어땠어? 요새 바닷가에 복근남들 엄청 많다며? 그치?"

"몸 좋은 사람들이 많긴 했어요. 어제 행사가 지연돼서 대기하는데……."

박소영의 조금은 흥분한 말과는 다르게 서한유는 차분했

다. 그녀는 조곤조곤 에일리가 남자들의 복근에 사인을 해준 이야기를 하며 바닷가 행사의 에피소드들을 풀어갔다.

그러자 박소영은 부러운 눈빛으로 그녀를 바라보았다.

"완전 부럽다. 난 올해 바다 한 번 못 가봤는데……."

"에이. 바닷가 가도 물에 한 번 못 들어갔어요. 그런 곳에서 아무것도 못하면 얼마나 약 오르는데요. 올해는 비키니 꼭 입어보고 싶은데…… 지금까지 한 번도 못 입어 봤거든요."

"진짜?"

박소영의 눈이 휘둥그레졌다. 서한유같이 길고 늘씬한 라인을 가진 여인이 비키니 한 번 입어보지 못했다니…… 연예인이나 돼서 그랬다니 더 충격이었다.

"다른 언니들은 해외여행 가서 입어보긴 했다는데, 민아 언니랑 저는 못 입어 봤어요."

"아깝다. 한유도, 민아도…… 다들 몸매도 예쁘잖아."

"할 수 없죠. 일이 바쁘니까요. 언젠가는 꼭…… 어? 사장님."

서한유가 아쉬움을 드러낼 때, 옥상 문이 열리며 강윤이 들어섰다.

그는 주머니에서 담배를 꺼냈다가 급히 구겨 넣으며 반가움을 표했다.

"한유야. 아직 안 갔어?"

"네. 시간이 남아서 소영이 언니랑 이야기 중이었어요. 매니저 오빠도 기다릴 겸 해서요."

"민아 스케줄 갔다가 대현 씨가 넘어오고 있겠네. 다들 고생이네. 민아한테는 이사님이 갔나?"

"그럴 거예요. 민아 언니 행사 담당자들하고 만나서 할 이
야기가 있다고 들었어요."

그들이 잠시 대화를 나누고 있으니 곧 옥상 문이 열리며
헉헉대는 한 남자가 들어섰다. 서한유를 데리러 온 김대현
매니저였다.

"헉, 헉. 한유야. 가자."

"네. 고생하셨어요. 사장님, 언니. 그럼 전 가보겠습니다."

서한유는 김대현 매니저에게 휴지를 내밀곤 남은 두 사람
에게 인사했다.

"조심해서 다녀와."

박소영이 손을 흔들며 그녀를 배웅해 주었다.

그렇게 옥상에는 박소영과 강윤, 둘만 남았다. 강윤은 시
계를 보더니 박소영에게 말했다.

"갈 준비는 됐니?"

"네. 지금 바로 가나요?"

"10분 있다 가자. 입구에서 볼까?"

"네."

오후에 최찬양 교수와의 약속이 있었다. 강윤은 박소영과
함께 가도 되냐고 물었고, 괜찮다는 승낙을 받았다. 혹여 두
사람의 대화에서 박소영이 얻는 것이 있을까 하는 생각에서
였다.

강윤은 옥상에서 멍하니 서 있는 박소영에게 조심스럽게

물었다.

"저기, 소영아. 내려가서 준비해야지?"

"네? 아, 전 몸만 가면 돼요."

"그, 그래?"

강윤은 잠시 우물댔다. 주머니에 잡히는 담배를 만지작대면서.

그 모습을 봤는지 박소영이 조심스럽게 말했다.

"희윤이가 오빠 금연시켜야 한다고 잘 봐달라고 했어요."

"……."

그 말에 강윤은 담배를 와그작 구긴 채 옥상을 내려와야 했다.

방학을 맞은 한려예술대학은 무척 한산했다.

평소라면 캠퍼스 커플로 북적여야 할 잔디 언덕은 텅텅 비어 있었고, 건물 내부도 몇몇 동아리 활동을 하는 학생들만 간간히 눈에 띌 뿐, 매우 한적했다.

최찬양 교수는 자신의 연구실에서 그런 교내 풍경을 바라보고 있었다.

"찬양이. 뭘 그렇게 열심히 보고 있어?"

미소를 띠며 창밖을 바라보는 최찬양 교수의 뒤에서 말을 걸어오는 이가 있었다. 같은 작곡과 교수이자 유명 발라드 작곡가 박태성이었다.

최찬양 교수는 그제야 돌아서며 자리에 앉았다.

"학생들을 보고 있었어요. 저쪽 잔디에서 풋풋하게 연애하는 아이들이 귀엽네요."

"그래? 난 남자가 여자 비위맞추느라 고생하는 걸로 보이는데."

"하하하……."

뚱한 박태성 작곡가의 말에 최찬양 교수가 어색하게 웃었다.

그의 어색함에도 아랑곳 않고, 박태성 작곡가는 다리를 꼬며 커피를 입에 가져갔다. 짧으면서 두꺼운 다리가 쉽게 꼬아지진 않았지만, 기어이 한쪽 무릎에 다리를 포개고 앉았다.

최찬양 교수는 박태성 작곡가가 가져온 악보들을 살피며 고개를 갸웃했다.

'새로운 시도를 하려고 한 것 같은데…… C 다음에 G가 더 나올 것 같은데. F로 가는 건 좋았는데, B♭은 왜 넣은 거지? 뭔가 부자연스러운 느낌이야.'

최찬양 교수는 고개를 갸웃했다. 새로운 시도는 좋았지만 어색함으로 연결되는 경우라 할 수 있었다.

최찬양 교수가 잠시 말을 멈추자, 박태성 작곡가는 궁금했는지 그를 재촉했다.

"어때? 네가 듣기에도 이상한가?"

"……새로운 시도를 많이 하신 것 같네요."

"오, 역시. 아는구나. 맞아. 자꾸 타성에 젖는 것 같아서 이번에는 조금 다른 스타일로 만들어봤어. 괜찮지 않아?"

박태성 작곡가는 고집이 있었다. 세디에게 곡이 반려된 게 자존심이 꽤나 상한 듯, 인정받고 싶어 하는 모습이 가득했다.

'이거 어떻게 말을 해야 하지?'

본래 자신의 생각을 이야기했다간 자존심을 건드릴 것 같고, 그렇다고 말을 안 하고 넘어가기에는 문제가 될 것 같고…… 그는 난감한 상황에 빠졌다.

그때, 문 두드리는 소리가 들려왔다. 이어 문이 열리며 남녀 두 사람이 들어왔다. 강윤과 박소영이었다.

"강윤 씨. 어서 와요. 소영이도 오랜만이야."

"안녕하세요, 교수님. 어? 박 교수님!"

박소영은 박태성 작곡가와도 친했는지 진하게 반가움을 표했다. 박태성 작곡가의 얼굴에도 반가운 표정이 떠올랐다.

"이런. 소영아, 오랜만이다. 잘 지냈니?"

"네! 교수님은 여전히 미남이시네요."

"하하하."

학교에서의 박소영은 활기찼다. 그녀는 박태성 교수와 친했는지 매우 활기찼다.

그녀가 박태성 교수와 인사를 나누고, 최찬양 교수는 강윤을 박태성 교수에게 소개시켜 주었다.

"오, 월드라면 현아가 있는 그곳이군요! 요즘 소식 듣고 있었습니다. 이렇게 뵙게 돼서 반갑습니다. 박태성입니다."

"이강윤이라 합니다. 유명한 작곡가님을 봬서 정말 반갑습니다."

두 사람은 악수를 나누었다.

이 학교 출신인 하얀달빛의 이현아가 월드엔터테인먼트에 있었다. 게다가 김재훈과 에디오스 같은 굵직한 가수들이 함께하는 기획사였다. 거기에 떠오르는 신인 김지민까지. 월드엔터테인먼트는 한려예술대학 교수들과 학생들에게도 한창 화제였다.

강윤도 오자마자 의외의 인물을 보자 눈을 반짝였다.

'박태성 작곡가가 한려예술대학인 줄을 알았지만 이렇게 만날 줄은 몰랐군. 준열이 곡은 어떻게 됐을라나?'

곡을 직접 가져가야 한다고 화를 냈던 이준열의 이야기가 떠올랐다.

네 사람은 월드엔터테인먼트를 소재로 여러 가지 이야기를 나누었다. 박태성 작곡가는 월드엔터테인먼트에 흥미가 많았는지 강윤에게 여러 가지를 물어왔다.

"최근 학생들이 월드에 관심이 많습니다. 작년에 혜성같이 등장해 제대로 띄운 가수들만 넷입니다. 기존 가수에 신인까지…… 작은 기획사에서 어떻게 에디오스나 김재훈 같은 가수들을 다시 복귀시켰는지 다들 궁금해 합니다. 언제고 한번 꼭 뵙고 싶었습니다."

박태성 작곡가의 말에, 강윤은 민망한 웃음을 지었다.

"아닙니다. 운이 많이 따랐죠. 재훈이나 에디오스나 많이 노력했습니다. 저는 그걸 거들었을 뿐입니다."

"겸손하시기까지 하군요. 간혹 여기 최 교수에게 이야기들었지만…… 말 그대로의 분인 것 같네요."

"과찬이십니다."

그의 거듭된 칭찬에 강윤은 적당히 경계를 섞었다. 사회에서 칭찬일색은 다른 속셈이 있는 경우가 있었다. 그래도 그는 별생각이 없는지 다른 말은 없었다.

그렇게 월드엔터테인먼트에 대한 이야기가 끝이 나고, 강윤은 탁자 위의 악보로 눈을 돌렸다. 강윤이 이준열에게서 받았던 그 악보였다.

"이건 작곡가님 악보입니까?"

강윤은 박태성 작곡가에게 묻자 그는 웃으며 고개를 끄덕였다.

"맞습니다. 아, 그러고 보니 사장님도 작곡을 하시지 않으십니까?"

"변변찮은 재주입니다."

"이런. 작곡팀 뮤즈가 그런 말을 하면 어울리지 않아요. 이거 괜찮다면 제 곡 한번 봐주지 않겠습니까?"

다른 상황이라면 아무렇지도 않게 승낙했겠지만, 강윤은 순간 망설여졌다. 검은색의 음악을 다시 보고 싶지 않은 탓이었다. 알고도 독을 들이마시는 격이었다.

하지만 박태성 작곡가가 간절한 눈으로 그를 바라보는 탓에 거절할 수도 없었다.

"제가 실력은 부족하지만…… 소영아. 같이 한번 볼까?"

"네."

조용히 앉아 있던 박소영도 강윤을 따라 자리에서 일어나 신디사이저로 향했다.

'휴우…….'

강윤은 짧게 한숨을 쉬었다. 악보는 이준열이 보여주었던 그대로였다.

'이걸 쳐야 해, 말아야 해?'

신디사이저에 손을 올리기가 싫어질 정도였다. 검은색의 음악은 강윤에게 그만큼 부담을 주었다. 감정과 컨디션에 큰 악영향을 주기 때문이었다.

그때, 박소영이 신디사이저에 올라간 강윤의 손이 떨리는 것을 발견했다. 그녀는 이상하다는 것을 느끼고 그에게 조용히 속삭였다.

"사장님. 제가 칠까요?"

"응?"

"그냥 제가 치고, 사장님이 봐주세요. 그게 나을 것 같아요."

강윤은 그녀의 배려가 고마웠다.

"부탁해도 될까?"

"물론이죠."

강윤은 박소영에게 연주를 맡기고 자리로 돌아와 눈을 감았다. 빛을 보지 않기 위해서였다.

박태성 작곡가는 강윤 특유의 버릇이라 생각하고 별다른 말을 하지 않았다.

곧 박소영의 연주가 시작되었다.

'후우⋯⋯.'

음표들이 합쳐지며 검은빛이 뿜어져 나왔다. 이준열이 들려주던 때와 크게 달라진 것이 없었다.

눈을 감은 탓에 검은빛은 보이지 않았다. 다행히 기분이 다운되거나 컨디션이 저하되는 그런 일은 일어나지 않았다. 하지만 몸에 뭔가가 닿는 묘한 기운이 느껴지는 건 피할 수 없었다.

그렇게 3분이 넘어가는 음악은 금방 끝이 났다.

"어떻습니까?"

연주가 끝나자 박태성 작곡가는 눈을 빛내며 물어왔다.

'혹시나 했는데, 역시⋯⋯.'

강윤은 악보를 보며 짧게 한숨지었다.

초반부의 C에서 F로 갔다가 B♭로 진행되는 어색한 흐름은 크게 변함이 없었다. 초반이 어색해지니 나머지 모두가 틀어졌다. 결국 강윤은 작게 고개를 절레절레 흔들었다.

그런 강윤의 반응에 박태성 작곡가의 표정이 눈에 띄게 어두워졌다.

"하아⋯⋯ 새로 뭔가를 해보려고 그런 건데⋯⋯ 역시 별로군요. 최 교수도 그렇고 이 사장님도⋯⋯."

박태성 작곡가는 고개를 깊이 떨어뜨렸다.

가수, 같은 작곡가에 이어 강윤 같은 제작자마저 미적지근한 반응을 보이니 아무리 고집 있는 그라도 더 물러날 곳이 없었다. 자존심에 스크래치가 난 것도 문제였지만 곡에 대해

감이 잡히지 않는 게 더 큰 문제였다.

힘들어하는 박태성 작곡가를 보며 강윤이 조심스럽게 말했다.

"제가 작곡가님보다 음악에 대해 많은 건 모릅니다만……한 말씀 드려도 될는지요?"

"……말씀하십시오."

박태성 작곡가는 고개를 들었다. 그러자 그의 힘없는 미소가 모두에게 비쳤다.

강윤은 차분하게 자신의 생각을 이야기했다.

"제 생각에는 작곡가님께서 너무 많은 걸 보여주려고 하시다가 이런 문제가 생긴 게 아닐까 싶습니다."

"너무 많은 걸 보여주려 했다? 무난한 코드 진행으로 가도 되는데 왜 굳이 이상한 코드와 멜로디를 시도했냐 이 말씀인가요?"

"비슷합니다. 제 개인적인 생각에는 복잡하고 화려한 코드보다 심플한 코드와 멜로디로 가수의 역량을 살려보는 것도 괜찮지 않을까 하는 생각이 듭니다."

"심플하게?"

박태성 작곡가가 반문하자, 강윤은 고개를 끄덕이며 차분히 말을 이어갔다.

"그렇습니다. 저라면 초반부를 C에서 G로 가서 Am −G −F −Em −Dm −G로 했을 것 같습니다. 안정감과 고조 등을 동시에 해결할 수 있잖습니까. 뒷부분의 변조를 고려해 봐도 이 진행이 낫지 않을까 싶군요."

"……."

박태성 작곡가는 침묵했다. 아무리 그가 조언을 구했다지만, 최고의 위치에 있는 작곡가 중 한 사람이 남에게 음악적인 조언을 듣고 받아들인다는 게 쉽지는 않았다.

하지만 그는 대인배였다.

"……생각해 보니 내가 너무 욕심쟁이였군요."

그는 깊은 한숨을 쉬며 식은 커피를 비웠다.

"심플하게…… 사장님 말이 맞네요. 근 1년간 슬럼프를 겪으면서 그걸 넘어서려 여러 가지 시도를 해봤습니다. 그러다 이런 얼토당토않은 시도까지 하게 됐습니다. 하하, 그런데 오히려 심플함에 답이 있다니……."

"……."

"심플, 단순함, 기본이라……."

박태성 작곡가는 그 말을 몇 번이나 되뇄다. 절대 잊지 않겠다는 듯이.

강윤은 그가 생각을 정리할 때까지 기다렸다.

'작곡가가 원래 그렇지. 가수에게도, 대중에게도 평가받는 존재들이야. 항상 새로운 것을 찾아야 하니 스트레스는 말도 못하지. 트렌드를 따라가지 못하면 도태되고 도태되지 않기 위해 그들은 항상 새로운 것을 생각하려 노력하지. 이런 슬럼프도 그런 일환일 테지.'

강윤은 박태성 작곡가의 마음이 십분 이해되었다.

이윽고, 그는 시원해졌는지 미소를 지었다.

"하하하. 이제 좀 시원하네요. 옛날 생각도 납니다. 결국 단순하게, 기본적으로. 하하, 한 대 맞은 기분입니다. 모처럼 귀한 이야기를 들었습니다. 오늘 주신 것들, 잊지 않겠습니다."

박태성 작곡가는 자리에서 일어나 강윤에게 고개를 숙였다. 강윤은 그의 돌발행동에 놀라 자리에서 벌떡 일어났다.

"이러지 마십시오. 그냥 개인적인 생각을 말했을 뿐입니다."

"아닙니다. 저한테는 정말 필요한 이야기였습니다. 정말 감사합니다. 최 교수가 간혹 이 사장님 이야기를 하며, 칭찬을 아끼지 않았었는데…… 이제는 확실히 이유를 알겠네요."

그 말에 조용히 대화를 듣고 있던 최찬양 교수는 머쓱한 표정을 지었다.

박태성 작곡가는 마음속에 있던 짐이 풀어졌는지 밝은 얼굴로 웃어 보였다.

잠시 후 악보를 챙기며 박태성 작곡가는 자리에서 일어났다.

"이러고 있을 때가 아닌 것 같네요. 바로 수정해서 세디에게 가져가봐야겠습니다. 이번에는 느낌이 좋아요. 마음에 들만한 곡을 만들 수 있을 것 같네요."

"잘될 겁니다. 좋은 곡이 나오길 빌겠습니다."

강윤과 박태성 작곡가는 진하게 손을 맞잡았다.

'우와…….'

어느새 권위 높은 자신의 교수와도 동등한 위치에 선 강윤의 모습을 보며 박소영은 눈을 반짝였다.

　최찬양 교수와의 저녁식사가 끝나자, 강윤과 박소영은 천천히 지하철역을 향해 걸었다.

　"소영아. 오늘 즐거웠어?"

　가로등 밑을 걸으며 강윤이 묻자 박소영은 상기된 얼굴로 답했다.

　"네. 아주 즐거웠어요. 작곡은 시나리오, 편곡은 연출. 메인 주인공인 가수의 배경을 깔아준다. 배경에 관악기 스트링도, 현악기 스트링도 되고 다른 소리가 배경이 될 수도 있다니…… 그리고……."

　그녀는 강윤과 최찬양 교수가 나눈 편곡의 관한 대화들을 열거했다. 하나하나가 잊어버려선 안 되는 중요한 이야기라는 걸 그녀 스스로가 너무도 잘 알았다.

　강윤은 그녀의 말을 듣고는 만족한 표정으로 답했다.

　"좋아. 회사에서 일할 때도 오늘 들은 거 꼭 기억하고. 잘해보자."

　"네."

　"그리고……."

　강윤은 목소리에 힘을 주었다. 박소영도 강윤에게서 중요한 이야기가 나오려는 걸 알았는지 잠시 멈춰 섰다.

　"네가 희윤이보다 작곡 실력이 없는 게 아냐."

　"아……."

"물론 이론적으로는 부족할 수 있지. 하지만 작곡은 실력으로 따질 수 없다고 생각해. 너와 희윤이는 성향이 완전히 달라. 난 네가 희윤이가 만들지 못하는 곡을 만들 수 있을 거라 생각하고 있어."

"……."

박소영은 침을 꿀꺽 삼켰다.

강윤이 그녀를 데리고 나온 진짜 이유는 바로 이 말을 하고 싶어서였다. 그는 그녀의 어깨를 다독이고는 부드럽게 웃었다.

"앞으로 잘 해보자."

강윤이 자신을 이렇게 믿는 줄은 생각도 못하고 있었다. 그저, 약간의 재능이 있고 하얀달빛의 노래를 조금 아는 작곡가 지망생이라 생각해서 임시로 채용한 줄 알았다.

하지만 생각보다 강윤은 자신을 많이 믿고 있었다. 강윤이라는 사람이 마음에 없는 소리를 하지 않는다는 걸, 박소영도 알고 있었다.

"네!"

이렇게까지 자신을 믿어주는 그에게 꼭 화답하겠다고 그녀는 강하게 다짐했다.

"여긴 분위기 하나는 끝내주네. 캬아."

마치 술 마시는 소리를 내는 듯한 이준열은 월드엔터테인먼트 스튜디오 여기저기를 둘러보다 예쁘게 걸려 있는 헤드셋을 만지작거렸다.

강윤은 씨익 웃으며 들고 있던 악보를 내려놓았다.

"확실히 많이 바뀐 것 같네."

손에 들고 있던 악보는 이준열이 박태성 작곡가에게 의뢰했던 그 문제의 타이틀곡이었다. 강윤이 지적했던 초반부는 듣기 편안하게 수정되어 있었고, 중반과 후반부의 멜로디라인도 한층 듣기 좋게 바뀌어 있었다.

'이제 검은빛은 안 나올라나? 못해도 회색 정도로 바뀌었겠지.'

그 정도로 감각 없는 작곡가는 아닐 거란 생각이 들었다. 회색도 찜찜하긴 했지만…….

강윤은 컴퓨터에 멜로디를 입력하고 엔터를 쳤다. 그러자 스튜디오 사방의 스피커에서 음악이 흐르기 시작했다.

이준열은 음악을 들으며 만족한 표정으로 말했다.

"어때? 이전하고는 느낌이 확 달라졌지? 이거라고, 이거. 이전하고 다르게 안정감이 있잖아. 게다가 보컬의 느낌에 따라 신을 낼 수도 있고. 뭐, 편곡이 나와 봐야 알겠지만."

피아노 연주를 들으며 이준열은 매우 만족해했다.

'하얀빛이군.'

스피커에서 흘러나오는 음표들이 하나로 합쳐지며 하얀빛을 만들어냈다. 편곡이 끝나지 않아 빛이 많이 강해지지는 않았지만 검은빛이나 회색이 보이는 일은 없었다. 이전과 달리 처음부터 검은빛이 나오는 일은 없었다.

노래가 끝나고, 강윤은 차분히 말했다.

"노래 좋네. 그 작곡가님이 네 말을 들어주셨나 봐?"

"에이, 형. 왜 그래? 나 다 알고 왔어."

"알고 왔다? 뭘?"

강윤이 반문하자 이준열은 씨익 웃었다.

"형이 박태성 작곡가님에게 조언해 줬다며? 다 알고 있으니까 숨기지 않아도 괜찮아. 캬, 우리 형은 진짜 인격도……이 곡, 아주 마음에 들어. 또 형 신세를 진 셈이네."

"이런."

강윤은 어깨를 으쓱했다.

원래는 조언을 해준 사실을 말하지 않으려 했다. 박태성 작곡가가 한참 후배인 자신에게 조언을 받았다면 악영향이 갈지도 몰랐기 때문이었다.

하지만 박태성 작곡가가 이미 다 말했다니…… 사실을 숨기지 않으려는 그가 대단하면서 고마운 마음도 함께 들었다.

이준열은 악보를 챙기며 자리에서 일어났다.

"아무튼 형, 고마워. 형 신세를 진 거니까 반드시 갚을게. 필요하면 불러줘."

"알았다. 준비 잘 하고."

강윤은 이준열을 입구까지 배웅해 주었다. 입구에 가니 유승철 매니저가 왜 이렇게 늦었냐며 이준열을 타박했지만, 여느 때처럼 그는 태연히 밴에 오를 뿐이었다.

그가 가고, 강윤은 사무실로 향했다. 들어서니 이현지가 정혜진에게 한창 지시를 내리고 있었다.

강윤은 바로 정혜진에게 물었다.

"오후에 파인스톡에 줄 자료들 챙겨놨나요?"

"네. 책상 위에 올려놨습니다."

강윤은 책상 위에 있는 서류봉투를 확인했다. 한 달 동안 에디오스가 파인스톡과 연계해 얻은 성과들에 관한 자료였다.

빠진 것이 없는지 확인한 후, 강윤은 회사를 나서 가산동에 있는 파인스톡 본사로 향했다.

"이런 식으로 계산하면 에러가 뜨지. 봐봐. 여기에……."

파인스톡 본사에 도착한 강윤은 직원의 안내를 받으며 사장실로 향했다. 가는 길에 상사가 부하직원들을 가르치는 모습들이 강윤의 눈에 들어왔다. 이전보다 한결 여유 있는 모습이 보기 좋았다.

"어서오세요, 이 사장님."

사장실로 들어가니 하세연 사장이 강윤을 반갑게 맞아주었다. 강윤도 그녀에게 반가움을 표하고는 간단한 안부 인사를 나누었다.

직원이 내온 차를 마시며, 강윤은 하세연 사장에게 가져온 서류를 건넸다. 그녀는 서류를 찬찬히 읽으며 만족한 미소를 지었다. 두 회사의 합작품인 에디오스 채널에 대한 근 한 달

동안의 결과 보고서였다.

하세연 사장은 한참 동안 보던 서류를 내려놓고 차분히 이 야기했다.

"다행히 월드도 에디오스 채널로 인해 좋은 효과를 보고 있었군요. 저희도 홍보가 잘돼서 파인스톡 이용자 증가폭이 많이 늘었거든요. 서로 좋은 효과를 얻고 있다니, 기분이 좋 네요."

파인스톡도 에디오스 덕에 홍보까지 되는 효과를 얻고 있 었다. 자금과 홍보, 모두를 얻을 수 있어서 그녀는 강윤이라 면 업고 다니고 싶은 마음이었다.

강윤도 기분 좋은 미소를 지었다.

"파인스톡도 잘되고 있으니 다행입니다. 앞으로도 이렇게 만 되었으면 좋겠습니다."

"마찬가지입니다."

강윤의 마음이나, 하세연 사장의 마음이나 같았다.

차를 마시며 자연스럽게 화재는 파인스톡과 함께하는 다 음 사업으로 연결되었다. 강윤의 최근 관심사는 음악 스트리 밍 서비스였다. 지난번 하세연 사장이 은연중에 함께할 뜻을 비쳤기에 강윤도 본격적으로 자료들을 조사했고, 준비를 해 왔다.

그 결과가 하세연 사장의 손에 들려 있었다.

"……바로 이어폰만 꽂으면 들을 수 있도록 한다? 소프트 웨어적으로는 문제가 없네요. 문제는 배분이군요. 가수와 작곡가 등에게 이렇게 많은 배분을 한다니, 너무 남는 게 없을 것 같은데요?"

하세연 사장은 고개를 갸웃했다. 회사가 얻는 수익이 겨우 25%였다. 그리고 나머지를 음원제작사를 비롯한 가수들에게 분배한다니. 외국의 잘돼 있는 음원사이트들보다 이익이 적었다.

하지만 강윤은 확신 어린 목소리로 말했다.

"지금 음악시장 구조가 너무 좋지 않습니다. 실제로 다른 음원사이트들은 40%가 넘는 이익을 독점하고 있으니 실연주자나 작곡가 등에게 돌아가는 이익이 너무 적습니다. 그들이 뭔가를 생산해야 음악세계가 돌아가는데…… 지금은 뭔가 문제가 있죠."

"그렇긴 하지만 이건 전적으로 음악시장만 생각한 것 같아서 의구심이 드네요."

"승부수는 여러 개를 띄울 생각인데 그중 하나가 음질입니다."

"음질이요?"

그녀의 반문에 강윤은 강한 어조로 말을 이어갔다.

"음원의 품질에 따라 가격을 차별화할 생각입니다. 그리고 손실이 없는 최상급의 음원도 지원할 수 있어야겠죠. 앞으로 인터넷 속도는 더더욱 빨리질 것이고 기술적인 문제는 없을 거라 생각합니다."

"음원에 따른 가격차별을 두면 되겠군요. 확실히 음질의 차이가 있다면 사람들이 들을 것 같네요. 서비스에 따른 차이라…… 역시 음악을 하시는 분이라 이런 부분에서는 강하시네요."

강윤은 멋쩍은 미소를 지었다.

음악서비스에 대해서는 장기적으로 사업을 진행하기로 결론이 났다. 파인스톡의 목적이 전 국민을 상대로 네트워크를 제공하는 것이 목적이라 했다. 이미 문자를 대체하는 매신저의 위력을 알았기에 강윤도 거기에 이의가 없었다.

하세연의 손을 맞잡으며 강윤은 말했다.

"종종 뵙겠군요. 그럼 앞으로 잘 부탁드립니다."

"이를 말인가요. 다음에는 제가 월드로 한번 갈게요. 에디오스와 사업을 한다면서 한 번도 가본 적이 없네요. 부끄럽게."

"이런. 자리를 한번 마련하겠습니다. 식사나 한번 하시죠."

굳게 잡은 두 남녀의 손.

후에 음악시장 판도를 뒤집어놓을 음원사이트의 시작이었다.

세이스의 윤환성 사장은 맨손으로 국내 제일의 포털 사이트를 일궈낸 입지전적인 인물이었다. 사업에 대한 감도, 소프트웨어를 아는 지식도 모두 뛰어난 국내에서도 손꼽히는 브레인이었다.

하지만 그런 그도 자신의 선택을 후회하는 일이 있었다.

"……아무래도 이번 제휴는 손실이 크군요."

기승환 상무가 가져온 보고서를 보며 그는 깊은 한숨을 내쉬었다.

"헬로틴트의 홍보효과가 예상보다 적군요. 기왕이면 대형 소속사에서 나온 스타들과 제휴하는 게 더 효과적일 것이라 생각한 건데……. 이런 결과라면 기존대로 에디오스와 제휴를 하는 게 더 나을 뻔했어요."

"……."

기승환 상무는 아무 말도 하지 않았다. 이제 와서 이런 말을 들어봐야 기분이 좋을 리 없었다. 사실 그는 MG엔터테인먼트와의 제휴를 반대했었다. 하지만 사장이 밀어붙이니 안 들을 수도 없는 입장이었다.

"쇼케이스, 실시간 방송과 서버까지. 여기에 들어간 비용에 비해 헬로틴트가 얻은 홍보효과는 미미합니다. 음원사이트 순위도 에디오스에 밀려 계속 2위에 머물고, 방송에서도 에디오스에게 연신…… 하아. 말하기도 처참하네요."

윤환성 사장은 머리를 붙잡았다. 한 달이 지난 시점에 헬로틴트 자체의 성과는 나쁘지 않았지만 결국 만년 2위라는 꼬리표가 붙고 말았다.

지금 머리가 아픈 이유는 1위인 에디오스를 스스로 놓아버렸고, 그 에디오스가 요새 IT로 떠오르는 강자인 파인스톡과 제휴를 해서 대성공을 거두었기 때문이었다.

진짜 손실은 여기에 있었다. 거대 기업에서 아무리 홍보해도 결국 2위라는 이미지. 앞서 정민아가 톡톡히 효과를 본 게 결국 여기서 퇴색되고 만 것이다.

"기 상무님."

"네, 사장님."

"……하아. 아닙니다. 내 실수죠, 내 실수야."

윤환성 사장은 뭐라 말을 하려다 지끈거리는 머리를 부여잡으며 책상 위에 엎드리고 말았다.

김진호 이사의 최근 표정은 그리 좋지 않았다.

휴식을 한 달 줄이면서까지 컴백시킨 헬로틴트가 여러모로 에디오스보다 못한 반응을 보이고 있었기 때문이었다. 게다가 회사 수익적인 면으로도 세이스와의 제휴에, 방송을 위해 들어가는 투자비에 앨범 제작비 등등 모든 것을 합산하면 기대했던 것보다 많은 이익을 보지도 못했다.

"이강윤, 에디오스…… 어딜 가도 내 발목을 잡는군……."

자신의 사무실에서, 그는 이를 부드득 갈아붙였다. 방송활동, 행사 등 모든 영역에서 헬로틴트가 더 활발히 활동을 해나갔는데 그들에게는 에디오스의 그림자가 짙게 깔려 있었다.

"……원래는 반대가 됐어야 하는데……."

그러기 위해 일부러 에디오스 컴백 일자에 헬로틴트를 맞쳐 놓은 것인데, 보기 좋게 역전당하고 말았다. 홍보하는 방식부터 같은 날 가진 컴백 스테이지, 게다가 간혹 만나는 무대들마다 에디오스의 그림자는 헬로틴트를 자연스럽게 압박해나갔다.

쾅!

김진호 이사는 책상을 주먹으로 내려쳤다. 속에서 천불이 나 견딜 수가 없었다.

"으으……."

간신히 최소한의 표현으로 화를 삭이고 있는데, 비서의 제지를 뚫고 한 여인이 들어섰다. 뜻밖에도 민진서였다.

"안녕하세요?"

"지, 진서?"

김진호 이사는 얼른 자신을 수습하고 비서에게 차를 내오라 주문했다. 민진서는 회사에서도 매우 조심스럽게 대우해야 하는 존재였다. 최근 중국에서의 영화촬영도 끝나 조금 여유가 있었는지 그녀는 한국과 중국을 왔다 갔다 하고 있었다.

그녀는 자리에 앉자마자 거침없이 이야기했다.

"휴가를 갈 겁니다."

"휴가? 진서야, 갑자기 어딜?"

"집에 있을 거예요. 3일만 주세요."

MG엔터테인먼트 여느 연예인도 이렇게 대놓고 휴가를 요구하는 일은 없었다. 하지만 민진서는 그런 일과는 상관없다는 듯 당당했다.

김진호 이사는 말을 더듬었다.

"저, 저…… 민서야. 아직 활동도 있고……."

"2주 뒤, 화, 수, 목. 이때 비어 있는 거 봤어요. 이때 아무 것도 잡지 말아주세요. 매니저 오빠한테 이야기해 봐야 아무 소용이 없어서 직접 왔으니까."

"……."

"그럼 부탁드려요."

민진서는 더 할 말이 없는지 자리에서 일어났다. 테이블에 놓여 있는 차의 김이 아직도 모락모락 피어나고 있었다.

"진서야, 조금만 앉았다 가지."

"괜찮습니다. 중국으로 넘어가야 해서요. 그럼 부탁해요."

가볍게 고개만 숙이고, 민진서는 그대로 밖으로 나가버 렸다.

혼자 남게 된 김진호 이사는 온몸을 부르르 떨었다.

"으으…… 이젠 저런 애들까지……."

무려 MG엔터테인먼트의 이사였다. 하지만 그런 자리에 있으면서도 저 민진서 만큼은 마음대로 할 수 없는 이 현실 이 슬펐다.

"강 비서! 야! 강 비서!"

그는 결국 화풀이 대상으로 밖에 있던 비서를 선택했다. 날벼락을 맞은 남자 비서만 애꿎은 운명을 탓할 뿐이었다.

"25%라. 이거 통신사를 적으로 돌리는 것 아닐까요?"

음원 배분 비율을 들으며 이현지는 걱정스러운 눈빛으로 강윤을 바라보았다. 이렇게 되면 음악인들에게는 무척 좋지만 자칫 거대 통신사들을 적으로 돌려 앞으로 큰 불이익을 볼 수도 있었다.

하지만 강윤은 확신을 가지고 이야기했다.

"쉽지는 않을 겁니다. 하지만 서비스가 제대로 제공이 되고 사람들도 양질의 음악을 공급받을 수 있게 된다면 모두가 저 비율로 조금씩 맞추지 않을까 생각하고 있습니다."

"취지가 좋긴 하지만 여러 가지 암초들을 만날 겁니다. 각오는 하셔야 할 거예요. 이런, 졸지에 혁명가가 된 기분이군요."

"하하하."

강윤은 멋쩍게 웃었다.

오랜 기간에 걸쳐 차근차근 준비하기로 했다고 하니 이현지도 거기에 맞춰 준비를 해두겠다 답했다. 그녀도 강윤의 생각에 크게 이견은 없었다.

그렇게 대화를 나누고 있는데, 사무실 문을 두드리는 소리가 났다. 정혜진이 답하자 문이 열렸다. 그런데 정혜진이 들어온 사람을 보며 헉 소리를 했다.

"지, 진서 씨."

"안녕하세요?"

민진서는 웃으며 정혜진에게 인사를 건넸다. 지난번에 봤지만 도무지 적응이 안 되는 외모에 정혜진은 잠시 당황했다. 그러나 곧 차를 내와야겠다며 탕비실로 향했다.

강윤은 민진서를 반갑게 맞아주었다.

"진서야, 어서 와."

강윤은 민진서에게 자리를 권했고, 이현지는 이야기는 조금 있다 하자며 자리에서 일어났다.

민진서는 정혜진이 내온 녹차의 향을 음미하며 기분 좋은 웃음을 지어 보였다.

"저, 선생님."

"그래, 일은 잘 돼가니?"

"네. 영화 성적도 나쁘지 않고 차기작 준비하고 있어요. 주기가 짧아서 걱정이 되긴 하지만……."

"주기가 짧다? 휴식기가 짧아?"

"조금 그렇네요. 아, 맞다. 선생님. 여기 식구들 몇 명인가요?"

뜬금없는 질문에 강윤은 손가락으로 회사 연예인들과 직원들을 헤아려 보았다. 어림잡아도 20명은 족히 되는 숫자였다.

"스물은 넘는 것 같네. 왜?"

"여름휴가 혹시 가셨나요? 모두 가기에 좋은 곳이 있는데…… 소개해 드릴까요?"

그 말에 이현지가 끼어들었다.

"휴가? 어디야, 어디?"

강윤은 이현지의 빛나는 눈을 보며 피식 웃었다. 그녀가 말은 안 해도 일에 많이 지친 게 눈에 보였다.

"제주도요. 제가 아는 별장이 하나 있는데 스무 명이면 넉넉히 소화할 수 있을 거예요. 비용은 걱정 마시고…… 생각 있으세요?"

돈 걱정도 없고, 민진서가 권하는 제주도란다. 삼박자가 맞아 떨어진다. 이현지는 그녀답지 않게 대번에 민진서의 손을 양손으로 붙잡았다.

"응. 응. 응. 꼭."

"……."

이현지의 어린애 같은 모습에 강윤은 어깨를 으쓱였다.

2화
제주도는 바람이 많은 섬이다

"아는 별장? 어떤 별장인지 물어봐도 될까?"

강윤의 물음에 민진서는 자랑하듯 어깨를 펴며 당당하게 답했다.

"제가 작년에 구입한 별장이에요. 가끔 가서 쉬려는 목적으로 구입한 건데……. 저도 지금까진 가본 적이 없어요.

"그, 그래?"

스타들이 제주도에 별장을 구입한다는 이야기는 잘 알고 있었다. 민진서라면 충분히 그 대열에 합류할 만했다. 한국, 중국에서 떠오르는 스타가 된 민진서라면 별장이 문제겠는가.

하지만 강윤에겐 뒷말이 걸렸다.

"잠깐. 가본 적이 없다고?"

"네. 시간이 안 돼서…… 구입할 때 빼고는 간 적이 없네요. 그래도 이번에 시간을 내서 가거든요. 큰 별장이라 여러

명이 자도 문제없을 거예요. 요새 사람이 그리워서…… 혹시 시간 괜찮으세요?"

민진서는 조심스럽게 물었다. 그녀가 아는 강윤은 예측이 쉽지 않았다.

한편, 이현지는 이미 넘어간 지 오래였다. 아니, 그녀는 강윤을 흘겨보며 '제발 갑시다'라고 뜻을 강하게 어필하고 있었다.

결국 그녀에게 등을 떠밀리다시피 하며, 강윤은 물었다.

"그럼 언제쯤 이용이 가능할까?"

"다음 주 화요일 괜찮나요?"

강윤은 바로 핸드폰으로 스케줄을 살폈다. 화, 수, 목요일 이라면 김지민을 제외하면 대부분의 사람들은 참석할 수 있을 것 같았다.

"그때가 시기는 좋네. 지민이한테 미안하긴 한데…… 모두에게 맞추려면 할 수 없지."

"지민이는 나중에 좋은 곳으로 휴가 보내주세요."

이현지의 말에 강윤은 고개를 끄덕였다.

"그래야겠네요. 이번에는 미안하지만 할 수 없겠네요."

강윤은 이현지의 의견에 동의하고 다시 민진서에게로 눈을 돌렸다.

"그럼 신세 좀 져도 될까? 별장 사용료는……."

돈 이야기가 나오자 민진서가 고개를 강하게 흔들었다.

"돈은 괜찮아요. 우리 사이에 그럴 필요는 없다고 생각해요."

"진서야, 그래도⋯⋯."

"선생님."

은연중에 그녀가 강조한 말을 무심코 지나친 강윤은 그래도 돈은 지불해야 하는 거라며 민진서를 당혹스럽게 했다.

'선생님은 이런 면이 문제야.'

강윤에게 돈을 받는 건 남 같은 느낌이 들어서 싫었다. 그냥 호의 좀 받아주면 안 되나? 그녀가 난처한 표정을 지을 때, 이현지가 나섰다.

"사장님. 이렇게까지 나오는데 이번에는 그냥 신세를 지는 게 어때요? 이런 호의는 사양하는 게 아니에요."

"이사님. 그래도 20명이 넘게 가는 건데 대가를 지불해야죠."

"설마, 우리라고 그냥 넘어가면 되겠어요? 대신 진서한테도 우리가 도움을 줘야죠. 그렇지, 진서야?"

이현지가 민진서에게 반달같이 호선을 그리는 눈빛을 보냈다. 뜻이 통했는지 민진서는 씨익 웃으며 답했다.

"물론이죠. 이번에는 그냥 오세요. 대신 다음에 제 부탁 하나만 들어주세요."

"⋯⋯."

강윤은 망설였다. 이런 일은 계산을 확실히 해야 한다고 생각했다.

하지만 예산이 나가는 것을 어떻게든 줄이려는 이현지의 계획과 민진서의 꿍꿍이가 맞아떨어지며 강윤은 결국 승낙

하고 말았다.

"……이번에는 신세질게. 잘 부탁해."

"네. 그럼 전 미리 가서 준비하고 있을게요."

계획대로 일을 끝내자마자 민진서는 자리에서 일어났다. 그녀는 공항으로 가기 전 힘들게 시간을 내서 들른 것이었다.

자초지종을 들은 강윤은 놀라며 앞으로는 이렇게 무리해서 오지 말라고 말했다. 그래도 그녀는 늦지 않았다며 웃었다.

밴 앞에서, 강윤은 민진서를 배웅했다. 쉽게 발걸음을 떼지 못하는 듯한 민진서에게 강윤이 걱정스러운 어조로 물었다.

"무슨 일 있는 건 아니지?"

강윤의 걱정해 주는 말에 그녀는 가슴이 허물어지는 기분을 느꼈다. 철저히 혼자라 느끼는 회사에 있다가 이곳에 오면 가족이 생기는 듯한 느낌이었다.

그래도 그녀는 감정을 드러내지 않고 웃었다.

"네. 별일 없어요. 선생님은 준비 잘하고 계시나요?"

"어떤 준비?"

"대배우 민진서를 여기에 받아들일 준비요."

강윤은 스스로를 대배우라고 칭하는 그녀의 말에 풋 하며 웃음을 터뜨렸다. 하지만 곧 딴청을 피우며 대답을 회피했다. 그동안 에디오스에 신경을 기울이느라 민진서의 일은 그리 준비를 하지 못한 탓이었다.

"……아직 멀었나 보네요."

민진서가 시무룩해지자 강윤은 웃으며 답했다.

"네 말대로 대배우를 받아들이는 일이잖아. 우리 같은 작은 기획사에선 쉽게 받아들일 사이즈가 안 나오잖아. 조금만 기다려. 오래 기다리게 하진 않을 테니까."

그제야 민진서는 밝은 표정으로 강윤과 눈을 마주했다.

"네, 알겠습니다. 그럼 선생님. 제주도에서 봬요."

민진서가 밴에 올라 문을 닫자 차는 순식간에 강윤의 시야에서 사라졌다.

"……휴가 다녀와서도 할 일이 많겠네."

강윤은 푸른 하늘을 보며 짧은 한숨을 쉬었다.

"수고하셨습니다."

밤 8시부터 시작하는 라디오 프로그램 '별과 함께하는 뮤직' 방송을 끝내고, 김지민은 PD를 비롯한 모두에게 깍듯이 인사했다.

"신인이라 그런가? 참 깍듯하고 상큼해. 어디, 월드 뭐라고 했었나?"

"이번에 에디오스하고 계약한 곳이니까…… 맞을 겁니다."

"에디오스도 그렇고, 저 은하라는 애도 그렇고. 다들 인사성 하나는 끝내주는구만. 귀엽기도 하고. 자주 보고 싶네."

PD와 AD는 스태프들에게 활기차게 웃으며 인사하는 김지민을 보며 칭찬을 아끼지 않았다.

"은하야, 수고했어."

"선배님도 수고하셨습니다."

라디오 DJ 황주겸도 라디오 부스를 나서며 김지민에게 인사를 건넸다. 김지민이 마주 인사하자 그는 용건이 있다는 듯, 그녀를 불러 세웠다.

"은하야. 시간 괜찮으면 커피나 한잔할까?"

"그렇게까지는 시간이……."

김지민은 시계를 보며 난색을 표했다. 늦은 시간이었지만 잡지사 에디터와의 만남이 예정되어 있었다.

그러자 황주겸은 웃으며 말했다.

"에이. 오래 안 잡아. 휴게실에서 가볍게 자판기 커피. OK?"

가요계 선배의 말이라 이렇게까지 말하는데 안 갈 수도 없었다. 김지민은 시계를 보고는 고개를 끄덕였다.

계단 옆에 마련된 방송국 휴게실.

황주겸은 김지민에게 자판기에서 밀크커피를 꺼내주었다.

"감사합니다."

"이 정도로 뭘. 이 바닥에서 신인생활 하는 게 쉽진 않지?"

"그렇다고 하는데, 전 재미있어요."

김지민과 황주겸은 여러 가지 이야기를 나누었다. 황주겸은 재미있는 남자였다. 김지민은 권위적이지 않은 선배와의 대화에 빠져들어 활기차게 대화를 이어나갔다.

자연스럽게 대화가 이어지던 중, 김지민은 27세라는 그의 나이를 듣고 놀란 기색을 감추지 못했다.

"동안이시네요. 놀랐어요."

"돈으로 만든 경락마사지의 힘이야."

"하하하하하."

솔직하기까지 한 모습에 김지민의 입에선 웃음이 끊이질 않았다.

그렇게 한참 동안 대화를 나누다, 황주겸이 지나가는 투로 물었다.

"신인이 작은 소속사에 있는 게 쉽지는 않지?"

"다들 그렇게 말씀하시는데, 전 잘 모르겠어요. 저희 사장님이 지원을 많이 해주시거든요."

"그래? 쉽지는 않을 텐데…… 좋은 분을 만났구나."

"네."

김지민의 목소리에는 강한 확신이 담겨 있었다. 그러자 황주겸은 부드러운 어조로 말을 받았다.

"작은 소속사에서 은하 같은 신인을 키워내는 게 쉬운 일은 아냐. 그렇지?"

"에이, 아니에요. 아직 부족한걸요. 앞으로도 많이 배워야죠."

"하하하. 좋은 자세야. 신인으로서의 자세."

황주겸은 김지민의 등을 가볍게 두드렸다. 그는 연신 부드러운 미소를 지으며 신을 내며 회사 이야기를 하는 김지민의 이야기에 귀를 기울였다.

하지만 그의 속마음은 그렇지 않았다.

'앤 회사에 작은 불만도 없나?'

속으로 하고 있는 생각은 겉과 완전히 달랐다. 보통 이렇게 이야기를 하다 보면 신인들은 사장이나 매니저에 대한 불만들을 하나씩 털어놓곤 했다. 하지만 김지민은 다른 사람들과는 조금 달랐다.

자꾸 회사의 좋은 점만 이야기하니, 황주겸은 당혹스러워 화제를 전환했다.

"좋은 사장님을 만났네. 이 바닥에선 그것도 복이야. 나도 이 바닥에서 5년째인데 회사가 참 중요하더라고."

"선배님은 어디 소속사인가요?"

"VVIP라고 알아?"

"아……."

김지민은 얼마 전에 있었던 일을 기억해냈다. 스카우트 제의를 하러 왔던 바로 그 회사였다.

"나도 대우가 괜찮아. 방송 쪽에도 힘깨나 쓰고 음반 낼 때도 지원을 확실히 해주거든. 나중에 시간되면 한번 놀러와."

"알겠습니다."

"자, 네 번호 찍어줄래?"

황주겸이 자연스럽게 핸드폰을 내밀자 김지민은 자신의 번호를 찍어 그에게 내주었다. 그리고 그녀도 황주겸의 번호를 저장했다.

"선배님. 이제 늦어서…… 가볼게요."

"내가 너무 오래 잡았네. 그럼 조심해서 가."

"네. 감사합니다."

김지민은 서둘러 복도를 달려갔다. 그런 그녀의 뒷모습을 보며 황주겸은 한숨을 내쉬었다.

"사장님도 참. 저런 애들은 끌어들이기 쉽지 않은데……."

그의 손에 들려 있던 빈 종이컵이 와그작 구겨졌다.

단체 MT를 떠나기 하루 전날 저녁.

사무실에서 뒷정리를 하며 강윤은 희윤과 통화를 하고 있었다.

"그래? 이번엔 못 온다고?"

─응. 과제도 많고, 만나볼 사람도 많아서. 미안해, 오빠.

"아냐. 거기 일도 중요하지. 올해 졸업이지?"

─응. 졸업식엔 올 수 있어?

"만들어서라도 가야지. 가서 제미스 어워드 구경도 할 겸, 가면 좋겠다."

─제미스?! 와!

희윤의 기뻐하는 목소리가 강윤의 전화기를 타고 들려왔다.

제미스 어워드는 음반업계에서 세계 최고 권위를 가진 상이었다. 그 무대에 초대된 가수들은 매년 엄청난 무대를 펼쳐보였고, 시상식도 매우 공정하게 이루어지기로 정평이 나 있었다. 물론 영어권 가수에게 시상이 몰린다는 한계는 있었지만 말이다.

강윤은 간단하게 안부를 전하고 통화를 마쳤다. 이제 며칠간 회사는 텅 빈다. 일들을 모두 정리해 놔야 편안하게 휴식을 취하러 갈 수 있기 때문이었다.

'에디오스는 제주도에 있다고 했고, 하얀달빛은 참가. 지민이는 못 오고, 재훈이랑 매니저……'

마지막으로 MT 참가 인원을 체크한 강윤은 서류에 도장을 찍고 자리에서 일어났다.

정혜진과 이현지가 사전에 많은 일들을 처리해 놔서 강윤이 할 일은 그리 많지 않았다. 그는 가벼운 발걸음으로 집으로 향했다.

다음 날.

평소와 다르게 모두가 가벼운 옷차림으로 회사에 집결했다. 모두 손에는 큰 가방이 하나씩 들려 있었다.

"사장님!"

가장 늦게 도착한 강윤에게 이현아가 달려왔다. 그녀는 들떠 있었는지 목소리가 고조되었다.

"신난 것 같네?"

"네? 네. 제주도는 처음 가보거든요."

"진짜? 처음이라고?"

여러 가지가 처음인 이현아에게 강윤이 더 신기해했다.

회사를 떠나 제주도로 가는 시간은 그리 오래 걸리지 않았다. 다만 문제는 비행기였다. 김재훈과 이제는 유명세를 조금씩 타기 시작한 하얀달빛 덕에 비행기를 탈 때도 VIP석을 이용해야 했다. 뜻하지 않은 지출이었지만 이런 지출은 기꺼이 감수해야 했다.

제주도에 도착해 빌린 버스를 타고, 강윤 일행은 민진서가 말한 별장으로 향했다.

버스 안은 왁자지껄했다. 하얀달빛과 박소영은 수다에 정신이 없었고, 김재훈은 이현지와 심각한 표정으로 대화를 나누고 있었다. 매니저들과 코디네이터들도 각자 연예인들과 있었던 일상 이야기를 하며 모처럼 여행이 가져다주는 여유를 만끽했다.

"우와……."

해안도로를 달리니 이현아와 박소영이 아름다운 풍경에 절로 넋을 놓았다. 검은 바위와 푸른 바다의 묘한 조화가 그녀들의 마음을 설레게 했다.

"언니. 수영복 가져 왔어요?"

"응. 너는?"

"저도…… 그런데 제 몸매가 별로잖아요."

작은 키가 마음에 걸렸는지, 박소영은 우물쭈물했다. 그러나 이현아는 괜찮다며 웃어 보였다.

"에이, 뭐 어때. 누구 보라고 입는 것도 아니잖아. 진대 오빠, 맞지?"

"그럼그럼. 소영이가 입으면 어떤 옷도 나…… 읍읍……!"

이차희가 김진대의 입을 막아버렸다.

'즐거운 것 같아서 다행이네.'

강윤은 모두가 즐겁게 여행길에 나서니 적잖이 안심했다.

엔터테인먼트 사내에서는 서로를 '식구'라 부르는 경우가 많다. 그만큼 함께하는 시간도 많고 같은 목적을 가지고 명확하게 나아가기 때문이다. 오히려 실제 가족보다 더 가족같이 느끼는 경우도 종종 있었다.

이런 유대관계는 매우 중요했다.

"사장님."

"아, 이사님. 무슨 일인가요?"

이현지는 껍질을 절반 정도 벗긴 바나나를 강윤에게 내밀었다.

"감사합니다."

"설마 여기서도 일 생각하고 있는 건 아니죠? 미리 말하는데요 이틀간. 이현지는 문 닫습니다."

"하하하."

그 말에 강윤도 웃음이 나왔다. 아무리 일을 즐겨하는 그녀라도 계속 일을 하며 사는 건 쉬운 일이 아니었을 것이다. 충분히 그 마음이 이해가 갔다.

"자자. 이제 뒤로 가셔서 노세요."

"어어?"

이현지가 강윤을 일으켜 뒤로 떠밀자 하얀달빛을 비롯한 매니저들까지 모두 강윤의 입성을 환영하며 박수를 쳤다.

어느덧, 차는 한적한 별장 앞에 도착했다. 주변에는 모래 사장과 방파제, 그리고 빨간 등대가 있었다. 게다가 인적조차 드문, 자연이 살아 있는 그런 곳이었다.

"여기 진짜 예쁘다……."

이현아와 박소영이 바닷가를 보며 중얼거렸다. 아름다운 보석 같은 바다빛은 마치 외국을 연상케 했다.

"……여기 곰이냐?"

"그럴지도……."

김진대와 정찬규도 눈을 껌뻑였다.

강윤 일행이 버스에서 내려 짐을 정리하는데 별장의 문이 열리며 원피스를 입은 한 여인이 그들을 마중 나왔다. 자세히 보니 민진서였다.

"어서 오세요. 기다리고 있었어요."

원피스를 입은 민진서의 자태는 남심을 마구 흔들었다. 마치 동화책에서 튀어나온 듯한 공주의 모습이었다. 21세, 절정으로 향하는 그녀의 청순함은 바람에 원피스 자락이 날리며 더더욱 빛을 발했다.

물론, 강윤은 그다지 반응이 없었다.

"와 있었구나. 별장 빌려줘서 고마워."

"아니에요. 다들 피곤하실 텐데 들어오세요."

민진서의 안내를 받으며 모두가 별장 안으로 들어섰다.

'……그런데 민진서는 왜 저렇게 오빠랑 딱 붙어 있는 거지?'

강윤과 매우 가까이 붙어서 걷는 민진서를 보며, 이현아는 눈에 불을 켰다.

강윤 일행은 짐을 풀었다. 특별히 예정된 단체행사가 없어 각자 하고 싶은 일들을 해나갔다.

이현아와 이차희를 비롯한 몇몇 여자들은 바다 산책을 나섰고 김진대와 김재훈, 정찬규와 매니저들은 가져온 가정용 게임기를 연결해 4인용 게임을 시작했다. 돈내기 게임이라 모두의 눈에선 불꽃이 튀었다.

'다들 잘 노네.'

그늘진 평상에 누워 시원한 바람을 맞는 이현지는 간만의 여유로운 시간을 느끼며 매우 행복해했다. 불어오는 바람이 마음까지 시원하게 해주는 듯했다.

그의 옆에는 강윤이 벙거지 모자를 얼굴에 덮고 깊이 잠들어 있었다.

"강윤 씨도 피곤할 만하지."

강윤을 보며 이현지는 쓴웃음을 지었다. 간혹 일 폭탄을 던져놓을 때면 얄밉기도 했지만 누구보다도 든든한 사장님이었다. 다들 신이 나 놀 생각을 하고 있는데 잠만 자고 있는 모습을 보니 안쓰러웠다.

꽤 강한 바람이 불어와 모자를 살짝 흩뜨려 놨다. 하지만 깊이 잠든 강윤은 깨어나지 않고 있었다. 미동도 없는 강윤을 보니, 그녀는 괜히 장난을 치고 싶어졌다.

"펜이……."

"펜이요?"

그런데 바로 옆에서 소리가 들려왔다. 이현지는 소스라치게 놀라 옆을 돌아보았다. 민진서였다.

"깜짝이야. 아우, 놀래라. 진서였니?"

그녀는 가슴을 쓸어내렸다. 민진서는 혀를 빼꼼 내밀었다.

"놀라셨어요? 재미있는 게 없나 하고 와본……. 어라? 선생님이네요. 많이 피곤하셨나 봐요."

"그런가 봐. 그래서 낙서라도 해주려고."

"어머? 정말요?"

민진서는 장난스러운 미소를 지었다.

"이사님. 그런 초딩스러운 일은 안 돼요."

"어허. 초딩이라니. 하여간, 강윤 바라기는 어디 안 가는구나."

민진서는 어깨를 으쓱였다. 그 바라기라는 말, 저 자고 있는 남자는 알까?

누구는 마음고생하고 있는데 괜히 심술이 났다.

"뭐, 오늘은 봐드릴게요. 선생님 생각하면 야속하기도 하거든요."

"후후후. 하긴, 어떻게 보면 그렇기도 하지? 우리 모처럼 통했네?"

민진서는 주머니에 있던 검은 펜을 꺼내 들었다.

곧 두 사람은 장난스럽게 한 걸음 한 걸음 다가갔다. 민진서와 이현지는 소리 없이 킥킥대며 펜을 강윤의 얼굴에 가까이 가져갔다.

그때, 강윤의 눈이 거짓말처럼 번쩍 뜨였다.

"잡았다, 요놈들."

"꺅!"

"꺄아아악!"

펜을 쥔 손이 난데없이 꽉 잡히자 민진서는 세상이 떠나가라 비명을 질렀다. 그녀 옆에서 웃고 있던 이현지도 놀라기는 마찬가지였다.

강윤은 씨익 웃으며 자리에서 일어났다.

"아이고, 잠도 못 자게 낙서라니요. 초등학교 때나 하던 일을······."

강윤은 어이가 없어서 헛웃음이 나왔다.

"쳇. 한 번쯤은 당해줘도 되는데······."

이현지는 입술을 삐죽대며 투덜거렸다. 일은 트럭같이 가져다주면서 이런 사소한 복수도 허락해 주지 않으니······ 괜히 야속했다.

하지만 강윤은 어깨를 으쓱이며 말했다.

"다음에는 당할 만한 상황을 만들어주시죠. 그러면 기꺼이 당해드리겠습니다."

"뭐라고요? 좋아요."

그 말이 그녀의 승부욕에 불을 댕겼다. 이현지 옆에 있던 민진서도 마찬가지였다.

'괜히 기름 부은 거 아냐?'

장난으로 한 발언이었는데 괜히 지옥에 입성하는 건 아닌지 걱정되었다.

저녁이 되자 사람들이 하나둘씩 마당으로 모여들었다. 저녁메뉴는 단연 고기였다. 고기와 함께 술잔이 오가자 분위기는 점차 달아오르기 시작했다.

시끌시끌한 분위기에서, 이현지가 박수를 쳤다. 그러자 모두가 그녀를 주목했다. 그녀는 고기를 굽고 있던 강윤에게로 눈을 돌렸다.

"이럴 때는 사장님이 한 말씀 해주셔야죠."

"오오! 사장님! 사장님!"

고기를 굽다가 이현지에게 집게를 뺏긴 강윤은 난감한 표정을 지었다. 그러나 곧 헛기침을 하며 목소리를 가다듬었다.

"이제 1년이 조금 넘어갔습니다. 지금까지 모두 고생 많았습니다. 항상 이야기하지만 다음에는 더 좋은 곳에서 이렇게 모일 수 있었으면 좋겠습니다. 건배사는 월드를 위하여로 하겠습니다. 월드를!"

"위하여!"

잔 부딪치는 소리가 요란하게 울렸다.

강윤의 건배사가 끝나고, 월드엔터테인먼트의 가수들과 직원들이 서로 친목을 다지는 시간이 이어졌다. 이현아와 김

재훈은 술잔을 교환하며 곡으로 인해 생겼던 응어리를 풀어
냈고, 박소영도 친하게 지내지 못했던 다른 가수들과 조금씩
안면을 텄다.

분위기가 후끈 달아올랐을 때였다. 마당에 한 대의 밴이
도착하더니 두 명의 여성과 남자 매니저 한 명이 차에서 내
렸다. 에디오스의 정민아와 서한유였다.

"언니들, 어서 오세요."

집주인 민진서가 그녀들을 맞아주었다. 정민아와 서한유
도 초대해 줘서 고맙다 화답하곤 강윤에게로 향했다.

"왔구나. 고생했어."

에디오스는 제주도에서 촬영을 마치고 정규 방송이 있는
멤버들을 제외하고 이곳으로 왔다. 한주연은 따로 스케줄이
있어 오지 못했다. 결국 정민아와 서한유만 대표로 참석한
격이었다.

정민아는 배가 고팠는지 바로 고기부터 찾았다. 한창 몸매
관리를 하느라 고기 냄새만 맡아도 기절할 것 같았다.

"고기!"

정민아는 강윤 앞에 있는 익은 고기들을 미친 듯이 입에
넣기 시작했다.

"천천히 먹어."

강윤이 웃으며 말했지만 정민아에겐 통하지 않았다. 오늘
은 한 달에 몇 번 없는 다이어트 예외 날이었다. 이럴 때 마
음껏 먹어야 했다.

그래도 그녀는 강윤에게 쌈을 싸주는 것을 잊지 않았다.

"아저씨, 아~"

"괜찮은……."

"아."

정민아의 강권에 결국 강윤은 쌈을 입에 물었다. 손이 자유롭지 않아 입으로만 받아야 했다.

'……'

당연히 그 모습은 민진서와 이현아의 눈에도 띄었다. 그것도 매우 두드러지게.

민진서는 큼지막한 고기와 각종 채소들을 맛깔나게 넣어 바로 강윤에게 달려왔다.

"선생님. 드세요."

"이어 머거 이느 주이데(이거 먹고 있는 중인데)."

"드세요."

민진서는 기다렸다. 강윤이 다 삼킬 때까지. 민진서의 눈은 무시무시했다. 강윤은 그녀의 쌈을 손으로 잡으려 했다. 그러자 그녀의 눈에 힘이 들어갔다.

"아."

"……."

강윤은 또 입을 벌려야 했다. 그는 쌈을 입에 넣고 야무지게 씹었다. 고기의 육즙과 쌈장, 야채들이 맛스럽게 조화되어 매우 맛있었다.

"맛있죠?"

"마이네(맛있네)."

"또 해올게요."

민진서가 상추와 깻잎을 가지러 테이블로 향하자 강윤은 공포를 느꼈다. 그런데 저쪽에서 이현아가 쌈을 들고 다가오고 있었다.

그는 옆에 있던 김재훈에게 고기 집개를 쥐어주었다.

"형, 왜 그러세요?"

"나 화장실 좀."

강윤은 도망치듯 그 자리에서 벗어났다. 그도 눈치라는 게 있었다. 여기 있다간 저 세 여인이 먹여주는 쌈에 배가 터져 나갈지도 몰랐다.

"재훈 씨. 선생님 못 보셨어요?"

"오빠, 아저씨는?"

"오빠, 강윤 오빠 못 봤어요?"

"……."

민진서에 정민아, 이현아까지 자신에게로 와서 강윤을 찾아대자 김재훈은 멍하니 눈을 껌뻑였다.

압구정에 위치한 한 스튜디오.

김지민은 여성잡지에 들어갈 사진 촬영에 한창 열을 올리고 있었다.

"은하 씨. 조금만 웃어볼까?"

사진작가는 결과물을 보며 만족스럽지 않은지 손가락으로 입술 위에 호선을 그렸다. 좀 더 웃어보라는 이야기였다. 김지민은 고개를 끄덕이고는 손가락으로 입술을 만지작거리며 안면 근육을 들어올렸다.

다시 촬영이 이어졌다.

'지금쯤이면 다들 신나게 놀고 있겠지?'

이상하게 머릿속에서 잡념이 떠나지 않았다. 누구는 일하고, 누구는 제주도에서 편히 놀…… 에이. 더러…… 생각하면 할수록 야속했다.

"어? 은하 씨. 표정이 이상해."

"죄송합니다."

다른 생각이 자꾸 들어서 그런지 김지민은 촬영에 집중을 하지 못했다. 사진작가는 몇 장의 이어지는 결과물들을 보며 고개를 흔들었다.

"안 되겠다. 잠깐 쉬었다 하면 나아질까? 쉬었다 갈게요!"

결국 김지민으로 인해 휴식이 시작되었다. 이대로 계속 촬영을 이어가봐야 효율이 없다는 판단에서였다.

김지민은 민망함에 사진작가에게 사과를 했다.

"죄송합니다."

"아냐, 지민 씨. 컨디션이 안 좋은 날도 있는 거지. 잠깐 쉬면 좋아지겠지?"

"네."

사진작가를 비롯한 스태프들에게 사과하고 김지민은 자리로 돌아갔다.

그녀가 매니저에게서 물을 받아 마시곤 긴 한숨을 쉬고 있을 때, 누군가 다가왔다.

"너무 쳐져 있는 거 아냐?"

"선배님."

며칠 전, 함께 라디오에서 인연을 맺었던 황주겸이었다. 공교롭게도 두 사람은 오늘 함께 화보 촬영을 하는 날이었다.

황주겸은 힘없이 쳐져 있는 김지민을 격려해 주었다. 매일다 좋을 수는 없는 거라면서.

평소라면 감사하다며 가볍게 넘길 김지민이었지만, 오늘은 그 말이 그렇게 고마울 수 없었다.

"……감사합니다."

"아냐, 아냐. 그런데 오늘 무슨 일 있는 거야? 평소와 다르게 힘이 없는데?"

"그게요……."

김지민은 저도 모르게 스케줄 때문에 자신만 제주도에 가지 못하게 되었다는 이야기를 해버렸다. 엄밀히 말하면 에디오스의 4명도 못 갔지만, 그 사실은 생각을 못했다.

이야기를 들은 황주겸은 쓸쓸한 표정을 지었다.

"저런. 며칠만 있다가 시간을 맞춰줬으면 좋았을 텐데."

"할 수 없죠. 모두의 스케줄을 맞추는 건 힘드니까요."

이해는 하고 있었지만 마음 한구석에 서운한 마음이 드는 건 어쩔 수 없었다.

황주겸은 계속 김지민의 편을 들었고, 그녀는 마음을 열어 갔다.

"지민아. 이게 위로가 될지는 모르겠는데 잠깐이라도 휴가를 떠나보는 게 어때?"

"휴가요? 어디로요?"

김지민은 호기심이 일었다. 그러자 황주겸은 씨익 웃으며 답했다.

"우리 회사로."

어이가 없는 말이었지만, 그 예상치 못한 말에 김지민은 풋 하며 웃음을 터뜨렸다.

"하하하, 에이. 선배님도. 거기가 무슨 휴가지예요."

"회사 벗어나면 다 쉬는 곳이지. 그렇지?"

"하하하하. 그런가요?"

김지민은 결국 자연스럽게 황주겸의 말에 넘어갔다.

촬영이 끝나고, 그녀와 황주겸은 그의 소속사인 VVIP로 향하게 되었다.

저녁식사부터 시작된 술자리는 밤늦도록 이어졌다.

사장부터 이사, 연예인, 직원들까지 모두가 어우러지는 술자리였다.

그동안 하지 못했던 이야기도 나오고, 서운했던 이야기와 즐거웠던 이야기들이 오가며 술자리는 밤새도록 이어졌다.

다음 날 아침, 민진서는 11시가 넘어서야 눈을 떴다.

"하아암……."

길게 하품을 하며 눈을 뜨니 옆에는 정민아를 위시한 이현아에 이차희까지 4명이 함께 아무렇지도 않게 여기저기서 자고 있었다.

"이게 말로만 듣던 대학교 MT라는 거구나."

숙소가 엉망진창이었지만, 그녀는 오히려 즐거웠다. 모처럼 사람들과 이렇게 어울릴 수 있다는 것에 그녀의 마음에 훈풍이 불게 해주었다.

"흠냐흠냐……."

"쿠울……."

민진서는 자고 있는 여자들을 넘어 조용히 문을 열었다.

가벼운 기초화장을 한 그녀는 집을 나섰다. 마당 옆에 있는 평상으로 가니 강윤과 김재훈이 있었다. 김재훈이 핸드폰에서 흘러나오는 반주에 맞춰 노래를 하고 있었고, 강윤은 어깨춤을 추며 감상하고 있었다.

"선생님. 어? 재훈 오빠."

민진서는 자연스럽게 그들에게 섞여 들어갔다. 강윤과 김재훈도 손을 들어 그녀를 맞아주었다.

"잘 잤어?"

"네. 선생님은요?"

"나야 잘 잤지. 진서는 괜찮았어?"

민진서는 장난스럽게 웃으며 답했다.

"민아 언니가 코를 조금 고는 거 빼고는 괜찮았어요."

"큭큭."

김재훈은 킥킥대며 웃었다. 정민아의 이미지에서 코를 곤다는 건 상상도 하기 힘들었는데 새로운 사실이 밝혀지는 순간이었다. 라이벌(?)을 향한 은근한 디스였다.

강윤도 어깨를 으쓱였다.

"이런. 진서도 들어볼래? 재훈이가 이번에 만든 노래인데."

"어? 그래요?"

민진서는 눈에 호기심을 띠고 앉았다. 사실 강윤이 어떻게 일하는지 보고 싶은 마음이 컸다. 그녀는 조용히 강윤 옆에서 두 사람을 지켜보았다.

조언과 멜로디, 창법 등 여러 가지 어려운 말들이 이어졌다. 그리고 김재훈이 어떤 음악을 원하는지에 대해서도 대화가 오갔다. 민진서에게는 어려운 말들이었지만 이런 대화를 할 때의 강윤은 빛이 났다.

……몇 년이 지나도 콩깍지는 벗겨질 줄을 몰랐다.

한참 동안 곡에 대한 이야기를 하던 김재훈은 정찬규와 할 이야기가 있다며 자리에서 일어났다. 평상에는 민진서와 강윤, 두 사람만 남았다.

"다들 아직 일어나지 않은 것 같은데 나가서 밥이나 먹고 올까?"

느닷없는 강윤의 제안을 민진서가 거절할 이유가 없었다.

"그럴까요?"

사실 날아갈 것 같았지만, 티를 내지 않으려 노력했다.

두 사람은 승용차에 올라 별장을 나섰다.

"우와아~"

강윤의 옆 좌석에 앉은 민진서는 에메랄드 빛깔의 바다를 보며 탄성을 냈다. 펜션에서 보는 바다와 또 다른 매력이 있었다.

그녀의 탐스러운 머리칼이 바람에 흩날리며 샴푸향이 강윤의 코를 간질였다.

"좋아?"

"네!"

강윤은 이상한 기분을 느끼며 민진서에게 물었다. 그녀가 밝게 웃으며 화답하자 강윤은 부드럽게 미소 지었다.

'묘한 향이네.'

코를 간질이는 샴푸향에 옆을 돌아보니 민진서의 밝은 표정이 한눈에 들어왔다. 성숙한 여인의 향기였다. 그도 남자인지라 이런 향에 민감했다.

두 사람이 탄 차는 유명한 성게비빔밥 집에 도착했다. 작고 허름하지만 입소문을 타서 유명해진 곳이었다.

"어서 오세요. 어머, 강윤 매니저님!"

식당의 여사장은 강윤을 알아보았는지 반가운 얼굴로 맞아주었다. 강윤도 그녀에게 반가운 얼굴로 화답했다. 오래전 강윤이 매니저 일을 하던 시절, 담당 연예인이 제주도에서 드라마 촬영을 할 때 알게 된 지인이었다.

여사장은 강윤과 이야기하다가 선글라스와 몸 전체를 가볍게 가린 민진서에게로 시선을 돌렸다.

"어머, 오늘도 담당 연예인과 오셨어요? 누구실까?"

"하하하. 오늘은 개인적인 일로 왔습니다. 남은 방 있나요?"

"물론이죠. 누가 왔는데 만들어서라도 드려야죠. 들어오세요."

강윤과 민진서는 여사장의 안내를 받아 방 안으로 들어갔다.

민진서는 선글라스를 벗으며 강윤에게 물었다.

"여기 아시는 집이에요?"

"아아. 옛날에 매니저 할 때 알게 된 집이야. 진짜 맛있어."

강윤이 매니저 출신이라는 것은 이미 알고 있었다. 그녀가 매니저 일을 했던 과거를 물으려 할 때, 여사장이 반찬을 들고 안으로 들어왔다.

"오랜만에 뵈니 정말 반갑……. 어머? 민진서 씨?! 우와! 강윤 씨는 대단한 분과 함께 다니네요."

여사장의 눈이 휘둥그레졌다. 한국과 중국을 아우르는 대스타, 민진서를 그녀가 모를 리 없었다.

"안녕하세요?"

"네, 안녕하세요. 더 잘해드려야겠네요?"

"하하하. 잘 부탁드려요."

민진서도 부드럽게 화답했다. 여사장은 반찬을 놓고는 성게비빔밥과 갈치조림을 주문 받은 후 밖으로 나갔다.

곧 식사가 나왔다. 민진서는 고소한 향이 올라오는 성게비빔밥에 눈을 빛냈다.

그녀는 밥을 열심히 비벼 한입 넣더니 눈을 휘둥그레 떴다.

"진짜 맛있어요!"

"그렇지? 입에 맞다니 다행이네."

성게 특유의 향과 고소하게 올라오는 맛이 묘한 조화를 이루었다. 게다가 갈치조림의 맛도 기가 막혔다. 밥 한 그릇 뚝딱 해치우는 건 순식간이었다.

"벌써 다 먹은 거야?"

"……헤헤."

민진서는 민망한지 혀를 빼꼼 내밀었다. 강윤의 밥공기는 아직 절반이 남아 있었다. 그러나 그는 피식 웃으며 밥을 하나 더 주문해 주었다. 항상 관리하지만 민진서가 식탐이 있다는 걸 강윤은 잘 알고 있었다.

식사가 끝나고 민진서는 빵빵해진 배를 두드렸다.

"잘 먹었습니다."

강윤도 잘 먹는 민진서에게 만족하며 자리에서 일어났다. 그는 자연스럽게 계산대 앞에 섰다.

그때 민진서가 달려왔다.

"제가 낼게요."

"아냐. 가자고 한 건 난데 내가 내야지."

강윤과 민진서는 서로 자기가 계산하겠다며 잠시 실랑이를 벌였다.

결국은 민진서가 기어이 현금을 내밀더니 계산을 하며 승리했다.

"이런 걸 원한 건 아닌데……."

강윤이 민망함에 머리를 긁적이자 민진서가 웃으며 말했다.

"다음에 제가 월드에 갔을 때 맛있는 거 사주세요."

"그래? 알았어."

점수를 따고, 다음 약속까지 받아내는 더블플레이. 최고의 결과에 민진서는 강윤 몰래 입꼬리를 올렸다.

강윤이 나가고, 이어서 민진서도 밖으로 나서려 할 때, 여사장은 민진서에게 A4 용지를 내밀었다. 걸어두기 위한 사인을 부탁하기 위해서였다.

민진서는 펜을 들어 '맛있어요!'라는 센스 있는 사인을 해주었다.

"고마워요."

"아니에요. 저, 궁금한 게 있는데요."

여사장은 고개를 갸웃했다. 민진서가 자신에게 궁금한 것이 있다는 게 신기했다.

"저, 이강윤 선생님과는 어떻게 알게 되신 건지 물어봐도 될까요?"

"아, 매니저님 하고요?"

여사장은 강윤이 간 방향을 바라보며 부드러운 표정을 지으며 말했다.

"언제더라…… 드라마 '바람과 함께'를 촬영하는 때였어요. OTS에서 한 드라마였는데 그때 주인공이 신창민이었나? 아무튼 매니저님은 당시 조연배우 매니저라 들었는데, 누군지 기억은 안 나네요."

"아아."

"그때 저희 가게가 어려웠어요. 2월에 촬영을 했는데, 장사가 잘 안 되는 비수기거든요, 겨울에서 봄이 되는 시기라……. 너무 장사가 안 되어 문을 닫아야 했었죠. 그때 매니저님을 처음 만났어요. 처음에는 담당 연예인과 함께 와서 맛있다며 사인까지 해주셨죠. 그다음에는 다른 스태프들에게 추천해 주고 이후에는 계속 같이 오셨어요. 그렇게 위기를 넘기고 나니까 사람들이 늘기 시작해서 그때부터 맛집이라고 소문이 나기 시작했어요. 이제는 자리를 잡았죠. 매니저님은 우리가게를 구해준 은인이에요. 요새는 작곡도 하신다 들었는데 멋진 분이예요. 결혼은 하셨나 몰라."

강윤의 과거 일을 듣게 되니 민진서는 즐거웠다.

이 가게는 허름하지만 손님들은 계속 드나드는, 장사가 무척 잘되는 곳이었다. 이런 가게의 사장과 강윤이 이런 인연으로 연결되어 있을 줄은 생각도 하지 못했다.

"감사합니다. 저도 자주 올게요."

"민진서 씨라면 언제든 환영이에요! 매니저 분이랑 오세요! 서비스 듬뿍 드릴게요."

여사장의 배웅을 받으며 민진서는 강윤과 함께 식당을 떠났다.

밥을 먹었으니 다음 목표는 커피였다. 식당에서 얼마 떨어지지 않은 해안가에 전망 좋은 카페가 있었다.

두 사람은 카페로 들어가 직원에게 아메리카노 두 잔을 주문하고는 2층 구석에 자리를 잡았다. 사람이 없어서 두 사람이 이야기하기에는 제격이었다.

평범하면서 사소한 이야기들이 오갔다. MG엔터테인먼트에서의 모습과는 전혀 다르게 그녀의 얼굴에는 활기가 돋았다. 누구에게도 쉽게 하지 못했던 이야기를 강윤에게는 편히 할 수 있었다.

"……그래서, 그 배우가 마음에 안 들어?"

"조금? 아니, 조금이 아닌가? 석 달 전에 칼을 휘두르는 연기를 한 적이 있었어요. 그때 땅에 끌리는 옷을 입고 있었는데 상대가 계속 옷자락을 밟아댔어요. 한두 번도 아니고, 자꾸 그러니까 의심이 되더라고요. 알고 보니 일부러 그런 거였어요."

"저런. 그래서 어떻게 했어?"

"소품 칼로 배를 찔러 버렸어요. 아주 세게."

강윤은 눈이 휘둥그레졌다. 소품이라 당연히 박히거나 하는 일은 일어나지 않는다. 하지만 통증은 다른 문제였다.

되로 받고 말로 돌려준 격이었다. 민진서가 화가 났을 때 보이는 과격함은 여전했다.

하지만 이 정도 기싸움은 배우들 세계에서는 아무것도 아니라는 걸, 강윤은 잘 알았다. 특히 자국도 아니고 타국이라면 살아남기 위한 기싸움은 더더욱 살벌하리라.

그 이후, 배를 찔린 배우가 설설 기었다는 이야기를 들으며 강윤은 피식 웃었다.

"……얼굴을 다치게 하진 않았네. 그나마 다행이야."

"그래도 배우잖아요. 얼굴이 생명인데 그건 아닌 것 같았어요."

강윤은 어깨를 으쓱였다.

"기싸움에서 이겼다니 다행이네. 하지만 다음부터는 조심해. 타국이잖아."

"네, 선생님."

강윤이 걱정을 해주니 이상하게 마음이 푸근해졌다. 사심 하나 없는 그의 진심이 느껴졌기 때문이었다.

한참 동안 자신의 활동 이야기만 하다 보니 민진서는 강윤에 대해 궁금해졌다. 생각해 보니 강윤에 대해 아는 게 많지 않았다. 조금 전의 성게비빔밥 집도 그렇고 여러 가지로.

"선생님은 스트레스를 어떻게 푸세요?"

조금은 뜬금없는 질문이었다. 강윤은 잠시 생각에 잠겼다.

지금까지 강한 스트레스를 받아와도 내색하지 않고 어떻게든 넘겼던 것 같았다. 높은 목표가 그것을 극복하게 만들었기 때문이었다.

강윤은 차분히 말했다.

"글쎄…… 딱히 스트레스를 푸는 법은 없는 것 같은데."

"힘들진 않으세요? 목이 뻣뻣해진다던가, 몸이 피곤하다던가?"

생각해 보니 간혹 목 뒤가 뻐근해질 때가 있었다. 편곡이나 일에 열을 올릴 때 일시적으로 간혹 일어나는 일이었다.

강윤이 고개를 끄덕이자 민진서의 얼굴이 걱정으로 물들었다.

"선생님, 스트레스는 풀어야 해요. 쌓아두면 좋지 않아요."

"그런가. 아직까진 괜찮은데……."

그의 태연한 말에 민진서는 눈을 휘둥그레 떴다.

"선생님, 그러다 큰일 나요. 선생님이 얼마나 중요한 사람인데…… 무슨 일이라도 생기면 어떡해요."

"하하하, 설마 그러겠……."

"선생님."

민진서는 단호한 시선으로 강윤을 째려보았다. 지금까지의 부드러운 눈과는 사뭇 달랐다. 강윤은 피식 웃으며 그녀의 머리에 손을 올렸다.

"녀석. 알았어. 신경 쓸게."

"꼭, 꼭. 스트레스는 만병의 근원이에요."

"알았어. 확인이라도 받을까?"

"네. 매일 확인 받으세요."

"하하하하."

강윤은 너털웃음을 지었다.

'진서가 걱정해 주다니. 나쁜 기분은 아니네.'

사람들에겐 대배우, 국민여동생 등 최고의 호칭으로 불리는 민진서였지만, 강윤에게는 제자일 따름이었다. 하지만 어느덧 자신을 걱정해 주고 눈을 맞대고 대화를 나눌 정도로 성장했다는 것이 느껴졌다. 기분이 묘했다.

떠드는 사이 두 사람의 잔에는 작은 얼음 알갱이들만 남았다.

강윤은 시계를 보더니 자리에서 일어났다.

"돌아갈까?"

"네."

카페를 나서며 민진서는 강윤의 옆에 바짝 붙었다. 아직 손을 잡거나 팔짱을 끼워볼 용기는 나지 않았다. 사람들의 시선이나 그가 이상하게 느끼진 않을까 등등 신경 써야 할 것들이 너무 많았다.

그래도 강윤과 함께 걷는 그녀의 얼굴은 행복감에 물들어 있었다.

"꺅!"

"해보자는 거야!? 좋아! 다 덤벼!"

서한유와 정민아는 자신들에게 물세례를 퍼붓는 매니저들과 김진대에게 반격에 나섰다. 비키니라는 시원한 패션에 맞지 않게, 정민아는 격렬하게 물장구를 치며 자신을 공격하는 모두를 제압해 나갔다.

"와우! 야! 튀어!"

"꽥!"

김진대와 이현아는 정민아의 엄청난 반격에 죽을 맛이었다. 그녀의 운동능력은 상상을 초월했다. 물보라가 칠 때마다 얼굴을 덮쳐오는 물의 양이 상당했다. 덕분에 짠맛을 제대로 느껴야 했다.

모두가 그렇게 물보라 속에서 놀고 있을 때, 차가 주차장에 서는 모습이 눈에 들어왔다. 일행이 제주도에 도착해서 빌린 렌터카였다.

'저 아저씨가?!'

'뭐야, 뭐야?!'

차에서 내린 두 사람을 포착하자 정민아와 이현아의 눈이 도끼눈이 되었다. 운전석에서 강윤이, 조수석에서 민진서가 나란히 내리는 것이 아닌가?! 게다가 차에서 내린 후 화기애애함이 물씬 풍겨 나오는 것이……

'가자!'

정민아와 이현아는 누가 먼저랄 것도 없이 눈빛을 교환하고는 물장구를 멈췄다. 두 사람이 강윤을 가리키며 빠르게 걷기 시작하자 모두가 씨익 웃으며 따라나섰다.

한편, 다가오는 위협을 아는지 모르는지 강윤은 민진서와
의 대화에 빠져 있었다.

"선생님. 오늘 감사합니다."

"아냐. 나야말로 재미있었어. 오랜만에 아는 분도 만나서
즐거웠고."

강윤은 빙긋 웃었다.

자신을 걱정해 주며 대화가 통할 정도로 성장한 민진서는
매우 인상적이었다. 그 생각을 하면 마음이 흐뭇해졌다.

강윤이 안으로 들어가려는데, 뒤에서 이상한 기척이 느껴
졌다. 돌아보니 수영복을 입은 월드엔터테인먼트 군단이 있
었다.

"캬아아아아아아아아악!"

모두가 한마음으로 소리쳤다. 그러자 강윤은 순간 깜짝 놀
라 멈칫했다.

"잡아!"

정민아의 외침과 함께 모두가 강윤에게 달려들었다.

"이, 이게 뭐하는 거야?"

"어허, 어허!"

강윤은 졸지에 사지가 번쩍 들렸다. 정민아가 왼팔, 이현
아가 오른팔을, 남자 두 사람이 다리를 붙잡았다. 물속에 던
지려는 속셈이었다.

"쿡쿡."

민진서마저 적으로 돌변했는지 강윤의 주머니에서 핸드폰
과 중요 물품을 꺼내는 만행을 저질렀다. 마음 놓고 던지라
는 의미였다.

"어? 어. 이것들이……."

강윤은 어이가 없는지 웃음밖에 나오지 않았다. 이런 장단
에 함께 놀아주는 것도 나쁘지 않았다.

"하나."

"둘."

"셋!"

풍덩!

강윤은 곧 가마니 던져지듯 내던져졌다.

"푸하하하하하!"

"하하하하하!"

물에 강윤을 던져 넣자 모두에게서 웃음보가 터졌다. 큰일
을 처리했다는 듯, 하이파이브까지 했다.

그런데 물속에 들어간 강윤이 떠오르지 않았다. 금방 일어
날 거라 생각했던 모두는 당황하며 강윤에게로 달려갔다.

"아저씨!"

"오빠!"

정민아와 이현아를 앞세워 달려가는데, 갑자기 강윤이 벌
떡 일어났다.

"꺄아아아아아아아아아아아악!"

강윤은 일어나자마자 맨 앞에 있던 정민아에게 달려들어

어깨에 들쳐 멨다. 그녀의 건강미 넘치는 몸이 순간 번쩍 들렸다.

"후후, 해보자 이거지?"

"아, 아저씨이이! 눌려요, 눌려!"

"후후후. 누가 먼저 시작했지?"

강윤은 사악한 눈빛을 하며 천천히 깊은 바다로 들어가기 시작했다. 정민아는 도끼눈이 되어 강윤의 등을 두드려댔다.

"으아아앙! 아저씨, 아저씨! 잘못했어요! 옷, 옷 벗겨진다고요!"

정민아의 울음 섞인 목소리와 일행의 폭소가 바닷가를 뒤덮어갔다.

VVIP엔터테인먼트는 지어진 지 몇 년 안 된 깔끔한 현대식 건물에 있었다.

황주겸과 함께 VVIP에 온 김지민은 내부를 둘러보며 눈을 반짝였다.

"우와."

월드엔터테인먼트가 작지만 실속 있는 시설 위주로 구성되어 있다면, VVIP엔터테인먼트는 화려하면서 현대적인 인테리어가 주를 이루었다. 회사 직원들도 많았고, 그들 모두가 바쁘게 움직이고 있었다.

"매니저는 어디 있니?"

"회사 근처에서 기다리라고 했어요."

황주겸의 물음에 김지민은 편안하게 답했다.

두 사람은 5층 건물을 하나하나 살폈다. 스튜디오를 비롯해 연습실과 월드엔터테인먼트에 없는 각종 편의시설까지 모두 둘러보았다.

"……헬스장까지 있다니. 대단하네요."

"직원들을 위해서 회사는 당연히 투자해야지. 그렇지?"

김지민이 연신 감탄하자 황주겸은 입꼬리를 말아 올렸다.

모든 시설을 둘러본 두 사람은 곧 사장실로 향했다. 그곳에서는 대표 이병진이 그들을 기다리고 있었다.

"어서 와요, 환영합니다."

그는 볼록 나온 배를 살짝 어루만지고는 김지민을 맞아주었다. 전체적으로 후덕해 보이는 얼굴이었지만, 눈매는 날이 선 이중적인 인상을 하고 있었다.

곧 비서가 차를 내오고, 이병진 대표는 편안한 어조로 물었다.

"회사를 둘러보니 어떤가요?"

"시설이 좋아요. 헬스장에 식당도 있고…… 진짜 좋은 것 같아요."

"직원들을 위해서 투자를 하는 건 당연한 일이지요."

김지민은 그 말에 공감하며 고개를 끄덕였다. 이병진 대표라는 사람은 왠지 모르게 좋은 사람 같았다.

대화를 나누며, 그는 VVIP의 여러 가지 장점들을 이야기
했다. 기획사의 규모와 지원 정도, 회사가 가진 인맥 등 여러
가지 장점들을 김지민에게 어필했다.

"아아. 그래요?"

김지민이 자신의 말에 귀를 기울이는 듯하자, 이병진 대표
는 슬쩍 용건을 흘리기 시작했다.

"물론 우리 회사는 아무에게나 이런 지원을 제공하지는 않
습니다. 가치를 창출할 수 있다 판단되는 연예인에게 확실한
투자를 하는 겁니다. 우린 은하 양이 그럴 가치가 있는 연예
인이라 생각합니다. 개인적으로 은하 양이 저희 회사에서 이
런 지원을 받았으면 하는군요."

"네?"

김지민은 당황했다. 돌고 돌아 결국 스카웃 제의였다.

이병진 대표는 자신감 어린 말투로 연신 말을 이어갔다.

"우리는 은하 양을 지원한 만반의 계획과 시스템, 그리고
시설을 갖추고 있어요. 월드라는 작은 소속사에서 은하 양이
지금의 위치까지 오를 수 있었던 건 그만큼 은하 양이 뛰어
났기 때문이에요. 우린 여기에 날개를 달아 더 높이 날게 할
준비가 되어 있습니다."

그녀의 눈빛이 가라앉았다.

월드보다 우리가 더 낫다. 이병진 대표는 이 말을 돌려서
했다. 결국 여기로 오라는 말이었다.

월드를 깎아내리고, 자신들을 높이는 태도에서 김지민은

기분이 팍 상했다.

그러나 그걸 알지 못한 이병진 대표는 신이 나서 말을 이어갔다.

"우린 지민 양의 노래를 높이 평가하고 있습니다. 하지만 월드에서는 지민 양의 노래에만 주목한 나머지 춤이라는 가능성을 철저히 무시했죠. 그리고 연기라는 새로운 길을 개척할 생각이고요. 어떤가요? 우리와 함께 새롭게 시작해 보지 않겠습니까?"

김지민은 잠시 눈을 감았다. 사실, 생각하고 자시고 할 것도 없었다.

'사장님은 나한테 춤에는 재능이 하나도 없다고 못을 박았어. 그래서 악기를 배우게 했고, 노래에 올인 하게 했지.'

회사 방침이 강윤과 명확하게 달랐다. 김지민은 자신이 춤에 재능이 전혀 없다는 걸 명확하게 인식하고 있었다. 덕분에 얼마나 마음고생을 했던가. 하지만 그걸 넘어 자신을 이 자리로 올려준 사람이 강윤이었다.

게다가 듣도 보도 못한 연기라니. 그녀가 생각한 길과는 완전히 다른 길이었다.

더 들을 필요도 없었다. 김지민은 자리에서 벌떡 일어났다.

"죄송합니다. 이런 자리인 줄 모르고 온 것 같네요. 전 이만 가보겠습니다."

"은하 양?"

"앞으로 뵙지 않았으면 좋겠습니다. 그럼."

한번 결정한 김지민은 단호하게 사장실 문을 열고 그대로 나가버렸다. 두려움에 가슴이 두근거렸지만 그녀의 입에서 나오는 말들 하나하나는 강했다.

빠른 걸음으로 VVIP 건물을 벗어나는 그녀를 황주겸이 뒤쫓아 왔다.

"지민아. 그래도 이야기는 끝까지……."

"선배님."

김지민은 가라앉은 눈을 들어 그의 눈과 마주했다.

"이런 자리인 줄 알았으면 전 오지 않았을 거예요. 가보겠습니다."

그녀는 그대로 돌아섰다. 그런데 황주겸이 강하게 김지민의 손을 낚아챘다.

"야. 은하 네가 그렇게 잘났냐? 어?!"

갑작스럽게 그의 태도가 돌변할 줄은 상상도 못했다. 남자가 여자에게 완력을 사용하다니……. 추했다.

김지민의 눈빛이 가라앉았다. 두려움과 경멸이 섞인 눈으로 입술을 꾹 깨물며 차분하게 답했다.

"저희 소속사에서는 지금처럼 추하게 완력을 쓰지는 않아요. 다 말로 해도 알아듣거든요. 그리고 확실히 말하는데, 앞으로 할머니나 저한테 찾아오는 일, 없도록 해주세요. 전 저희 소속사를 떠날 생각이 없으니까."

"이……."

김지민의 팔을 붙잡은 황주겸의 손이 강하게 떨려왔다.

"미친년! 월드? 자기 소속사 빠순이 같은 게 어디서 훈계질이야?! 그런 코딱지만 한 소속사에서 너 같은 게 얼마나 클 수 있을 것 같아?"

짝!

김지민은 황주겸의 뺨을 올려붙였다. 시원하게 울려 퍼지는 소리에 사방에서 사람들이 모여들었다.

사람들이 몰려드는 것을 아는지 모르는지, 김지민은 그를 노려보았다.

"말조심 하세요. 거지같다니요? 아무도 알아주지 않는 저를 가수로 만들어준 곳이 월드라는 곳이에요. 제가 이 소속사를 거지같다고 하면 선배 기분이 좋겠어요?"

"⋯⋯."

"이거 놔요. 빠순이가 배신자보다 백배는 낫거든요?"

김지민은 당차게 황주겸의 손을 뿌리쳤다. 사람들의 시선이 집중되어 황주겸은 아무것도 할 수 없었다. 문을 나서는 그녀를 아무도 제지하지 않았다.

"흥."

문 앞에서 대기하고 있던 밴에 오르며, 김지민은 콧방귀를 끼었다.

♩ ♪♩♪ ♩♪♫ ♪

"수고하셨습니다."

집 앞에서, 김지민은 벤을 보내며 손을 흔들었다.

VVIP엔터테인먼트까지 갔다가 전쟁을 치르고 나온 김지민은 피곤했다.

'아, 몰라몰라!'

김지민은 고개를 세차게 흔들었다. 생각하기도 싫었다.

오늘 있었던 가요계 선배에게 행한 무례가 부메랑처럼 돌아올까 걱정도 되었지만 애초에 잘못한 쪽은 VVIP엔터테인먼트였다. 어디서 감히 소중한 소속사를 그런 식으로…….

하지만 혹여나 월드에 피해라도 갈까 걱정되었다.

"지민아."

고개를 푹 숙인 김지민이 안으로 들어가려는데, 그녀를 부르는 목소리가 있었다. 돌아보니 강윤이 손을 들고 서 있었다.

"선생님!"

김지민은 놀라 소리쳤다. 오늘 돌아오는 날이기는 했지만, 지금 시간이면 집에 가 있을 시간이라 생각했다. 그런데 자신의 집 앞에 강윤이 있다니…….

강윤은 김지민의 힘없는 표정에 걱정스럽게 물었다.

"무슨 일 있었어? 힘이 없어 보이네?"

제주도에서 사온 특산물, 한라봉을 건네며 강윤은 그녀의 등을 다독였다. 제주도에서 돌아오자마자 집에도 들리지 않고 바로 달려왔다는 말을 들으니 그녀의 눈빛이 감동으로 반짝였다.

이상한 소속사에서 받은 상처 따위, 금방 사그라지는 기분이었다.

"에이. 별일은요. 그냥 날파리가 꼬였었어요."

"날파리?"

"원래 맛있는 음식엔 날파리가 꼬이는 거잖아요. 선생님, 잠깐 들어왔다 가실래요? 할머니도 좋아하실 텐데?"

강윤은 멋쩍은 표정을 짓다가 그녀의 강권에 못 이겨 집 안으로 들어갔다.

그를 앞세우며, 김지민은 생각했다.

'난 역시 여기가 좋아.'

이렇게 자신을 생각해 주는 사장님을 두고 어디를 가겠나. 시설이고 뭐고 알아주는 사람 곁에서 계속 노래를 하고 싶어졌다.

3화
명곡의 재해석

"아유, 어서 와요. 사장님."

늦은 시간이었지만 정길례 여사는 강윤을 반갑게 맞아주었다.

그가 멋쩍은 얼굴로 안으로 들어서자 김지민은 방석까지 깔아 자리를 내주었다.

'좋은 집을 구했네. 불편하진 않나 보구나.'

집안을 둘러보며 강윤은 안심했다.

이번 앨범이 잘되자, 김지민은 연습생 때 강윤이 구해줬던 집에서 다른 집으로 이사를 갔다. 자신에게 드는 비용을 조금이라도 줄여주고 싶다는 이유에서였다.

고풍스러운 느낌의 커튼과 하얀 벽지의 조화가 아담한 크기의 집안과 잘 어우러지며 깔끔한 분위기를 연출하고 있었다.

"감사합니다."

정길례 여사는 정성들여 차를 내왔다. 뜨거운 김이 올라오는 대추차였다. 달달한 향이 여독을 풀어주는 기분이 들어 강윤의 표정이 한껏 편안해졌다.

"선생님, 제주도에서는 즐거우셨어요?"

"즐거웠지. 지민이가 못 와서 아쉬웠지만."

"저도요. 다음에는 꼭 같이 가고 싶어요."

김지민은 아쉬움을 드러냈다.

연예기획사의 특성상 회사 내 사람들과 스케줄을 맞추는 일이 쉽지 않았다. 결국 이번에는 김지민이 희생해야 했다. 강윤도 그 일이 마음에 걸려서 도착하자마자 한달음에 달려왔고 말이다.

강윤이 제주도에서의 이야기를 하나하나 풀자 김지민도 며칠 동안 있었던 이야기를 해주었다.

그동안 강윤이 에디오스 일 등으로 정신없었던 탓에 두 사람의 대화는 상당히 길어졌다.

"……그래서 VVIP에 갔었는데요."

그런데 김지민이 VVIP엔터테인먼트와 있었던 이야기를 하자 강윤의 눈이 당혹감으로 물들었다.

"잠깐. 그런 곳을 갔었단 말이야?"

"네. 죄송해요. 하지만 별일은 없었어요."

허락도 없이 다른 회사에 갔었다는 이야기는 민감할 수밖에 없었다. 그것도 VVIP엔터테인먼트 아이돌, 황주겸을 따라 갔다니.

하지만 강윤은 크게 타박하지는 않았다.

'주명 씨는 뭐한 거지?'

그의 머릿속에 매니저에 대한 생각이 가장 먼저 들었다.

사람이 하는 일인지라 연예인 옆에 계속 있다는 것도 말이 안 된다는 걸 잘 알았다. 하지만 다른 회사에 가게 내버려 둔다? 이건 확실히 문제가 있는 행동이었다.

'내일 물어봐야겠어. 그런데 VVIP라니. 신인 빼먹는 곳으로 유명한 곳이잖아. 제지를 했어야지.'

며칠 자리를 비운 사이, 큰일 날 뻔했다는 생각에 안도의 한숨을 쉬었다. 떴다고 다른 곳으로 가버리는 신인도 많은 현실이다. 자신이 사람을 잘 봤다는 생각에 마음이 뿌듯했다.

신인이 소위 스타가 되면 여기저기서 러브콜을 많이 받게 마련이다. 100명이 데뷔하면 1명이 뜰까말까 한 현실에서 신인을 육성하는 것보다 이미 뜬 연예인을 채용하는 일은 비일비재했다. 위약금을 내는 게 투자금보다 싸게 먹힌다는 생각을 하는 회사도 많았다.

VVIP는 그런 회사로 악명이 높았다.

"다음부터는 다른 회사에 갈 때는 꼭 나한테 연락해. 알았지?"

"네. 알겠어요."

"그래도 아무 일 없었다니 다행이야. 선배한테 한방 먹여 준 게 마음에 걸리긴…… 에이. 그런 놈은 맞아도 싸. 어디서 감히. 스타가 그 정도 성질은 있어야지. 소문이 이상하게 날까 걱정되긴 하지만 그런 건 내가 어떻게든 할게. 뭐, 자기들도 나쁜 짓하다 그런 거니 어쩔 수 없겠지. 여자한테 맞은 게 무슨 자랑이라고."

김지민은 부끄러웠는지 혀를 빼꼼히 내밀었다. 그때 한 행동을 생각하면 사실 부끄럽긴 했다. 하지만 아무도 알아주지 않던 자신을 이렇게 만들어 준 강윤을 깎아내리는 꼴을 그대로 듣고 넘기는 건 더 싫었다.

대추차가 절반정도 사라지며 따끈하게 올라오던 김도 많이 사라졌다.

강윤은 찻잔을 내려놓으며 화제를 전환했다.

"명곡의 탄생이라는 프로그램 들어본 적 있어?"

김지민은 잠시 생각하다 고개를 끄덕였다.

"네. 그거 금요일에 KS TV에서 하는 프로그램 아닌가요? 옛날 노래를 재해석해서 부르는 프로그램 맞죠?"

"맞아. 10대부터 50대까지 평가단원 555명에게 평가를 받는 프로그램이지. 이번에 너한테 섭외가 들어왔어."

"아, 그거요? 저 그거 해보고 싶어요."

김지민은 의욕적으로 나왔다. 옛날 노래를 현대적으로 재해석한다는 데서 그녀는 충분한 매력을 느꼈다. 이 프로그램은 겉으로는 예능 프로그램이었지만 결국은 음악 프로그램이었다. 출연하기에 충분히 매력을 느꼈다.

의욕이 넘치는 신인을 보는 사장의 마음은 흡족했다.

"알았어. 그럼 내일 자료 줄 테니까 사무실에서 보자."

"알겠습니다."

강윤은 남은 차를 마시고 그녀의 집을 나섰다.

다음 날.

아직 방학이라 등교를 하지 않은 김지민은 바로 회사로 향했다. 사무실로 들어서니 이현지가 그녀를 반갑게 맞아주었다.

"어머, 지민아. 오랜만이야."

"안녕하세요, 이사님?"

김지민은 얼굴이 그을린 이현지를 보고 예쁘다며 감탄사를 연발했다. 이현지는 김지민에게 자기들만 휴가를 떠나 미안하다며 그녀의 손을 잡아주었다.

"이번 방송 끝나고 활동 끝나지? 그때 사장님이 휴가 주실 거야."

"정말요? 그런데 저 학교…… 우우……."

벽에 걸린 달력을 보더니 김지민의 표정이 우울해졌다. 이현지도 학교에 대해서는 차마 말하지 못했다. 학교를 땡땡이치고 휴가를 간다? 강윤도, 할머니도 좋아할 리가 없었다.

'애들도 힘들구나.'

이현지는 고등학생의 비애를 느끼며 고개를 흔들었다.

잠시 기다리니 강윤이 사무실로 들어왔다. 그의 표정은 드물게 상기되어 있었다.

"일을 어디서 배워서 온 건지."

"왜 그래요?"

이현지가 의아함에 묻자 강윤은 고개를 흔들며 답했다.

"주명 씨에게 이유를 물으니 지민이 표정이 너무 우울해 보여서 꼭 들어줘야 할 것 같았다고 말하네요. 아니, 무슨 매니저가…… 결국 책임 팀장인 대현 매니저와 함께 한소리 했습니다. 연예인이 원한다고 다 해주면 그건 기계지 매니저가 아니니까요. 경력이 있다 해서 뽑았는데 사달을 내는군요. 아무래도 기초부터 다시 배우던가 해야 할 것 같습니다."

"안됐네요. 하지만 잘못하면 애써 키운 신인을 뺏길 수도 있었으니 강하게 해야죠. 주명 씨는 뭐라고 하나요?"

"반성하고 있습니다. 이런 일까지 있었던 줄은 몰랐다며 울먹이더군요. 앞으로는 절대 이런 일 없게 하겠다며 반성 중입니다. 마인드가 잘못된 사람은 아니니 기초부터 다시 배우면 괜찮을 것 같습니다. 주명 씨는 당분간 에디오스와 다니며 일을 배워야 하니 명곡의 탄생 끝날 때까지 지민이는 제가 담당해야 할 것 같습니다."

"바로 매니저를 뽑을 수도 없고…… 일이 또 생기네요."

이현지는 고개를 흔들었다. 힘내라는 의미였다.

한편 김지민은 신이 났다.

'아싸.'

강윤과 함께 스케줄을 나가면 어깨가 든든했다. 무슨 일을 해도 될 것 같은 그 기분은 말로 설명하기 힘들었다.

곧 강윤은 명곡의 탄생에 대한 설명을 하고, 그곳에서 받아온 서류들을 김지민에게 주었다. 프로그램의 개요와 무대의 동선, 예시 등이 잘 나와 있었다.

서류들을 꼼꼼히 본 김지민이 말했다.

"1985년부터 87년까지 유행했던 노래? 저 이때 태어나지도 않았는데요."

1994년생인 자신보다 역사가 긴 곡들의 향연에 그녀는 어깨를 으쓱였다. 강윤도 웃음이 나왔다.

"오히려 얽매이는 것이 없어서 신선한 작품이 나올 수도 있어. 잘 골라보자."

"네."

두 사람은 본격적인 곡 선정을 위해 스튜디오로 향했다. 스튜디오에 있는 자료실에서 여러 곡들을 들어보고 신중히 골라 볼 생각이었다.

두 사람이 스튜디오에 들어가니 박소영이 두터운 뿔테안경을 쓰고는 공부에 열중하고 있었다.

"소영아."

"사장님. 안녕하세요? 지민아, 왔어?"

"언니, 안녕하세요."

아침 일찍 온 박소영은 한 번도 일어나지 않고 악보와 씨름을 하고 있었다. 강윤은 그녀의 노력이 기특했는지 말없이 입가에 호선을 그렸다.

김지민은 그녀의 손에 들려 있는 악보로 눈을 돌렸다.

"언니, 이거 무슨 곡인지 물어봐도 되요?"

"미안. 아직은 비밀. 나중에 꼭 말해줄게."

"우우…… 아쉽다."

김지민은 가볍게 입술을 삐죽이곤 CD와 레코드가 가득 꽂혀 있는 한쪽 벽으로 향했다. 그곳에는 국내 음반뿐만 아니라 해외 음반까지 잔뜩 실려 있었다. 틈틈이 강윤이 모아온 자료들이었다.

찬찬히 곡들을 보는 김지민을 보며 박소영이 말했다.

"사장님. 지민이 프로그램 선곡하는 건가요?"

"응. 소영이 너도 준비는 다 됐어?"

"……저 정말 부담되는데……."

박소영은 우물쭈물하며 팔을 꼬았다. 김지민과 '명곡의 탄생'의 편곡가로 나서라는 말을 들었지만 부담감이 앞섰다. 아직 편곡을 배우는 단계인데 이렇게 갑자기 방송에까지 나서라니…….

"어차피 나도 같이 작업할 거야. 소영이 너 혼자 모든 작업을 다 하는 게 아니니까 부담 가질 필요는 없어."

"그, 그렇죠?"

"자신감. 어깨 펴고."

강윤은 스스로의 어깨를 폈다. 박소영의 굽은 어깨를 펴라는 주문이었다. 박소영은 자세를 바로하며 힘없이 답했다.

"……네."

"대답이 작아."

"네. 알겠어요. 그런데 사장님. 정말……."

하지만 강윤은 다른 답은 듣지도 않고 바로 김지민에게로 가버렸다.

"우으…… 나 할 수 있을까?"

김지민과 곡을 고르는 강윤을 보며 박소영은 걱정에 발을 동동 굴렀다.

"손익분기점은 간신히 넘겼네."

GNB엔터테인먼트의 한영숙 사장은 가수 나엘의 활동 성과를 보며 깊은 한숨을 내쉬었다.

유나윤이라는 연습생을 선발해 많은 돈을 투자했고, 데뷔 시기까지 절묘하게 맞췄다. 그런데 월드엔터테인먼트에서 나온 은하라는 가수와 비교되며 2인자로 낙인이 찍히고 말았다.

외모는 나엘이 훨씬 나았지만 막상 무대에 서면 이상하게도 은하보다 뒷전으로 밀려났다. 결국 나엘은 예능 프로그램으로 노선을 전환해야 했고, 다행히 그곳에서 인지도를 쌓아 나갈 수 있었다. 그것이 기반이 되어 겨우 이름을 알리고 행사 등으로 성과를 얻어 손익분기점을 간신히 넘길 수 있었다.

한영숙 사장은 차갑게 식은 커피를 내려놓으며 자리에서 일어났다. 책상 위에 있던 담배를 꺼내 불을 붙였다. 하얀 연기가 사무실을 뒤덮었다.

"후우. '명곡의 탄생'을 끝으로 앨범 활동은 끝이네. 후

련해."

책상 위에는 'KS TV 명곡의 탄생 섭외요청서'라 적힌 서류가 놓여 있었다. 이미 서류에 그녀의 직인이 찍혀 있었다.

어느덧 담배 하나를 다 태운 한영숙 사장은 전화벨을 눌러 비서실을 호출했다.

"나윤이 좀 불러줘."

ㅡ알겠습니다, 사장님.

유나윤을 위해 담배연기를 빼려고 한영숙 사장은 창문을 열었다.

얼마 있지 않아 가수 나엘의 '명곡의 탄생' 출연 소식이 인터넷을 뒤덮었다.

여름휴가를 다녀온 이후, 월드엔터테인먼트 직원들은 더욱 단단하게 결속되었다.

소속 연예인들은 이전보다 확실히 가까워졌고, 직원들 사이에도 끈끈한 친분이 형성되었다. 거기에 민진서까지 모두와 인맥을 형성하면서 이전에는 희미했던 월드엔터테인먼트라는 개념이 모두에게 확고히 생겨났다.

무엇보다도 모두에게서 회사가 자신들을 위해 뭔가를 하고 있다는 것을 확실히 인식하는 계기가 되었다.

이런 분위기에서 월드엔터테인먼트 사무실에 새로운 직원

이 들어왔다.

"안녕하십니까? 유정민입니다. XX대학에서 이번에 졸업했습니다. 스물여덟이고…….."

모든 직원들이 모인 스튜디오에서의 아침회의 시간.

평범한 인상에 정장을 입은 남자가 긴장 어린 얼굴로 고개를 숙였다. 그는 떨리는 목소리로 자기를 소개하며 주위로 눈을 돌렸다.

'에, 에디오스에 은하, 하얀…… 헉…….'

원래 연예기획사에 관심이 있던 그였지만 막상 연예인을 보니 인형 같았다. 옅은 화장을 한 여자 연예인들은 밖에서 보는 사람들과는 완전히 다른 종족 같았으니 말이다.

그의 소개가 끝나자 강윤이 앞으로 나섰다.

"사무실에 새 식구가 들어왔습니다. 모두 박수."

모두가 박수로 화답해 주었다. 유정민은 가볍게 고개를 숙였다.

강윤은 차분한 어조로 말했다.

"정민 씨는 혜진 씨 옆에 앉으면 됩니다. 혜진 씨는 정민 씨 일 잘 가르쳐 주시고요."

"네, 사장님."

"후배 생겼다고 괴롭히면 안 됩니다."

"하하하하."

강윤의 말에 모두가 웃음을 터뜨렸다.

모두가 모인 귀한 시간이라 강윤은 간단히 회사가 어떻게 돌아가고 있는지를 이야기했다. 자기 역할을 잘해주어 감사하다는 그의 말에 모두가 박수를 쳤다.

마지막으로 이현지가 말했다.

"여름이 끝나가네요. 곧 가수 은하의 활동이 끝이 납니다. 같이 여행도 못간 막내 잘 챙겨주세요. 선물 하나씩 해주면 좋겠군요."

"네~"

김지민은 괜찮다며 펄쩍 뛰었지만 이현아가 어깨동무를 하며 손가락으로 돈을 넘기는 시늉을 하니 이내 안색이 달라졌다. 돈이 최고라는 뜻이었다. 그러자 여기저기서 폭소가 터져 나왔다.

화기애애한 분위기에서 새얼굴 소개 겸 회의는 끝나고 모두가 해산했다.

강윤이 옥상으로 올라가려하자 이현지가 그를 붙잡았다.

"사장님, 잠깐만요. 시간 괜찮을까요?"

"네. 무슨 일 있습니까?"

이현지는 사무실 안에서는 힘든 이야기인 듯, 강윤과 함께 옥상으로 향했다. 그녀는 옥상의 문까지 걸어 잠그더니 주변에 아무도 없다는 걸 알고 조심스럽게 말했다.

"우리도 이제 필요한 시점인 것 같네요."

"필요하다니, 무엇이 말입니까?"

강윤이 의아해하며 묻자, 이현지가 웃으며 말했다.

"연습생이요."

"아, 연습생. 벌써 그렇게 됐군요."

강윤은 수긍이 갔는지 강하게 손바닥을 쳤다.

회사의 미래가 될 연습생. 그녀는 그것을 이야기하고 있었다.

"우리도 신인 아이돌을 하나 키워보는 게 어떨까요? 에디오스와 다이아틴 이래로 걸그룹 열풍이 가라앉질 않는데, 못해도 중간은 같은데⋯⋯."

최근 트렌드이기도 한 걸그룹을 이야기하는 이현지의 말에 강윤은 고개를 저었다.

"작년에 100개가 넘는 걸그룹이 데뷔를 했습니다. 레드오션에 굳이 뛰어들 필요가 있을지 모르겠습니다."

"그래도 우리 정도 되는 기획력이라면 다른 소속사와 확실히 구별되는 걸그룹을 만들 수 있지 않을까요? 음악성에 힘을 기울인다던가, 퍼포먼스의 끝을 보여준다든가⋯⋯. 에디오스만 봐도 남성 팬들의 소비가 엄청난데, 그런 그룹 하나 더 만들어보는 것도 괜찮을 것 같네요."

강윤은 이현지의 말에 일정 부분 동감했다. 시선을 사로잡는 걸그룹이 노래나 퍼포먼스까지 잘한다. 이건 분명히 통할 법도 했다.

하지만 강윤은 걸그룹이 성공하기 위해 어떤 노력을 해야 하는지 절절히 알고 있었다.

수없이 많은 걸그룹 사이에서 이름을 알리기 위해서는 어떻게든 화제를 만들어 사람들에게 인식되어야 한다. 그것을 위해 실수인 척 속옷 노출 등의 무리한 마케팅을 하는 가수까지 있었다.

'재능 있는 여자 연습생들이라도 걸그룹으로 묶어버리면 대중들은 그들을 실력이 없다며 폄하하지. 편견은 무서운 거야. 레드오션도 벅찬데 이런 편견까지 상대하기에는……'

지금 걸그룹 연습생을 선발해 데뷔시킨다 해도 쉽지 않을 것 같다는 생각이 들었다.

강윤은 차분히 말했다.

"일단 연습생을 만나보고 결정하는 게 어떨까요? 걸그룹이든 솔로든 어떤 연습생인지에 따라 결정하는 게 좋을 것 같네요."

"하긴. 생각해 보면 은하나 하얀달빛이나 에디오스나 모두가 섞이기 힘든 조합이긴 하네요. 우리 월드는 모두가 개성이 강해요. 개인의 개성을 중시한다. 이것도 나쁘지 않겠어요."

"이해해 주시니 감사합니다. 그럼 오디션을 보죠. 방식은 공개보다 비공개로 진행했으면 합니다."

"네? 비공개로요?"

그의 말이 이해가 가지 않은 이현지는 고개를 갸웃했다. 흔히 말하는 MG, 예랑, 윤슬이나 최근 떠오르는 GNB 같은 소속사의 경우 공개 오디션이 일반화되어 있었다. 가수가 되고자 하는 의지가 있는 사람들이 직접 찾아오니 회사 입장에서는 시간과 자금을 절약할 수 있다는 장점이 있었다.

그런데 강윤이 이런 장점을 버리자고 하는 것 같아 그녀는 질문을 던졌다.

"연습생이 중요하긴 하지만 우리가 생각만큼 여력이 있는 건 아니에요. 지난번에도 거리 공연하는 남녀? 아무튼 그 애들한테 명함 줬다가 연락 못 받았다면서요. 비공개라면 철저히 인맥이나 다른 무언가를 기반으로 오디션을 본다는 거잖아요. 여력이 될까요?"

이현지는 부정적이었다. 그녀는 찾아오는 지망생들을 심사하는 게 오히려 낫다 생각했다.

그녀가 확신을 갖지 못하자 강윤은 설득에 나섰다.

"지민이는 월드에 어떻게 들어왔지요?"

"사장님이 데려오셨죠. 오디션 프로그램에 나가서……."

"거기에 따른 강점이 무엇이라 여기십니까?"

"음……."

이현지는 턱에 손을 올리고는 뭔가를 떠올렸다. 오디션 프로그램까지 떨어져 힘들었던 그녀에게 손을 내밀었고 가수로 만들어줬으며 스타의 반열로 올려주었다.

─선생님.

김지민이 강윤을 부르는 호칭에 모든 게 축약되어 있었다.

"은인이죠. 가족 같고, 든든한 키다리 아저씨? 영어로 Family? 아."

이현지는 바로 감을 잡았다. 강윤이 말하고 싶은 의도가 무심결에 말한 그 단어에 있었다.

"가족은 배타적입니다. 쉽게 가족 내에서 일어나는 일은 알 수가 없죠. 하지만 가족 구성원은 서로에게 일어나는 일을 누구보다도 잘 압니다. 그리고 끈끈하죠. 간단하게 예를 들면 전 아버지, 이사님은⋯⋯."

"저 처녀예요."

이현지는 새침하게 입술을 내밀었다. 강윤은 그녀의 반응에 웃음을 터뜨렸다.

"하하하하하. 저도 아직 총각입니다."

"시집은 간 다음에 이런 말을 들어야 하는 건데⋯⋯."

"누구 소개해 드릴까요?"

"사장님부터 챙기는 게 낫지 않을까요? 누구 애가 끓는 게 느껴지는데⋯⋯."

"네?"

"그렇다고요."

이현지는 어깨를 으쓱였다. 더 말하지 않겠다는 의도였다.

다시 이야기는 연습생에 대한 것으로 돌아왔다.

"지금 홈페이지를 제대로 활성화시킬 생각입니다. 지금 에디오스와 하얀달빛 덕에 활성화가 어느 정도 되었지만 팬들만 왔다 갔다 할 뿐이죠. 여기에 음악과 가수에 대한 자료들을 올려놓을 생각입니다. 그리고 동영상 사이트 튠도 적극적으로 활용해서 괜찮은 인재들도 찾아 나서야죠."

"정리하면 홈페이지로 UCC 투고를 받거나 튠에서 재능 있는 사람들을 찾아 오디션 요청을 보낸다?"

"맞습니다. 오디션은 저와 이사님이 주로 보고 가수들도 참석시키는 걸로 갔으면 좋겠습니다."

처음에는 난색을 표했던 이현지도 강윤의 설명을 듣더니 납득했는지 손바닥을 쳤다.

"확실히 특색이 있네요. 신비롭고…… 나중에 이걸로 마케팅을 해도 되겠어요. 남들은 알 수 없지만 구성원끼리는 서로를 잘 알고 똘똘 뭉쳐 있는…… 월드 패밀리?"

"월드 패밀리. 어감 괜찮네요."

연습생 선발에 대한 윤곽을 잡고 나자 강윤은 기지개를 폈다.

"이제 소영이랑 일하러 가봐야겠네요."

"힘내세요. 소영이가 이번에 잘했으면 좋겠네요."

이현지는 강윤의 넓은 등을 몇 번 두드리고는 옥상을 내려 갔다.

"하아……."

박소영은 스튜디오가 떠나가라 긴 한숨을 내쉬었다.

"이건 어디서부터 손을 대야 하지……."

편곡 프로그램을 실행시키고 머릿속에 악상을 구상해 봤지만 크게 떠오르는 것은 없었다. 아니, 머리가 새하얗게 셌다는 표현이 맞았다.

박소영이 받은 곡은 87년도에 유행한 '가로수'라는 곡이었다. 어쿠스틱 멜로디와 어우러진 담담한 느낌의 히트곡이었다.

'지민이는 원곡의 느낌을 살리길 원한다 했어.'

김지민의 요구를 생각해 기계들을 조작했지만, 박소영은 이내 고개를 흔들었다. 느낌을 살리기가 쉽지 않았던 것이다.

드럼 소리부터가 난항이었다. 수십 가지 드럼 소리들을 모두 조합해 봤지만 만족스러운 소리는 나오지 않았다. 차라리 원곡이 훨씬 나았다. 드럼 소리부터 난항이니 베이스와 그 위를 덮어가는 멜로디 라인은 말할 것도 없었다.

결국 몇 시간을 홀로 씨름하던 박소영은 머리를 쥐어뜯고 말았다.

"아, 못해, 못해!"

자리에서 일어나 왔다 갔다 해보기도 하고, 뛰기도, 앉아도 보며 어떻게든 좋은 생각을 떠올리려 했지만, 좋은 생각이 마음대로 나는 건 아니었다. 그녀의 뜯기는 머리가 갈수록 늘어가고 있었다.

그때, 스튜디오에 손님이 들어섰다. 김지민과 강윤이었다.

"언니?"

"아, 지민아."

박소영은 얼른 머리를 매만졌다. 하지만 이미 그녀의 행태가 두 사람에게 다 보이고 난 이후였다.

강윤은 고개를 흔들었다.

"생각이 잘 안나?"

"그게요……."

박소영은 우물쭈물했다. 지금까지 한 소절도 작업하지 못했다 하면 불호령이 떨어질 것 같았다.

하지만 강윤은 피식 웃으며 그녀의 등을 다독일 뿐이었다.

"지민아."

"네?"

"어떤 무대를 원해?"

"웅……."

뜬금없는 질문에 김지민은 잠시 생각에 잠겼다.

화려한 스포트라이트가 홀로 자신을 비추며, 하우스밴드가 일사분란하게 반주를 해나간다. 하늘거리는 옷을 입은 댄서가 춤을 추고, 거기에 관객들이 일어나 손을 흔든다.

빠르지도 느리지도 않은 템포지만 분위기를 달궈놓을 수 있는 무대. 김지민이 원하는 무대였다.

생각을 정리한 그녀는 차분히 의견을 말했다. 그러자 강윤은 박소영을 돌아보며 씨익 웃었다.

"감이 좀 잡혀?"

"아, 네."

김지민의 이야기를 마구잡이로 필기하던 박소영은 급히 고개를 끄덕였다. 거기에 강윤은 말을 덧붙였다.

"생각이 나지 않을 땐 가수의 이야기를 듣는 게 제일이야. 결국 무대에 서는 건 가수니까."

"그렇군요. 아, 난 왜 그 생각을 못한 거지……."

박소영은 뭔가 감이 잡힌 듯 손뼉을 쳤다. 그러자 김지민이 말을 보탰다.

"아무 때나 전화하셔도 괜찮아요. 문자나 톡도 좋고요."

"알았어."

전전긍긍한 자신이 바보 같아졌다. 박소영은 멋쩍음에 혀를 내밀었다.

박소영이 헤드셋을 쓰고 편곡에 들어가자 강윤과 김지민은 조용히 문을 열고 스튜디오를 나섰다.

"이여어. 이게 누구야? 진서야!"

회사 휴게실.

후배들의 인사를 받으며 들어온 주아는 보기 힘든 귀인을 보며 양손을 흔들었다.

"언니. 안녕하세요?"

"뭐야, 딱딱하게?"

오늘따라 덤덤한 민진서에게 주아는 너털웃음을 지었다. 그러자 민진서는 씨익 웃으며 주아의 손을 꼬옥 잡았다.

"에이, 언니도. 잘 지내셨어요?"

"후후. 나야 언제나 잘 지내지. 너는?"

회사에서 가장 잘 나가는 두 스타가 자리를 잡자 연습생으로 가득했던 휴게실은 삽시간에 텅텅 비어버렸다. 두 기 센 선배들을 감당하기에 연습생들의 파워는 미약했다.

그러거나 말거나 두 사람은 크게 관심 없었지만…….

"푸웃. 뭐어? 월드 사람들하고 휴가아? 그런 재미있는 걸 너 혼자 갔단 말이야?"

월드엔터테인먼트 사람들과의 제주도 별장에서 있었던 이 야기를 듣자 주아는 눈에 힘을 주었다.

"언니 그때 일본에서 공연 중이었잖아요."

"그, 그래도. 말은 해봤어야지. 진서 너 그러는 거 아니다?"

주아는 눈가를 씰룩댔다.

아쉬움을 진하게 드러내는 그녀에게 민진서는 미안함이 깃든 목소리로 말했다.

"다음에는 꼭 연락할게요."

"쳇쳇. 올 여름도 정신없이 일만 했는데…… 요 몇 년간 스 케줄만 늘어가는 것 같네. 넌 좋겠다? 비키니 입으니 좋디?"

"전 못 입었어요. 그냥 핫팬츠만 입었는데……."

"아무튼 바다에는 들어갔지? 그렇지?"

민진서가 고개를 끄덕이자 주아는 몸을 부들부들 떨었다. 누군 일하는데, 누구는 휴가라니…….

"아오, 나도 놀고 싶은데…… 이놈의 계약에 묶인 몸. 에 이씨."

"언니도 참. 이제는 그런 거에 연연하지 않아도 되잖아요."

그러자 주아가 눈을 휘둥그레 뜨며 말했다.

"얘는, 얘는. 이 바닥에서 평판이 얼마나 중요한데. 돈만 보고 소속사를 옮겼다가 쟤는 뜨고 나니까 소속사 옮겼다고 의리 없는 애라며 소문나 봐. 내가 잘나갈 때는 괜찮지만 바닥을 치면 어떡해? 그때 날 보호해 줄 곳은 소속사잖아? 내가 잘나가고 있다고 키워준 소속사를 버리는 게 쉬운 건 아니지 않겠어?"

"그건…… 그러네요. 하지만 소속사가 계속 이상한 짓을 한다면 생각해 봐야 하지 않겠어요?"

민진서가 이사들과 강한 트러블이 있다는 건 이미 모르는 사람이 없었다. 누구는 민진서가 언제 나갈지 타이밍을 재는 이도 있었다. 당연히 주아도 그녀의 사정을 잘 알았다.

"나도 저 꼰대들은 마음에 안 들어. 하지만 날 뽑아주고 키워준 분은 원 회장님이야. 그분에 대한 의리는 지켜야지. 그치?"

"……."

"넌 조금 다를 수 있겠다. 넌 강윤 오빠가 뽑아서 만든 작품이나 다름없으니까. 에이, 나도 차라리 그랬으면 마음 편하게 휙…… 에이."

그렇게 말하면서도 주아는 씁쓸한 미소를 지었다.

땍땍거리는 태도를 가졌지만 주아는 MG엔터테인먼트를 생각하고 있었다.

자신을 뽑아주고, 가수로 만들어준 회사.

비록 그 사람은 없어졌어도 타이틀은 지켜주고 싶은 게 주아의 마음이었다.

민진서는 저도 모르게 주아에게 안겼다. 주아는 당황하면서도 그녀의 등을 보듬어주었다.

"언니……."

"어머? 얘가 왜 이래? 에이. 넌 좋겠다. 강윤 오빠 따라가도 누구도 뭐라 안 할 거 아냐."

"……."

민진서는 뭐라 말을 할 수 없었다. 이미 그녀가 강윤을 깊이 따른다는 걸 모르는 이는 없었다. 월드엔터테인먼트의 규모가 더욱 커지면 바로 옮겨갈 거라고 모두가 예측하고 있었으니 말이다.

민진서는 잠시 망설이다 말을 이어갔다.

"언니도…… 같이 가는 게 어때요?"

주아는 잠시 멈칫했다. 민진서가 이렇게 직접적으로 말한 적은 처음이었다. 하지만 그녀는 곧 쓰디쓴 표정으로 답했다.

"……에이, 난 MG 사람인걸. 너하고는 달라."

"언니, 여기는……."

"그만그만. 다 알아. 하지만 이건 내 신념하고도 관련 있어. 강윤 오빠가 MG를 인수한다면 모를까. 내 발로 옮기는 건 힘들 것 같아."

"언니……."

"후후. 나 복잡하지? 하지만 이해해 줘. 우린 같은 여자잖아? 복잡한 존재들이 별수 있겠니?"

주아의 입가에서는 쓰디쓴 표정이 가시질 않았다.

사실 그녀도 알고 있었다. 원진문 회장이 물러난 이후, 회사가 엉망이 되간다는 걸.

하지만 자신을 키워준 회사를 쉽게 져버리는 건 아니라 생각했다. 적어도 원진문 회장이 키워준 걸 생각하면 자신만은 그래선 안 된다 생각했다.

"아, 차라리 강윤 오빠가 여기 먹어버렸으면 좋겠다. 그러면 어쩔 수 없잖아. 안 그래?"

주아의 농담 섞인 말이 민진서의 마음을 쓰리게 만들었다.

월드엔터테인먼트의 홈페이지가 리뉴얼되었다.

가수관련 자료들은 물론이요, 음악에 대한 유용한 자료들도 많이 업로드 되었다. 간단한 음악 지식은 물론, 악기 연주, 보컬 트레이닝에 기초 화성까지 각종 음악 관련 자료들을 업로드해 엔터테인먼트 홈페이지라기보다 음악 홈페이지로 착각을 불러일으키게 만들 정도였다.

리뉴얼되자 홈페이지를 찾는 사람들도 많아졌다. 이전에는 팬들 위주였다면 음악에 관심을 갖거나 전공하는 사람들도 섞였다. 이런 상황 속에 홈페이지에 공고가 올라갔다.

-월드엔터테인먼트 비공개 오디션 UCC 모집.

방식은 간단했다. 자유곡을 선정해 노래를 부르거나 춤을 춘 영상을 찍어 홈페이지에 동영상으로 올리면 되는 것이었다.

비공개라는 말에 거부감을 가진 이들도 있었지만 반응은 나쁘지 않았다. 폭발적이지는 않지만 하루에 10개 정도는 영상이 올라왔다.

그 영상을 보는 일로 강윤과 이현지는 눈이 벌게지고 있었다.

"흠……."

헤드스핀을 하는 남자의 영상을 계속 돌려 본 강윤은 고개를 저으며 헤드셋을 벗었다.

영상에서는 음표가 보이지 않는 탓에 강윤은 더욱더 세심하게 영상을 봐야 했기에 피로감이 상당했다.

"에이, 안 되겠네."

이현지도 노래를 부르는 여자의 영상에 만족을 못 했는지 짙은 한숨을 쉬었다. 혹여나 잘못된 판단을 할까 몇 번이나 반복해서 들으니 몸이 지쳐갔다.

벌써 며칠 째. 모두가 틈날 때마다 올라오는 영상과 씨름 중이었다.

"오늘도 없군요."

"그러게요."

강윤과 이현지는 고개를 설레설레 흔들었다. 공개 오디션에서도 100명이 오면 1명을 뽑을까 말까 한다더니, UCC도

크게 다르지 않았다.

'매체에서도 음표를 볼 수 있었으면…… 아니, 듣는 힘을 더 키워야 해. 음표를 너무 의지하는 것도 안 좋아.'

음악에 종사하는 사람으로서 기본 소양은 있지만, 차별성이 있다고는 스스로도 확신하지 못했다. 음표 없이 노래를 듣고 판단에 어려움을 느끼니 강윤은 괜히 부끄러워졌다.

그런데 정혜진의 컴퓨터를 빌려 영상을 보고 있던 김재훈이 두 사람을 불렀다.

"형, 이사님."

"응?"

김재훈의 부름에 두 사람이 다가갔다. 그들이 다가오자 김재훈은 헤드셋을 꽂은 라인을 뽑고 스피커로 소리를 전환했다.

"이 사람, 트로트 부르는데 목소리 엄청 좋네요."

"트로트?"

전혀 예상치 못한 장르에 이현지가 눈을 크게 떴다.

"트로트라니, 상업성이 있을지 모르겠네요."

"그…… 그래도 한번 들어는 보는 게……."

김재훈은 이현지의 부정에 조금 당황했다.

젊은 팬 확보가 힘들어 점점 쇠락해 가는 게 트로트라는 장르였다. 그런데 트로트를 부르는 아가씨라니. 이현지는 그리 메리트를 느끼지 못했다.

하지만 강윤은 달랐다.

"일단 들어 보고 결정하는 게 좋을 것 같습니다."

강윤의 말이 맞았다. 이현지는 알았다며 고개를 끄덕였다.

김재훈이 영상을 재생하자 식당 안에서 수저를 넣은 소주병을 잡은 20대 여인의 모습이 흘러나오기 시작했다.

"이거 회식 자리 아닌가요?"

이현지는 어이없는 UCC 영상을 보며 어안이 벙벙해졌다.

－그대를 사모하지만~ 당신은 내겐 먼 당신인 것을－ 나를 바라봐 줘요~

영상은 음식점을 비추고 있었다.

술병을 마이크 삼은 여자는 반주 하나 없이 트로트를 구성지게 불러 나갔다. 일행인 사람들은 젓가락으로 박자를 맞춰 가며 흥을 돋웠고 여자의 노래는 분위기를 뜨겁게 달궜다. 일행이 아닌 사람들도 처음엔 눈살을 찌푸리다 그녀의 노래에 조금씩 동화되더니 손뼉을 치며 동조해 갔다.

처음에 영상을 잘못 열었다 생각했던 이현지는 어느덧 영상에 빠져 눈을 빛냈고, 강윤도 입술을 굳게 다문 채 팔짱을 끼었다.

'다른 테이블 사람들도 빨아들이는군. 하긴, 이 정도 노래면 누구나 좋아할 만하지.'

팔짱을 낀 강윤은 작게 신음성을 냈다.

여자는 어느덧 눈을 감고 술병을 들어 올렸고 목소리도 점차 달아올랐다. 분위기는 더더욱 뜨거워져 몇몇 사람들은 자리에서 일어나 브루스까지 췄다.

여자의 노래로 점차 하나가 되어가고 있었다.

-오오오오오! 앵콜, 앵콜!

-인 선생, 조금만 더 해봐.

-인 선생, 인 선생!

노래가 끝나자 앵콜 요청이 쇄도했고 여자는 수줍은 표정으로 다시 소주병을 들어야 했다. 여자가 소주병을 들자 영상은 끝이 났다.

"조금 더 보고 싶었는데⋯⋯."

강윤은 아쉬운 표정으로 팔짱을 풀었다.

이현지는 너털웃음을 지었다.

"괜찮은 노래네요. 하지만 우리가 회식 영상을 보낼 정도로 작은 규모는 아닌데⋯⋯ 그 점에선 의문이 드네요."

자존심이 조금 상했는지, 이현지는 쓴 웃음을 지으며 고개를 흔들었다. 확실히 노래는 좋았지만, 장난같이 보낸 것 같은 이런 영상은 사양하고 싶은 게 본마음이었다.

하지만 강윤은 생각이 조금 달랐다.

"일부러 이런 영상을 보낸 걸 수도 있습니다. 내 노래가 이 정도다. 실력과 영향력을 동시에 봐 달라는 생각일 수도 있겠죠. 나쁜 생각은 아닌 것 같네요."

"흠, 그렇게 볼 수도 있을까요? 튀어 보이려는 의도라면 성공적이군요. 하지만 이건 오디션 영상인데⋯⋯ 평가를 해야 하는 입장에서 불쾌한 면이 있네요. 이건 넘어가고. 영상을 보면 지망생의 나이가 적은 편은 아닌 것 같네요. 우린 연습생을 원하는 건데, 개인적으로는 지민이 정도 나이는 되었으면 하는데 말이죠. 영상만 봐서는 저는 뽑아야겠다는 메리트가 느껴지진 않군요."

이현지는 고개를 흔들었다. 적어도 지망생의 나이가 10대 후반에서 20대 초반 정도는 돼야 오랜 기간 준비를 해도 리스크를 줄일 수 있다.

강윤도 이현지의 말을 일정 부분 공감했다. 나이가 많으면 처음으로 데뷔하는 입장에서는 걸리는 게 많았다.

하지만 강윤은 노래를 직접 들어보고 판단하고 싶었다.

"일단 만나본 후 판단을 내리는 게 나을 것 같습니다."

"그래요? 흠…… 사장님이 그렇게 생각한다면……."

자신은 마음에 들지 않았지만, 이현지는 강윤의 감이 정확하다는 걸 누구보다 잘 알았다. 지금까지 그가 된다면 무조건 됐다. 이런 감은 연예계 전체를 통틀어서도 거의 없었다.

그녀는 그의 이런 감을 믿었다.

"일단 만나서 판단을 해야죠. 이 지망생을 키우면 스타성이 있을지, 그리고 그 지망생이 진짜 가수가 되고 싶어 할지. 회식을 하고 있는 걸 보니 이미 자리도 잡은 직장인 같으니 더더욱 신중해야 할 것 같습니다."

"알겠어요. 혜진 씨."

이현지는 정혜진에게 영상을 보낸 사람에게 연락을 넣어 달라 부탁했다.

"알겠습니다, 이사님."

정혜진은 바로 메일을 작성했다. 그녀의 옆에 앉은 신입사원 유정민은 그녀의 행동을 지켜보며 눈을 빛냈다.

이야기가 마무리되자 강윤은 자리에서 일어났다.

"전 소영이한테 가보겠습니다."

"아, 편곡 봐주셔야 하죠? 소영이가 얼른 커줘야 사장님 공백을 메워줄 텐데……."

이현지는 턱에 손을 올리며 한숨을 쉬었다. 그녀는 박소영이 강윤만큼 편곡을 해주길 기대하고 있었다.

강윤은 웃으며 답했다.

"시간이 해결해 줄 겁니다. 자기가 희윤이 정도가 안 된다는 황당한 생각만 안 하면 누구보다도 뛰어난 재목이니까요. 그때까진 열심히 쪼아줄 생각입니다."

"풋. 사장님도 이럴 때 보면 참 사악해요. 소영이 보면 사장님 눈치 엄청 보던데."

"그런 소심함은 스스로 이겨내야죠. 남이 어떻게 해줄 수 있는 부분은 아닙니다. 잘 성장해 줘야 할 텐데…… 그럼 전 가보겠습니다."

강윤은 몇 가지 책들을 가지고 사무실을 나섰다.

그가 나가고, 정혜진은 옆에 앉은 유정민에게 일거리를 안겨주었다.

"정민 씨. 여기 섭외 온 곳들 있죠? 여기에 연락해 주시고 이력 작성 부탁해요."

"알겠습니다."

"모르는 거 있으면 꼭 물어보세요. 실수하면……."

정혜진은 자리에 앉은 이현지 쪽으로 눈짓했다.

"일할 때 이사님이 실수하는 걸 별로 좋아하시지 않거든요."

"알겠습니다."

"사장님은 조금은 봐주시는데, 이사님은 얄짤 없어요. 엄하시거든요."

유정민이 날선 눈으로 일을 시작하는 이현지를 바라보며 침을 꿀꺽 삼키자, 정혜진이 피식 웃었다.

"후후. 그래도 쓸데없는 걸로 트집 잡는 일은 없어요. 아무튼, 시작해 볼까요?"

"네."

새로운 신입직원과 함께 월드엔터테인먼트의 사무실은 바쁘게 돌아가기 시작했다.

일요일. SBB 음악나라 녹화가 있는 날이었다. 아니, 정확히는 생방송이다.

아침부터 스케줄을 끝내고 점심시간에 등촌동 공개홀로 온 김지민은 부랴부랴 배정받은 대기실로 향했다.

배정받은 대기실로 들어가니 먼저 와있던 이가 있었다.

"나윤아."

"지민이?"

유나윤. 김지민과 함께 데뷔한 가수 나엘이었다. 두 사람은 반가움에 손을 잡으며 활짝 웃었다. 같이 데뷔한 게 인연이 되어 이제는 말도 많이 하고 친해졌다.

메이크업 아티스트에게 화장을 받으며, 두 사람은 나란히 앉았다. 회사에 대한 이야기와 스케줄 하는 동안 있었던 이야기, 잘생긴 아이돌 이야기를 나누며 꽃을 피워갔다.

화제는 서로가 출연하는 '명곡의 탄생'으로 옮아갔다. 이미 두 사람은 서로의 출연을 잘 알고 있었다.

"준비 많이 했어?"

유나윤의 물음에 김지민은 고개를 흔들었다.

"아니. 걱정이야. 아직 편곡도 못 끝냈어. 하아……."

사실이었다. 강윤의 도움을 받았다지만 박소영은 아직도 편곡을 끝내지 못했다.

그러자 유나윤이 장난스러운 표정으로 그녀의 옆구리를 찔렀다.

"에이. 사기를 치는 것이야? 천하의 은하가? 이제 녹화까지 일주일 조금 남았는데? 에이, 너무 눈에 보인다."

하지만 김지민은 고개를 설레설레 흔들었다.

"진짜야. 빨리 받아야 연습을 하는데…… 하아. 넌 다 끝냈어?"

"나? 뭐…… 대충은?"

"좋겠다……."

김지민이 부러운 눈으로 바라보자 오히려 유나윤은 가볍

게 고개를 흔들었다.

"에이, 그래도 넌 뮤즈가 편곡해 줄 거 아냐. 히트곡 제조기!"

"……."

이번에는 뮤즈가 편곡하는 게 아니라고 김지민은 차마 말을 하지 못했다.

사실 강윤에게 왜 이번에는 편곡을 안 해주냐 따져 묻고 싶었지만, 열심히 하는 박소영을 생각하면 차마 그럴 수도 없었다.

유나윤은 입술을 삐죽대며 말을 이어갔다.

"나중에 너희 사장님한테 말 좀 해줘. 곡 하나만 받고 싶다고."

"하하하……."

그때, 대기실 문이 열리며 키가 큰 남자가 들어왔다. 손에 의상과 검은 봉지를 들고 온 강윤이었다.

"지민아, 필요한 거 여기."

"……감사합니다."

김지민은 강윤에게 봉지를 받아 들며 얼굴을 붉혔다. 그녀는 이내 자리에서 일어나 봉지에서 내용물을 꺼내더니 문밖을 나섰다.

"아직은 익숙하지 않겠지."

그녀를 보며 강윤은 어깨를 으쓱였다. 그러자 유나윤이 궁금했는지 강윤에게 물었다.

"저기, 작…… 곡가님?"

"응? 나엘 씨군요. 무슨 일인가요?"

"네, 안녕하세요. 말씀 편하게 하셔도 괜찮아요. 지민이 사장님인 거 다 아는데……."

강윤은 알겠다며 고개를 끄덕였다.

유나윤은 궁금한 표정으로 물었다.

"매니저 오빠가 해야 할 일을 하시는 것 같…… 아, 죄송해요. 제가 말실수를 했네요."

미안해하는 소녀의 눈빛에 강윤은 괜찮다며 손을 흔들었다.

"괜찮아요, 괜찮아. 지금 회사 인력이 모자라서 내가 매니저 역할은 대신하고 있는 거야. 사람이 모자란데 별수 있나. 답이 됐니?"

"아아. 큰일이네요. 사람들이 빨리 찼으면 좋겠네요. 노래에 집중하셔야죠. 작곡가님 노래 짱 좋은데……."

"하하하. 고마워."

유나윤에게서 진심이 느껴지니 강윤도 웃음이 나왔다. 그녀는 뭔가가 떠올랐는지 손바닥을 쳤다.

"저, 작곡가님. 이번 지민이 곡 말인데요."

"'해피엔딩' 말이야?"

"네. 저 그 곡 진짜 좋아해요. 작곡가님이 만드신 곡이죠?"

나엘, 자신을 짓누르는 곡이었지만 그녀는 기죽지 않았다. 아니, 오히려 좋은 곡에 대해 더 배우고 싶은지 눈빛은 초롱초롱 빛났다.

그녀의 말에 거짓이 아니라 진심이 느껴지니 강윤은 놀랐다.

'이러기도 쉽지 않은데…….'

강윤은 차분하게 답했다.

"엄밀히 말하면 나 혼자 만든 곡이 아니야. 난 편곡 담당이고 작곡은 동생이 했으니까. 나엘이 네 곡도 좋더라. 나도 즐겨 듣고 있어."

"감사합니다. 나중에 기회가 되면 꼭 곡 하나 부탁드리고 싶어요. 괜찮을까요?"

"기회가 된다면. 나도 네가 잘됐으면 좋겠어."

서로 덕담 같은 대화를 하고 있으니 김지민이 돌아왔다.

"난 무대에 다녀올게."

"네."

강윤이 나가고, 대기실에는 다시 여자들만의 세상이 되었다.

유나윤은 김지민에게 바짝 붙으며 물었다.

"지민아. 뭐하고 왔어?"

"그게…….""

김지민은 어려운 이야기였는지 뜸을 들이다 조심스럽게 말했다.

"……나 그날이야."

"에엑? 그날?"

"……그런데 아무것도 안 가져와서…… 선생님이…….""

"……."

유나윤은 당황스러웠다. 강윤이 사온 검은 봉지가 여성용품이라는 말이었다.

"세…… 세상에! 그…… 작곡가님, 그러니까 사장님 맞지?"

"응. 아……! 아, 얼굴에 불나고 있어."

"나야말로 충격이다. 매니저 오빠라면 이해하는데 사장님이? 세상에……."

유나윤은 그녀대로 충격을 받았는지 벙찐 표정을 지었다.

"……아, 화끈거려……."

김지민은 손으로 부채질을 하며 달아오른 얼굴을 식혀갔고, 유나윤은 큰 눈을 껌뻑였다.

'부럽기도 하네…….'

결국 사장이 궂은일도 마다하지 않는다는 것 아닌가.

유나윤은 김지민이 괜히 부러워졌다.

'명곡의 탄생' 녹화 날짜가 일주일도 남지 않았지만, 박소영의 편곡은 끝나지 않았다. 촉박해진 기한 만큼이나 그녀는 스튜디오에서 홀로 진땀을 빼고 있었다.

'여긴 이렇게…… 아, 이게 아냐!'

적어보고, 편곡 시스템에 입력도 해보며 여러 소리들을 조합해 봤지만, 그녀가 만족할 만한 소리는 쉽게 나오지 않았다.

이미 작업실이 된 스튜디오는 엉망이었다. 하지만 박소영에게 그런 것까지 신경 쓸 정도의 여유 따윈 없었다.

'이 소릴 서스테인으로 늘려봐? 아니면 뮤트로 죽일까?'

화면에 일렉트릭 기타 모습이 나오며, 서스테인을 표현하는 동그라미와 뮤트를 나타내는 엑스 표시가 나타났다. 서스테인으로 소리를 길게 늘이자 음이 길게 늘어났고, 뮤트를 누르자 음이 끊어졌다.

효과들을 더해봤지만 그녀는 만족하지 못했다.

'기타, 스트링, 드럼…… 어떤 효과를 넣어도 별로야. 이건 뭐 어쩌라고…….'

최고의 명곡.

'가로수'라는 곡을 한마디로 평하면 그것이었다. 함부로 손을 대면 곡 자체가 심하게 망가지는 탓에 이러지도 저러지도 못했다.

그걸 안 걸까? 김지민도 심한 편곡을 원하지 않았고.

"아, 모르겠다, 모르겠어!"

박소영은 헤드셋을 벗으며 자리에서 일어났다. 수없이 많은 조합을 해보았지만 결국 만족할 만한 편곡은 나오지 않았다. 시간을 늘려도, 줄여도, 원곡에 충실해도 색다른 조합을 해도 이건 답이 없었다.

그렇게 한참을 고민하고 있는데, 스튜디오 문이 열리며 강윤이 들어왔다. 막 김지민의 스케줄을 끝내고 돌아오는 길이었다.

박소영은 그를 보자 풀죽은 표정으로 고개를 숙였다.

"오빠……."

"작업은 잘…… 안 되는 모양이네."

강윤은 대번에 현 작업 상태를 알 수 있었다. 그녀는 자신 없는 어조로 말했다.

"죄송해요…… 믿어 주셨는데…… 솔직히 자신이 없어요."

박소영은 힘없이 어깨를 떨어뜨렸다. 믿음에 어떻게든 답을 하고 싶었지만 과거의 명곡이라는 무게는 생각보다 묵직했다.

강윤은 부드러운 어조로 물었다.

"어디서 막히는데?"

"……그냥, 전부 다요. 어디서 어떤 악기나 효과를 써야 할지 감이 아예 안 잡혀요. 이대로 가면 그냥 원곡을 그대로 부르는 게 나을 것 같아요."

"그래? 그건 최악의 경우로 남겨두자. 어떤 효과들을 써 봤어?"

박소영은 지금까지 썼던 조합들을 모두 보여주었다. 세심한 그녀답게 파일들은 모두 저장되어 있었다.

"많긴 많네……."

강윤은 먼저 헤드셋을 연결한 선을 뽑았다. 그녀와 함께 작업한 내용을 듣기 위함이었다. 곧 스피커로 소리와 함께 음표들이 흘러나오기 시작했고, 회색과 하얀빛들이 뒤섞여 빛나가 시작했다.

'윽……!'

예상은 했지만, 직접적으로 자신을 찌르는 듯한 회색빛의 영향력에 강윤은 얼굴을 찌푸렸다. 하지만 그는 내색하지 않으려 노력했다.

1시간이 넘도록 그녀가 작업한 모든 파일을 들어본 강윤은 지친 기색으로 힘없이 웃었다.

"하하…… 고생했네."

"……죄송해요. 정말 별거 없죠?"

박소영은 힘없이 고개를 떨어뜨렸다. 이렇게 노력했지만 재능이 없어 미안하다는 의미였다.

강윤은 괜찮다며 그녀의 등을 다독였다.

"……확실히 지금까지는 별게 없었네."

"……"

박소영의 눈가에 눈물이 맺혔다.

하지만 그의 말은 여기서 끝이 아니었다.

"길을 잘못 들었던 모양이야. 처음부터 완전히 다르게 해보자."

"완전히 다르게?"

강윤은 고개를 끄덕이며 어조에 힘을 주었다.

"오케스트라 편곡으로 가보자. 학교에서 전공했었지?"

"네? 네. 그런데 많이는 못 배웠어요. 전공 선택으로 배운 정도니까요."

"그 정도면 됐어. 오케스트라 느낌을 살려보자. 인트로만

약간 늘리는 정도로 원곡 느낌은 최대한 살려보자. 드럼, 베이스 이런 악기들은 완전히 빼고 오케스트라로 연주하는 느낌으로 가보자. 이러면 원곡 느낌도 살고 지민이도 만족하지 않을까?"

"우와……."

박소영은 강윤의 말에 침을 꿀꺽 삼켰다. 스케일이 급격히 확장되는 기분이었다.

"이 정도 되면 사장님이 하는 게 더 나을 것 같은데……."

박소영은 압박을 느꼈는지 저도 모르게 중얼거렸다.

작곡이 멜로디와 화성 등 가장 중요한 몸을 만드는 작업이라면, 편곡은 그 만들어진 몸에 옷을 입히는 단계라 할 수 있다. 만들어진 몸에 어울리지 않는 옷을 입혀 내보내면 워스트 드레서로 뽑혀 손가락질을 받게 마련이다.

이제 작곡가, 아니 편곡가론 첫발을 내딛었는데 처음부터 중책이 주어지니 압박이 무척 심했다.

그녀의 중얼거림을 들었는지, 강윤이 차분한 어조로 말했다.

"너무 부담을 주는 것 같니?"

"그게……."

자신의 말을 들은 걸까.

당황하는 그녀에게 강윤은 강한 어조로 말했다.

"희윤이에게 지고 싶지 않다고 하지 않았어?"

"그, 그건……."

강윤의 말이 박소영의 머리를 강타했다.

생각해 보니 희윤이 만든 노래들은 하나같이 가수의 흥행을 결정짓는 타이틀곡이었다. 흥행 여부에 따라 작곡가에게도 큰 영향이 온다. 희윤은 이제 막 작곡가로 데뷔한 신인이었다.

자신은 방송에 나가는 편곡 하나로도 이리 벅찬데, 희윤은……

그녀의 마음은 절로 숙연해졌다.

엉망이 된 바닥을 정리하며, 강윤은 부드러운 어조로 말을 이어갔다.

"자랑 같지만, 희윤이는 압박을 잘 견뎌냈어. 음악을 배운 지 오래되지 않았지만 감각도 있고."

"……"

박소영은 힘없이 고개를 끄덕였다.

동생의 곡으로 가수들을 연달아 성공시킨 강윤의 말은 확실히 설득력이 있었다.

바닥에 흩어져 있던 종이들을 테이블에 올려놓고, 강윤은 의자에 앉았다.

"너도 그런 희윤이를 알고 말을 했을 거야. 난 네 그런 패기를 높게 샀고. 그래서 함께 일을 해보자고 한 거지. 설마 희윤이가 어떤 작곡가인지도 모르고 그런 말을 했을 리는 없다고 생각했으니까."

"……"

"내가 아는 소영이는 자신의 위치를 알고, 발전하는 사람이야. 아닌가?"

박소영은 침묵했다.

강윤의 말이 연신 가슴을 때려댔다. 사실, 그녀도 희윤이 대단하다는 건 잘 알고 있었다. 하지만 그걸 알면서도 따라잡고 싶었다. 충분히 그럴 수 있을 거라 생각하고 있었고.

분한 마음에 어깨가 파르르 떨려왔다.

그녀의 떨리는 어깨에 강윤이 가볍게 손을 얹었다.

"확신을 가져. 넌 희윤이 이상으로 좋은 곡을 만들 수 있으니까. 실패해도 괜찮아. 그런 리스크는 내가 안고 갈 테니까 마음껏 해봐. 알았지?"

"······."

강윤은 그녀의 어깨를 다독여 주곤 스튜디오를 나섰다.

'······이 바닥에선 실패는 곧 죽음이라는 사람들이 쌔고 쌨는데······.'

박소영은 잠시 눈을 감았다.

엔터테인먼트 사는 한 곡, 한 곡의 선택에 매우 신중해야 했다. 앨범 하나의 실패가 불러오는 금전적 손해가 그만큼 막대하니까. 그것을 보충하기 위해서는 시간과 돈이 어마어마하게 든다.

그럼에도 불구하고 강윤은 리스크를 자신이 안고 가겠다 말했다. 자신의 어떤 면을 믿고······.

이런 면들을 생각하니 불가능을 생각할 여력 따윈 없었다.

그녀의 눈이 빛났다.

"그래, 해보자, 해봐! 못 할 건 뭐야!"

양손으로 자신의 뺨을 몇 번 치자 제정신이 들었다.

박소영은 의자를 밀어 다시 컴퓨터 앞에 앉았다. 모니터에 다시 편곡 프로그램이 펼쳐졌다.

기존에 열려 있던 악기들을 모두 삭제하고 새로운 악기들을 배치하며, 그녀는 중얼거렸다.

"그나저나…… 현아 언니가 왜 넘어갔는지 알겠네. 저 오빠 위험해, 위험. 나한테 관심 있는 건 아닐 테고…… 으으…… 정신 차리자, 정신! 아자! 휴우."

박소영은 강윤이 나간 문을 향해 눈을 한번 흘겨주고는 다시 작업에 돌입했다.

HMC 방송국.

"민아야! 늦었어!"

김대현 매니저는 스태프들에게 인사를 마치고 달려오는 정민아와 에디오스 멤버들에게 다급히 손짓했다.

다음 스케줄이 있는 시흥까지 가기에 빠듯한 시간이었다.

"오빠, 죄송해요!"

녹화가 길어진 탓에 예상했던 시간보다 나오는 시간이 늦어졌다.

정민아를 비롯한 에디오스 멤버들은 미안한 표정을 감추지 못 했다.

김대현 매니저는 고개를 흔들었다.

"괜찮아. 빨리 가……."

그런데 그들 뒤로 달려오는 이가 있었다. 예능국 PD 한태영이었다. 그는 급히 뛰어나가려는 김대현 매니저를 불렀다.

"대현 매니저!"

'아, 씨…….'

이런 급한 상황에 발목을 잡히는 건 짜증이었다. 하지만 사회라는 것이 마음대로 하기가 쉽지 않은 법. 김대현 매니저는 에디오스 멤버들을 먼저 보내고 한태영 PD를 맞았다.

"PD님, 무슨 일 있으십니까?"

"미안합니다, 미안해요. 급히 가는 걸 붙잡아서……."

"아닙니다. 죄송하지만 용건은 빠르게……."

평소에 PD들과 담배를 즐겨 태우는 그였지만 오늘은 상황이 급했다.

한태영 PD도 급히 나가는 에디오스 멤버들을 봤는지 바로 용건을 이야기했다.

"이번에 추석 특집으로 프로그램이 하나 나와요. 댄스 레볼루션이라고, 청팀과 백팀으로 나눠서 댄스대전을 벌이는 프로그램입니다. 거기에 에디오스가 출연해 줬으면 하는데……."

"그렇습니까?"

김대현 매니저는 바로 확답을 주지 않았다. 아니, 못했다. 먼저 회사에 보고를 하고 충분한 회의를 거친 후, 가수의 의견을 물은 후 결정하는 게 원칙이었다.

그는 일단 회사에 보고하겠다고 답하려는데, 한태영 PD가 갑자기 그의 손을 꼭 잡았다.

"대현 매니저, 이번에 나 좀 살려줘요. 에디오스가 나와줘야 프로그램이 산단 말이야……."

결정권이 없는 김대현 매니저는 난감했다. 그는 일단 한 걸음 물러났다.

"……일단 긍정적으로 말씀드리겠습니다."

"잘 부탁해요, 꼭. 회사에 이야기 잘 해줘요. 이번에 잘되면 에디오스에 신경 많이 신경 써줄 테니까."

김대현 매니저는 웃으며 그 자리를 벗어났다.

그가 밴으로 돌아오자, 정민아가 미간을 좁히며 타박했다.

"오빠, 너무 늦었잖아요."

"미안. 이야기가 길어져서. 빨리 가자."

"지각한 거 들키면 아저씨한테 엄청 깨진단 말이에요. 으으……."

정민아는 생각하기도 싫은지 고개를 세차게 저었다.

김대현 매니저는 급히 시동을 걸며 답했다.

"걱정 마. 지각은 안 할 테니까. 설사 늦더라도 오늘 같은 경우는 괜찮아. 사장님이 그렇게 융통성이 없진 않아."

"……그래요? 지각하는 거 진짜 싫어하던데…… 어떤 경우에도 늦지 말라 했단 말이에요."

정민아가 괜히 발을 동동 구르자 이어폰을 찾던 서한유가
나섰다.

"오늘은 어쩔 수 없었잖아요. 사장님도 이해해 주실 거예요."

"그, 그래?"

"……언니는 사장님 말만 나오면 안절부절못하네요. 다른
일은 대장부 같은데."

"대, 대장부?"

의외의 허를 찔리자 정민아는 눈을 휘둥그레 떴다.

"한유 말이 맞네, 민아 양."

"……넌 잠이나 자."

"싫어."

뒤에서 눈을 붙이고 있던 크리스티 안까지 끼어들자 정민
아는 눈에 잔뜩 힘을 주었다.

다음 스케줄이 있는 시흥으로 향하는 밴은 나름대로 평화
로웠다.

GNB엔터테인먼트 건물 4층에 마련된 댄스 연습실.

원래 댄스하고는 인연이 없던 유나윤이었지만, 며칠 전부
터 연습실을 점령하다시피 하며 춤 연습에 힘을 쏟고 있었다.

"나윤아. 거기서 왼쪽으로 좀 더 빠르게."

"네."

민머리 트레이너의 말에 유나윤은 고개를 끄덕이며 구슬 땀을 흘렸다. 그녀의 뒤에는 이미 수십의 댄서가 함께하고 있었다. 연습실은 그들 모두를 수용할 만큼 거대했다.

트레이너는 박수를 치며 모두의 시선을 집중시켰다.

"자자. 나윤이 키가 큰 편이 아니라 간격이 중요해요. 간격! 성효 씨. 조금만 오른쪽으로!"

"네."

성효라는 댄서는 중앙의 유나윤이 부각될 수 있도록 조금 더 오른쪽으로 움직였다.

거울에 비친 유나윤과 댄서들은 30명에 이르는 대인원이었다.

"다시 해봅시다. 이제 다 왔네요."

"화이팅!"

유나윤의 힘찬 목소리와 함께, 댄서들은 눈을 빛냈다.

그녀는 이미 거대한 공연의 중심이 서 있었다.

'이번에는 반드시 이길 거야.'

방송 무대를 준비하며, 유나윤의 마음은 라이벌을 이기겠다는 마음으로 활활 불타오르고 있었다.

"나윤아. 방향."

"죄송해요."

물론, 의욕을 너무 불태워 실수를 하긴 했지만……

4일!

'명곡의 탄생' 녹화까지 남은 시간이었다.

하지만 박소영이 편곡을 마무리 짓지 못해서 '명곡의 탄생' 연습을 위해 스케줄을 빼놓았던 김지민은 속이 까맣게 타들어가고 있었다.

'가서 말할 수도 없고…….'

사무실 계단을 오르며 김지민은 긴 한숨을 쉬었다. 혹여 박소영의 멘탈이 흔들릴까 걱정됐기 때문이었다.

"실례합니다."

사무실 문을 여니 이현지와 강윤이 동영상을 보며 이야기를 나누다 그녀를 맞아주었다.

"지민아. 왔구나."

누군 똥줄이 타는데, 누구는 속 편하게 동영상 감상이나 하고 있으니 김지민은 저도 모르게 손이 부르르 떨려왔다.

그도 곡이 완성되지 못해 속이 타고 있을 것이라 생각했는데, 너무나도 여유 있는 모습을 보이고 있으니…….

하지만 그녀는 숨을 한 템포 쉬고는 부드럽게 말했다.

"선생님. 아직……."

"거의 다 됐어. 소영이가 마무리하고 있으니까 곧 가지고 올 거야."

그녀의 마음을 알았는지, 강윤은 웃으며 듣고 싶은 답을 해주었다. 하지만 곧 곡이 나온다는 데에 대한 말을 들었어도 김지민은 진한 아쉬움을 감추지 못했다.

"……그나마 다행이네요. 조금만 더 빨리 됐으면 좋았을걸……."

편곡에 처음부터 박소영보다 강윤을 원했던 김지민이다. 그녀는 강윤에게 약간의 서운함을 더 표현했다. 강윤은 그녀의 기분을 알았는지 차분한 어조로 말했다.

"준비가 늦긴 했지만 들어보면 만족할 거야. 곡이 잘 뽑혔거든. 가사는 다 외웠니?"

"……네."

평소의 김지민답지 않게 말투가 조금은 뚱했다.

사전에 준비해 두는 것을 철칙으로 삼는 그녀다. 밴 안에서 틈틈이 가사는 다 외워뒀다. 부르는 것에는 문제가 없었다.

다만, 편곡이 어떻게 나올지 몰라 실제 무대가 어떻게 될지 알 수 없다는 것이 문제였다.

강윤은 김지민을 소파에 앉게 하고는 자신도 마주 앉았다.

"곡 스타일이 어떻게 나올지는 알고 있어?"

"네. 오케스트라 편곡이 나온다고…… 그래도 원곡하고 크게 다르지는 않을 거라 하셨죠?"

"원곡하고 느낌은 크게 다르지 않아. 앞에 18초가 인트로 붙는 게 차이라면 차이지."

"인트로요? 이런 거 중요한데…… 빨리 느낌을 알고 싶어요."

강윤은 김지민이 이렇게 성격이 급했나라는 생각에 피식 웃었다.

"어차피 곧 알게 될 거야. 기대해도 좋아. 소영이가 작정하고 만들었거든."

"그래요……."

여전히 김지민은 미심쩍다는 듯, 의기소침한 모습이었다.

그녀가 알기로 '명곡의 탄생'은 신인이지만 실력 있는 가수들이 말 그대로 모든 걸 걸고 부딪치는 무대라 들었다. 그렇기에 더더욱 걱정이 되었다. 강윤을 믿지만, 이렇게 준비기간이 짧아서야…….

강윤은 시계를 보며 작게 중얼거렸다.

"올 시간이 됐는데……."

"네?"

말이 끝나기가 무섭게 계단을 오르는 소리가 들려왔다. 그 소리에 유정민과 정혜진이 자리에서 일어나 손님을 맞을 준비를 했다. 사전에 누가 오는지 단단히 들었기에 그들은 바짝 긴장했다.

이윽고 문이 열리며 단아한 옷을 입은 여자가 사무실에 들어섰다. 그녀는 여기저기를 둘러보더니 곧 강윤을 발견하고는 얼굴에 진한 미소를 지었다.

"팀장님! 오랜만이네요."

여자는 소파에서 막 일어난 강윤을 보며 반가운 얼굴로 다가와 손을 잡았다. 강윤도 기쁜 표정으로 그녀를 맞았다.

"효민 씨. 반갑습니다. 잘 찾아오셨네요."

피아니스트 계효민이었다. 강윤이 MG엔터테인먼트에 있던 시절 독주회를 함께한 걸로 인연을 맺은 연주자였다.

그녀는 오랜만에 보는 강윤이 반가웠는지 얼굴에 화색을 띄었다. 선물로 들고 온 난을 유정민에게 건네고 소파에 앉았다. 간혹 연락을 하고 있었지만, 이렇게 얼굴을 직접 마주한 건 강윤이 미국에서 돌아온 이후 처음이었다.

계효민은 밝은 표정으로 말했다.

"지난주에 한국에 막 들어왔어요. 그동안 유럽에서 공연을 하고 있어서…… 그런데 오자마자 이런 모습을 보게 되니 매우 좋네요."

"그렇게 말씀해 주시니 감사합니다."

"두 분이서 같이 사업을 하시네요. MG에서도 두 분이 호흡이 잘 맞는 것 같았는데…… 지금도 콘서트 기획은 하고 계시나요?"

강윤은 멋쩍은 미소를 지으며 답했다.

"생각은 하고 있습니다. 일단 우리 기획사가 여력이 갖춰지면 따로 팀을 꾸려야죠."

"그래요? 그때가 되면 또 부탁해도 되겠군요."

"저야 영광이죠."

명성에 비해 크지 않은 규모였지만 슬럼프를 극복할 수 있었던 독주회를 성공적으로 열어준 강윤은 그녀에겐 은인이나 마찬가지였다. 그래서 그의 요청에 한달음에 달려올 수 있었고.

이현지도 웃으며 말했다.

"그때는 이름값에 맞게 오천 명 아니면 그 이상도 생각해 보는 게 어떨까요?"

"하하하. 좋아요. 좌석 채우는 일이 만만치는 않을 텐데……."

계효민은 장난스럽게 웃었다. 그러자 강윤이 어깨를 으쓱였다.

"효민 씨 인기가 있는데, 어떻게든 채워지지 않겠습니까. 아, 소개가 늦었네요. 이쪽은……."

강윤은 옆에서 잔뜩 긴장하고 있던 김지민을 소개해 주었다. 김지민은 계효민이라는 말에 잔뜩 얼어 있다가 떨리는 목소리로 고개를 숙였다.

"아, 안녕하…… 세요? 김지민이라 합니다."

"예쁜 아가씨네요. 안녕하세요. 계효민입니다. 아아. 같이 공연하는 아가씨구나? 반가워요."

그녀는 웃으며 김지민과 손을 잡았다.

그런데 김지민은 같이 공연한다는 그녀의 말을 이해하지 못했다. 그녀는 강윤을 의문 어린 시선으로 바라보았다.

"이런, 내가 실수했네. 미안. 효민 씨가 이번 무대에서 협연해 줄 거야."

"네에?!"

강윤의 말에 김지민의 눈이 휘둥그레졌다. 그러자 이현지가 고개를 흔들었다.

"서프라이즈에요? 미리 말 좀 해주지……."

"소영이만 신경쓰다보니 정작 중요한 걸 잊어버렸네요. 미안."

강윤이 멋쩍은 표정을 지을 때, 사무실 문이 조심스럽게 열리며 머리가 마구 헝클어진 박소영이 환희에 찬 표정으로 들어왔다.

"오빠, 오빠! 다 끝났어요!"

박소영은 강윤만 보였는지 해방감을 마음껏 표출했다. 그러나 이내 여러 사람의 시선이 집중되었고 그녀는 난감한 상황에 빠져 얼굴이 붉어졌다.

"하…… 하하……."

강윤은 피식 웃으며 박소영에게 자리를 권했다. 그는 박소영을 계효민에게 소개해 주었다. 이번 곡을 편곡한 사람이라는 말에 계효민의 눈이 빛났다.

"내가 어떤 곡을 연주하게 될지 기대되네요. 어디 한번 볼까요?"

박소영은 강윤보다도 악보를 제일 먼저 집어 드는 계효민이 묘하게 느껴졌는지 김지민에게 속삭였다.

"지민아. 저분 피아니스트라 했지?"

"네. 계효민이라고……."

"잠깐, 뭐?! 계효민?!"

2002년 세계 3대 피아노 콩쿠르인 폴란드 국제 쇼팽 피아노 콩쿠르에서 한국인 최초로 우승한 후, 세계를 누비고 다니는 피아니스트! 말 그대로 세계에서 노는 실력자였다.

그런 사람이 자신의 작품을 잡고 있다니.

박소영은 저도 모르게 등에서 땀이 주르륵 흘렀다.

"언니, 왜 그래요?"

김지민이 걱정스레 묻자 박소영은 그제야 침착한 눈빛으로 돌아왔다.

"아, 아냐. 너무 충격적이라서……. 저런 사람이 내 곡을 연주한다는 게…… 너도 같은 무대에 서야 하는데 안 떨려?"

"저도 많이 떨려요. 그래도 감사하죠. 선생님이 이런 기회를 주셨다는 게……."

최고 지위에 있는 사람과의 합동무대라니. 김지민은 감동했다.

사실, 강윤이 박소영에게 다 맡겨 버리고 아무것도 하지 않는다는 생각까지 했건만, 그는 그녀를 실망시키지 않았다.

한참 동안 악보를 보던 계효민은 흐뭇한 미소를 지으며 악보를 내려놓았다.

"연주를 해봐야 알겠지만 언뜻 봐도 멜로디는 괜찮은 것 같네요. '가로수'는 원래 좋아하던 곡이라 혹여 망가지기라도 했으면 진짜 슬퍼했을 거예요."

"제가 말했잖습니까. 기대해도 좋을 거라고."

"확실히 그러네요."

계효민의 칭찬이 이어지니 박소영의 고개가 추욱 내려갔다. 긴장이 조금 풀어진 것이다.

강윤은 만족한 그녀의 모습에 미소 지으며 말했다.

"일단 이쯤하고 식사부터 하고 오는 게 어떨까요? 금강산도 식후경이잖습니까?"

"후후, 그런가요? 그런데 건반은⋯⋯."

"준비해 놨습니다."

강윤은 자신만만하게 답하자 오히려 이현지가 알 수 없다는 표정을 지으며 물었다.

"그런데 연습, 스튜디오에서 하는 거 아니었나요? 거기에 그랜드 피아노가 들어갈 수 있을지 걱정이네요."

그러자 강윤이 고개를 흔들었다.

"이미 루나스에 준비해 놨습니다."

"아, 오늘하고 내일 스케줄이 빈 이유가⋯⋯."

이현지가 손뼉을 치자 강윤이 흐뭇하게 웃었다.

"맞습니다. 지민이 연습 때문에 비워놨죠."

"아아. 그럼 오늘은 효민 씨와 연습하고 내일은 오케스트라 팀원들이 오는 건가요?"

"네. 그럼 어떻게든 연습은 마무리 지을 수 있을 겁니다. 빡세긴 하지만요."

빠듯한 시간이었지만 그 시간에 맞게 계획은 하나하나 실행에 옮겨지고 있었다.

공연에 나서는 모두는 만족한 얼굴로 점심식사를 위해 예약해 놓은 근처 레스토랑으로 향했다.

강윤의 집.

굳게 닫힌 김재훈의 방에서는 은은한 멜로디와 함께 힘 있는 고음이 조금씩 새어 나오고 있었다.

"아아아아-!"

남자들이 쉽게 소화하기 힘든 높은 음의 향연들이 펼쳐졌다.

하지만 김재훈은 만족스럽지 않은 표정으로 책상 위에 놓인 핸드폰으로 시선을 돌렸다.

"희윤아. 음이 조금 낮아. 약간만 더 높여주면 안될까?"

그러자 전화기에서 놀라는 목소리가 들려왔다.

-네? 이 정도면 충분히 높지 않아요? 3옥타브 C인데요?

"힘이 조금 부족해. 아니면 키를 높여주던가. 멜로디나 박자는 정말 좋은데 뒷심이 부족한 것 같아."

김재훈은 연신 음에 대한 아쉬움을 드러냈다. 하지만 전화로 들려온 희윤의 말은 그리 긍정적이지 않았다.

-2000년대 초반이나 고음이 노래 잘하는 지표였잖아요. 지금은 고음이 노래를 잘하는 지표는 아니에요. 음을 높이는 것보다 다른 방법을 찾아볼게요.

"아냐. 이 노래는 음을 높이는 게 더 나을 것 같아. 그래도 키를 바꿔달라고 하지는 않잖아."

-오빠. 우리 오빠한테 들었는데 이전 소속사에서 목을 다

쳤었다면서요.

희윤의 만류에도 김재훈은 주장을 굽히지 않았다. 아니, 오히려 더 강하게 의견을 내세웠다.

"괜찮아. 지난번에도 3옥타브 C 정도는 소화했어. F나 G 까지만 올리지 않으면 돼."

과거에는 3옥타브 파, 솔까지 올라갔었다. 하지만 무리한 스케줄에 그런 노래들을 계속 불러재꼈으니 목이 남아났겠 는가.

─편곡할 때 오빠가 분명 지적할 거예요. 찬성하고 싶지 않은데…….

김재훈의 목 상태를 누구보다도 잘 아는 강윤이다. 이렇게 높은 음역대의 곡을 그가 그냥 넘길 리가 없었다.

그러자 김재훈은 잠시 생각하더니 씨익 웃으며 말했다.

"이번 편곡은 내가 한다고 할게. 곡이 나오면 형도 어쩔 수 없을 거야."

─오빠, 그건 아니에요. 아무리 그래도…….

희윤이 만류했지만 김재훈은 고개를 흔들었다.

"어차피 디지털 싱글이잖아. 지민이나 에디오스, 하얀달 빛도 선전하는데 나도 뭔가를 보여줘야지. 월드에 김재훈이 있다는 걸 보여줘야 하지 않겠어?"

─아, 오빠. 그래도 이건 좀…….

"나 한번만 믿어줘. 응? 부탁할게."

전화를 받는 희윤은 이러지도 저러지도 못하는 상황에 빠

명곡의 재해석 157

져들었다.

'오빠한테 말은 해야겠어.'

"알았어요. 조금만 기다려주세요."

"고마워."

희윤의 생각을 모르는 김재훈은 싱글벙글했다.

하지만 전화를 받는 희윤은 걱정이 태산 같았다.

♪♩♫♪♬♩♪

"헐?"

계효민은 어울리지 않는 소리를 내며 루나스 공연장 중앙에 자리 잡은 그랜드 피아노에 눈을 때지 못했다.

"스타슈레스? 이거 내가 쓰는 피아노잖아요."

검은 빛깔을 반짝이는 그랜드 피아노 주위를 돌며 계효민은 웃음을 감추지 못했다. 급하게 연락을 받고 오느라 어떤 피아노를 쓸지 걱정하고 있었던 그녀였다. 정 상황이 안 되면 자신의 집에 있는 피아노라도 공수할 생각이었는데, 그런 걱정이 모조리 사라져 버렸다.

강윤은 어린애처럼 기뻐하는 그녀의 모습을 보며 웃음 지었다.

"전날 방송국에 보내서 조율까지 마칠 생각입니다. 공연할 때 쓰는 악기죠."

"역시…… 팀장, 아니 사장님? 하하. 최고예요, 최고. 걱정이 필요 없네요."

그녀는 신나하며 피아노에 앉았다. 건반 하나하나를 누르며 손을 풀더니 곧 화려한 피아노 음들이 루나스를 감싸며 음표들이 하얀빛을 만들어냈다.

"우와……."

김지민과 박소영은 침을 꿀꺽 삼켰다. 클래식에 대해 잘 알지는 못했지만, 화려한 그녀의 손놀림에 어울리는 멋들어진 연주는 충분히 넋을 놓게 만들었다.

"사장님."

"응?"

김지민이 강윤에게 다가와 속삭였다.

"감사합니다."

김지민의 인사에 그는 어깨를 으쓱였다.

"효민 씨 까칠하니까 잘 맞춰야 할 거야. 잘해봐."

"네."

이윽고 김지민은 손을 푼 계효민 옆에 섰다. 어느새 계효민은 박소영이 만든 악보를 펼치고는 김지민을 기다리고 있었다.

"준비됐어요?"

"네."

"갑니다."

계효민의 눈이 빛났다. 그녀의 손이 천천히, 부드럽게 움직이기 시작했다.

인트로의 시작은 잔잔했다. 그러나 곧 그녀의 손이 저음을 한번 울리더니 힘을 강하게 더해나갔다. 그리고 마지막에 강렬하게 저음과 고음을 울렸다.

그 후, 피아노 소리가 천천히 잦아들며 위에 김지민의 멜로디가 흘렀다.

"내 잊을 수 없는 기억 —그 길을 걸으면 —햇살 가득한 그 날 만난 그대가 떠올라~"

김지민의 음표와 계효민의 피아노가 섞이며 하얀빛을 만들어냈다. 그런데 하얀빛에 이질적인 무언가가 섞여 있었다.

'저건……'

회색 비슷하지만 빛나는 그것.

은빛의 전조였다. 오랜만에 보는 그 이질적인 것에 강윤은 눈을 빛냈다.

"낙엽 흩날리는 가을 —찬바람에 흐릿해지는 기억 —하지만 난 기억하리— 그대와의 추억~"

은은해진 피아노가 저음에서 점점 고음으로 올라갔다.

이 부분에선 오히려 박소영이 놀랐다.

'우와. 저건 애드리브잖아요.'

'그렇지? 원래 넌 오케스트라에 맞게 편곡을 했으니 원래 저런 연주가 나오면 안 되지?'

'네. 역시…… 월드 클래스는 다르네요.'

박소영은 연신 감탄사를 연발했다. 자신의 곡이 이렇게 아름다웠나 하는 생각마저 들었으니.

"그대의 그늘 아래— 오— 내가 사랑한 그대와의 추억, 가로수에서의 이야기~"

피아노가 진하게 울리며 김지민의 노래에 힘을 더해갔다. 계효민도 그녀의 목소리에 힘을 받았는지 피아노의 터치에 진한 감정을 실어갔다.

원래는 1절만 불러보고 마칠 생각이었지만, 노래는 2절 끝까지 이어졌다.

"진한 그대의 향기~ 추억하는 가로수 난 기억하리—"

김지민은 감정에 취해 눈가에 눈물을 찍었다. 허스키하면서도 주욱 뻗어나가는 목소리가 연습실을 가득 메웠고, 피아노가 목소리를 강하게 감싸 안았다.

"기억하리—"

다시, 저음과 고음이 동시에 강하게 울리며 천천히 피아노 소리가 잦아들었다. 그렇게 천천히 소리는 사그라졌다.

"우와……."

박소영은 저도 모르게 박수를 쳤다. 그녀가 지금까지 들어왔던 피아노 연주 중 최고였다. 김지민의 노래를 강하게, 때로는 부드럽게 이끄는 피아노는 그야말로 최고 중의 최고였다.

강윤과 이현지도 가볍게 환호하며 박수를 쳤다.

"감사해요."

계효민은 가볍게 인사하며 피아노에서 내려왔다. 그녀는 악보를 들고 박소영에게 다가왔다. 그러자 박소영은 긴장에 침을 삼켰다.

"소영 씨라 했죠?"

"네, 네!"

"그렇게 긴장 안 해도 되요. 이제 우리 이야기 좀 할까요?"

"네!"

최고의 피아니스트라는 이름에 연주까지 그 이름값을 톡톡히 했으니, 박소영의 굳은 몸이 쉽게 풀리진 않았다. 강윤은 그 모습에 괜히 웃음이 나왔다.

"많이 배우고 와."

"네."

강윤의 말에 계효민은 씨익 웃었다.

"많이 볼 건 없어요. 처음에 힘을 조금 더하고 싶은 것 정도? 후반은 조금만 빼고. 밸런스를 맞춰야 하니까 우리 조금만 이야기할까요?"

이런 기회가 흔히 오는 건 아니었다.

박소영은 긴장했지만 감사한 마음으로 그녀와 함께 다른 방으로 향했다.

"자아. 우린 이제 뭐하죠?"

이현지의 말에 강윤이 웃으며 답했다.

"일해야죠."

"……."

이현지의 표정이 울상이 되었다.

은은한 음악이 흐르는 강남의 한 고급 일식집.

일식계에서 알아주는 요리사가 조리한다고 해서 많은 사람들이 찾고 싶어 하지만 터무니없이 비싼 가격 탓에 함부로 찾지 못하는 그런 가게였다.

그곳에서 GNB엔터테인먼트의 한영숙 사장과 예랑엔터테인먼트의 강시명 사장이 식사를 하고 있었다.

"이번 일은 감사합니다. 추후에 꼭 갚죠."

한영숙 사장은 젓가락을 놓으며 부드럽게 말했다. 그러자 강시명 사장은 손을 저었다.

"이렇게 좋은 자리를 마련해 주시고, 저야말로 감사하지요."

"30명이 넘는 댄서들을 단기간에 구해주셨는데, 이 정도론 부족하죠. 모두가 하나같이 실력이 출중해요. 다들 알아주는 유명한 팀이더군요."

국내에서 손에 꼽는 유명한 댄스팀들이 한자리에 모였다. 실력은 말할 것도 없었다. 댄스팀들과 각별한 인연이 있지 않는 한, 이런 팀들을 단기간에 구하는 건 쉬운 일이 아니었다.

"내일 좋은 공연을 봤으면 하네요. 소속사를 넘어 나엘 양에겐 기대하는 바가 크니까요."

"후후, 감사해요."

분위기는 화기애애했다.

물론, 두 사람의 생각은 판이하게 달랐지만…….

'너무 무리한 요구는 하지 않았으면 좋겠는데.'

신세를 지기는 했지만, 그렇다고 너무 큰 걸 주고 싶진 않았다. 한영숙 사장은 조심스러웠다.

'이걸로 생색을 내봐야 좋을 게 없지. 진짜는 월드야. 나엘을 이용해 은하를 잡는다. 월드의 기세가 심상치 않아.'

MG, 윤슬, 예랑 그리고 GNB엔터테인먼트까지. 거대 기획사는 이 정도면 충분하다 여겼다.

월드라는 불특정 요인이 끼는 걸 강시명 사장은 원하지 않았다.

마음을 숨기고 그는 차분히 말했다.

"이번 '명곡의 탄생'에서 김지민도 같이 출연한다고 들었습니다."

"그렇다더군요. 은하라는 애는 어디서나 걸리네요. 사사건건 우리 앞을……."

한영숙 사장은 고개를 흔들었다.

가수 은하. 나엘의 데뷔 초부터 계속 앞을 막아온 마음에 들지 않은 존재였다.

그녀의 변화를 느꼈는지 강시명 사장이 부드러운 어조로 말했다.

"은하가 있는 월드엔터테인먼트는 작지만 저력 있는 기획사죠. 이번에도 분명 뭔가를 준비해 왔을 겁니다. 그곳 사장이 안목이 있거든요."

"그래도 이번에는 우리도 만만치 않을 겁니다. 데뷔 때는 뭣도 모르고 당했지만 이번에는 다르죠. 강 사장님이 이렇게 도와주시는데. 우리 나엘이가 은하보다 낫다는 걸 보여줘야죠."

"하하하하. 저도 그렇게 됐으면 좋겠군요."

강시명 사장은 크게 웃음을 터뜨렸다. 하지만 그는 마음 한구석이 시큰했다.

'이강윤 그 사람이 어떻게 나올지…… 이번이 확실히 중요하긴 한데.'

이어지는 한영숙 사장의 자신만만한 이야기를 넘기며, 그는 월드를 앞으로 어떻게 해야 할지 걱정했다.

두 가수를 앞세운, GNB엔터테인먼트와 월드엔터테인먼트의 전쟁이 시작되려하고 있었다.

편곡이 끝나고, 주어진 시간은 금방 지나갔다.

김지민은 악보를 받은 당일 계효민과 연습을 가졌고, 바로 다음날 강윤이 섭외한 오케스트라 팀과 처음이자 마지막 연습을 가졌다.

"계효민 씨도 온다면서요?"

"우, 나도 긴장."

제1 바이올린 담당자와 제2 바이올린 담당자는 쉬는 시간에 기대와 긴장 어린 대화를 주고받으며 무대에 대한 기대감을 높였다. 편곡한 가요 오케스트라 무대였지만, 계효민이라는 이름이 주는 무게감은 엄청났다.

박소영은 김지민의 모든 연습을 지켜보며 손에 땀을 쥐었다.

"진한 그대의 향기 −추억하는 가로수 −난 기억하리~"

김지민도 속까지 울리는 첼로와 바이올린의 합에 소리를 높여갔다.

웅장한 오케스트라로 자신의 곡이 연주되는 기분은 무엇과도 바꿀 수 없는 쾌감이었다.

강윤도 수없이 많은 음표들이 순백의 빛을 내는 광경을 넋을 잃고 바라보았다.

'효민 씨의 합주까지 더해지면 어떻게 될지…….'

강윤은 만족하는 미소를 지었다.

다음날, D−Day.

강윤과 김지민은 아침 일찍 KS TV 공개홀로 향했다. 그랜드 피아노를 비롯해 무대 관련으로 여러 가지 문제를 해결해야 했기 때문이었다.

도착하니 계효민이 사용할 그랜드 피아노는 도착해 있었고, 조율사가 피아노를 조율하고 있었다. 조금이라도 소리가 틀어지면 안 되기에, 강윤은 특별히 조율에 신경을 썼다.

강윤과 김지민이 그랜드 피아노 조율을 보고 있는데, '명곡의 탄생' PD 이태성이 다가왔다. 그는 뿔테 안경에 날선 눈매를 감추고 있었다.

"은하 양, 어서 와요. 사장님도 안녕하십니까."

"안녕하세요, PD님."

이태성 PD는 그랜드 피아노를 보며 심각한 표정으로 이야기했다.

"사장님이 말씀하신대로 오케스트라와 그랜드 피아노 사용까진 가능합니다만, 무대가 끝나면 피아노는 바로 치워주셔야 합니다. 배치도 첫 무대로……."

"알고 있습니다. 배려해 주셨는데 저희도 받아들여야지요."

"감사합니다. 리허설이야 한쪽으로 밀어놓고 하면 된다지만, 실제 무대까지 치워놓고 할 수는 없으니까요. 무대가 끝나면 저희 애들 투입해서 바로 정리하겠습니다."

"알겠습니다."

피아노 문제로 경연이 첫 순서로 밀리는 불이익을 얻었지만, 강윤은 기꺼이 받아들였다. 무대의 첫 순서라는 게 부담으로 다가왔지만, 그것보다 그랜드 피아노의 사용 여부가 훨씬 중요했다.

이태성 PD와 무대에 필요한 조율을 마치고, 두 사람은 대기실로 향했다.

김지민이 목을 풀며 리허설을 준비하고 있는데, 문이 열리며 한 무리가 들어섰다. 오늘 무대를 꾸밀 유나윤이었다.

"안녕하세요? 지민아!"

"나윤아!"

유나윤은 강윤에게 깊이 고개 숙여 인사를 하곤 김지민의 손을 잡으며 반가움을 표했다. 오늘 경연에 나서는 두 사람이었지만 분위기는 화기애애했다.

김지민과 유나윤은 나란히 앉아 메이크업을 했다.

"지민아. 준비 많이 했어?"

"시간이 부족해서 많이 못 했어. 너는?"

"나? 난 그럭저럭? 후후. 이번에는 이겨야지."

유나윤은 자신만만한 눈빛을 쏘아 보냈다. 그러자 김지민도 지지 않겠다는 듯 눈에 힘을 주었다.

"우리 잘해보자."

"그래그래."

두 소녀는 밝은 분위기 속에 전의를 다졌다.

녹화는 오후 5시에 시작된다.

소녀들을 비롯한 출연진들의 시간은 정신없이 흘러갔다. 한 번의 리허설과 카메라 리허설이 끝나니 녹화 시간은 금방이었다.

분위기를 잡는 전문 사회자가 퇴장하고 메인 사회자가 무대에 올랐다.

"안녕하세요? 명곡의 탄생, 14번째 스테이지에 오신 평가단 여러분을 환영합니다."

"오오오오오!"

엄청난 환호성과 함께 파란을 불러일으킬 그날의 녹화가 시작되었다.

4화
자타공인 댄싱 퀸

"오늘 나엘이 칼 제대로 갈았다며?"

"진짜? 그래도 은하가 더 낫지 않을까? 노래도 더 좋은데."

"에이. 그래도 소속사 규모가 있는데. 이번에는 나엘이 투자 좀 하지 않았을까? 좀 더 나을 것 같은데."

사회자의 간단한 멘트가 이어지는 중, 맨 앞에 앉은 연인들은 오늘 있을 무대에 대한 기대로 이야기꽃을 피웠다.

'명곡의 탄생'에서는 KS TV의 음악 프로그램인 뮤직 카운트에서 시도하지 못하는 다양한 무대가 펼쳐졌다. 나엘의 소속사 GNB엔터테인먼트가 인터넷에 사전에 홍보를 많이 했고 라이벌이라 칭해지는 은하까지 같은 무대에 선다니 사람들의 관심은 온통 그들의 경연에 쏠려 있었다.

"어? 오빠. 시작하려나 봐."

사회자가 대본을 보며 흐뭇한 미소를 짓기 시작하자, 여자는 옆에 앉은 연인의 팔뚝을 가볍게 쳤다. 두 연인은 서로의 손을 붙잡으며 자세를 고쳐 앉았다.

"오래 기다리셨습니다. 80년대 후반을 빛낸 노래로 꾸미는 '명곡의 탄생' 첫 번째 무대를 빛낼 가수를 소개해 드려야 겠네요. 기타소녀로 유명한 가수죠."

"오오오오!"

기타하면 은하, 은하하면 기타다.

첫 순서부터 기대하고 있던 무대가 호명되자 사람들의 입에서 환호성이 쏟아졌다.

"오늘 리허설을 봤는데, 말이 필요 없는 무대였습니다. 오늘 은하 씨 지켜본 가수분들. 긴장 많이 하셨습니다."

"하하하하."

"오늘만 모신 특별한 손님과도 함께하는 무대이니 더욱 멋진 무대가 될 겁니다. 더 끌지 않겠습니다! 첫 번째 무대, 가수 은하입니다!"

"오오오오오오오오!"

관객들의 환호 속에 관객석을 옅게 비치던 조명이 사그라졌다.

스포트라이트가 무대 왼쪽을 비치며 스크린에 거대한 그랜드 피아노와 한 여인이 모습을 드러냈다. 눈을 감고 있던 여인은 조용히 피아노에 손을 올리더니 부드럽게 피아노를 연주하기 시작했다.

스크린에 비친 여인의 모습에 일부 관객들의 표정이 경악으로 물들었다.

"저 사람, 계…… 계효민이야!"

"헉! 그 피아니스트!?"

"허허억!"

사회자가 이야기한 특별한 손님.

세계적인 피아니스트 계효민이었다.

'명곡의 탄생'에 함께 나온 초대 손님들은 배우, 동료 가수 등 다양했지만 계효민같이 세계적인 무대에 섰던 이는 단연코 없었다.

경악하는 관객들을 놀리기라도 하듯 계효민의 손은 부드럽게 피아노 위를 노닐었다. 왼손이 저음을 강하게 울리더니, 왼손이 고음으로 빠르게 치고 올라가며 분위기를 한껏 끌어올렸다.

"대…… 대……."

"이게 뭐야……."

처음을 장식하는 20초도 안 되는 짧은 시간.

하지만 누구하나 그녀의 연주에 빠지지 않은 이가 없었다.

계효민은 강하게 저음과 고음을 동시에 울리며 김지민의 노래가 나올 기반을 만들어주었다.

"내 잊을 수 없는 기억−그 길을 걸으면−햇살 가득한 그날 만난 그대가 떠올라−"

스포트라이트가 켜지며 김지민이 모습을 드러냈다.

"와아아아아아아아−!"

그녀는 계효민이 만든 분위기를 부드럽게 받아들여 다시 사람들에게 내보냈다. 계효민의 피아노와 어우러진 김지민의 노래는 관객들을 단번에 사로잡았다.

피아노와 김지민, 두 사람만의 파트가 끝나자 더블베이스와 첼로, 바이올린 연주가 음악에 활력을 불어넣었다.

강윤은 무대 뒤편에 위치한 방송실에서 이 모든 것을 지켜보고 있었다.

'조금만 더 하면 될 것 같은데…….'

김지민과 계효민의 음표는 빛나는 무언가가 섞인 하얀빛을 만들어냈고, 거기에 오케스트라가 조금씩 힘을 더하니 하얀빛안의 반짝이는 무언가가 더더욱 강렬함을 더해갔다.

이제 후렴으로 치고 올라가는 상황. 은빛의 전조를 보며 강윤은 욕심이 났다.

"낙엽 흩날리는 가을—"

노래가 후렴부에 접어들었다.

그와 함께 웅장한 팀파니 소리가 울려 퍼지며 조명이 일제히 빛을 발했다. 그와 함께, 50명에 달하는 오케스트라가 그 모습을 드러냈다.

"우와아아!"

아무도 그랜드 피아노 뒤편, 지휘자와 함께 50인의 오케스트라까지 있을 줄은 상상도 하지 못했다. 몇몇 사람들은 음악을 듣고 뭔가 의심하기는 했지만 저렇게 많은 인원이 숨어 있을 줄은 생각도 하지 못한 것이다.

"찬바람에 흐릿해지는 기억- 하지만 난 기억하리- 그대와의 추억-"

대기실에 설치된 모니터로 김지민의 공연을 지켜보던 유나윤은 당혹감과 놀라움 등 다양한 감정이 섞인 눈을 하며 넋을 놓았다.

"……진짜 대박……."

사장님이 분명 GNB엔터테인먼트 정도의 지원은 못할 거라며 걱정 말라고 했었는데…….

예상이 완전히 빗나갔다.

오케스트라에 계효민까지, 어린애 싸움에 어른 불러온 격이었다.

"……우와, 월드 대단하네."

유나윤 옆에 있던 매니저조차 진심으로 감탄했다.

"……."

하지만 그는 바로 유나윤을 돌아보며 웃었다.

"그래도 우리 나엘이보다 안 나올 거야. 그렇지?"

"오빠."

그녀는 고개를 흔들었다.

"저건 못 이겨요. 오케스트라야 어떻게 해도 계효민은 사기 아니에요?"

"……."

매니저는 침묵했다.

그가 생각하기에도 계효민을 초대한 것은 기가 막힐 노릇이었다.

월드엔터테인먼트에서 돈을 얼마나 들였는지 계산조차 되지 않았다. GNB엔터테인먼트도 댄서들을 동원하고 연습하기 위해 많은 예산을 들였지만 저긴 뭐…….

어느새 김지민의 무대는 절정으로 향하고 있었다.

바이올린들의 합주와 첼로의 조화는 아름다운 합을 이루었고 계효민의 연주는 그 위에서 멋스럽게 춤을 추었다.

"진한 그대의 향기 −추억하는 가로수 −난 −기억하리−"

뒤에서 오케스트라와 계효민의 피아노가 김지민을 든든하게 받쳐주었다. 마치 흔들리지 않는 반석 위에 선 기분이었다.

김지민은 자신도 모르게 깊은 감정에 빠져들었다. 그녀의 허스키한 목소리가 무대를 가득 메웠고, 피아노가 목소리를 강하게 휘감았다.

"기억하리……."

절정을 넘어 김지민의 목소리가 천천히 잦아들며 오케스트라도 사그라졌다.

홀로 남은 피아노 소리가 저음과 고음을 동시에 강하게 울리더니 그 후 천천히…….

잦아들었다.

그렇게 김지민의 노래가 끝이 났다.

"감사합니다."

"……."

"……."

무대의 불이 꺼지고 옅은 스포트라이트만이 남아 여운을 남겼다. 관객들은 멍한 시선으로 침묵했다. 이대로 끝내기에 아쉬움이 짙었던 것이다.

하지만.

"우와아아아아아아아아아아——!"

"은하! 지민이! 아 몰라! 아무튼 최고!"

"은하! 은하!"

아쉬움을 뒤로 하고 관객들에게서 무대를 뒤덮는 엄청난 환호성이 터져 나왔다.

"감사합니다!"

김지민은 관객들에게 다시 한 번 인사하고 지휘자와 계효민에게 달려가 안기며 무대를 마무리했다.

김지민의 무대가 끝이 났지만, 강윤은 제자리에서 멍하니 서서 무대에서 눈을 떼지 못했다.

'방금 그건 뭐였지?'

조금 전 김지민의 노래가 머릿속을 떠나지 않았다.

노래가 1절을 넘자 찬란한 은빛이 뿜어져 나오기 시작했고 은빛이 모두에게 깊숙이 빨려 들어갔다.

문제는 그다음이었다.

악기들과 가수가 만드는 음표들에 이상한 변화가 생겼다.

김지민이나 악기들이 발하는 음표가 전구같이 빛을 발하며 은빛에 흡수되었다. 그리고 빛의 외부가 천천히 황금빛으로 물들기 시작했다.

세계 최고의 가수, 셰뮤얼의 콘서트에서 봤던 금빛에 대한 기대감에 강윤은 심장이 뛰었다.

'조금만 더 노래할 시간이 있었어도…….'

황금빛이 은빛을 물들인 부분은 아주 조금, 약간이었다. 하지만 그 약간의 빛으로도 관객들은 김지민이 퇴장한 지 한참이 지나도 환호를 멈추지 못하고 있었다. 엄청난 여운을 남긴 것이다.

그의 상념 속에 무대에서는 무대에 대한 평가가 진행되고 있었다.

─마의 450! 가뿐하게 넘어갔습니다. 460, 70! 어디까지 갈까요?!

김지민의 무대가 좋았다며 표를 던진 사람들의 숫자가 계속 올라가고 있었지만 강윤은 숫자가 눈이 들어오지 않았다. 사회자의 흥분한 목소리도 상념에 빠진 강윤을 꺼내주진 못했다.

─오배애애애액! 오백마저 넘깁니다! 신기록을 달성하는 은하! 501, 502…… 510!

스크린의 숫자는 끝없이 올라가고 있었다.

프로그램이 생긴 이래 신기록을 달성했지만, 금빛이라는 숙제가 던져진 강윤에겐 큰 관심사가 되지 못했다.

'······어떻게 하면 완전한 금빛의 무대를 펼칠 수 있지?'

─520! 이야! 우와, 이게 말이 돼?! 아, 죄송합니다. 이건 편집 좀······.

"하하하."

사람들의 유쾌한 소리와 함께 카운트가 차차 잦아들었다. 그리고 숫자는 530을 넘어 40, 50을 넘어갔다.

그리고 1, 2, 3······ 4에서 멈췄다.

최종 카운트는 총 인원 555명에서 1을 뺀 554였다.

─554! 명곡의 탄생 무대 사상 최고 기록이 나왔습니다! 554! 가수 은하 양에게 다시 한 번 큰 박수를 부탁드립니다!

"오오오오오오오!"

큰 박수소리와 함께 은하의 이름을 부르는 소리들이 퍼져 나갔지만, 강윤은 금빛에 대한 아쉬움을 쉽게 떨치지 못했다.

"이런 만화 같은 표는 처음입니다. 판정단 555명 중 554표! 1분은 누구신지 몰라도 대단하신 분입니다. 저희 프로그램의 위엄을 살려주신 분이에요."

"하하하하."

"이 은하 양의 기록을 누가 쉽게 깰 수 있겠습니까만! 그래도 이번 무대라면 가능할 거라 생각합니다. 함께 데뷔한 가수 동기이며, 라이벌이죠? 전 개인적으로 이 무대에 대한 기대가 가장 컸습니다. 더 이상 설명이 필요 없죠? 소개하겠습니다. 가수, 나엘입니다!"

사회자의 힘찬 소개와 함께 조명이 무대가 아닌 관객석 중앙을 비쳤다. 맨 앞엔 나엘이, 그녀 뒤로는 30명의 댄서가 서 있었다.

"와아아아아아아아——!"

유나윤은 하얀 짧은 원피스, 댄서들은 검은 군복을 입고 대비되는 모습을 연출했다. 그들은 웅장한 음악과 함께 발걸음을 맞추며 무대에 올랐다. 사람들은 수많은 사람들이 보여주는 퍼포먼스에 열렬히 환호했다.

"어쩜 우리인——!"

무대 중앙에 선 유나윤은 강렬한 톤으로 외쳤다. 그와 함께 무대의 조명들이 화려하게 빛나며 30명의 댄서가 한 동작으로 일제히 팔을 올려 경계 자세를 취하더니, 절도 있는 댄스로 사람들의 시선을 사로잡기 시작했다.

"난 날지 못하고 울었지만, 넌~!"

원곡과는 판이하게 다른 '밤하늘을 날아'였다. 유나윤은 그녀만의 맑은 음색을 뻗어내며 사람들의 귀를 울렸다. 라이브 밴드의 임팩트 있는 연주가 댄스에 힘을 더하며 퍼포먼스와 음악까지 갖춰진 무대가 펼쳐졌다.

무대 뒤에서 그녀의 무대를 지켜보던 김지민은 감탄사를 연발했다.

"우와. 선생님. 나윤이 엄청나요. 노래도 잘하고, 춤도……."

"그러게. 준비 많이 했네."

유나윤의 무대에 강윤도 적잖이 놀랐다.

리허설부터 그녀의 무대를 봤지만, 본무대에서 보이는 위용은 리허설과는 판이하게 달랐다. 가볍게 동작만 맞춰봤던 리허설과는 다르게 30명의 댄서가 절도 있게 하나의 퍼포먼스를 만들어갔고, 무대 끝까지 뻗어가는 유나윤의 목소리는 관객들 모두를 깊이 빠지게 만들었다.

하지만 그런 거대한 퍼포먼스를 지켜보면서도 강윤은 여유가 있었다.

'내가 은빛을 보면서 여유를 가질 수 있다니······.'

상대방의 은빛을 여유롭게 지켜볼 수 있다니. 이 상황에 괜히 웃음이 나왔다.

댄서들의 춤과 음악, 유나윤의 목소리는 강렬한 은빛을 만들어내고 있었다. 하지만 김지민과 같이 음표 자체에서 빛을 발한다던가, 은빛 주변이 금빛으로 물들지는 않았다.

반면 김지민의 표정은 걱정으로 물들었다.

"선생님. 저······ 지는 거 아닐까요? 555표 나오면 지는데. 헤헤."

김지민이 멋쩍게 이야기하자 강윤은 피식 웃으며 그녀의 머리에 손을 얹었다.

"그런 거야 아무렴 어때?"

"지기는 싫은데······."

"하하하."

554표를 받아놓고도 가슴을 졸이는 김지민의 말에 강윤은 어깨를 으쓱였다.

"사랑은 아름다운 꿈-내 손을 잡아-그대 안으로-!"

어느새 무대는 절정으로 향하고 있었다.

유나윤은 그동안 쌓여 있던 걸 마음껏 터뜨리며 소리를 내질렀고 그만큼 음악은 힘을 더해갔다. 드럼이 세차게 돌아가고, 베이스가 둥둥 울리며 분위기가 더더욱 올라갔다.

그리고…….

"아름다운 꿈 -그대와 나만의 그 꿈--"

유나윤의 높은 목소리와 함께 사이키와 무빙라이트가 화려하게 반짝였다. 그리고 나엘이 무대 중앙에서 웨이브를 타며 방점을 찍었다.

"와아아아--!"

댄서들이 든든히 그녀를 보조해 주니, 약간은 부족한 그녀의 춤이 화려함을 더했다.

"그대와의 꿈~!"

사이키 조명이 번뜩이며 두 사람의 댄서가 유나윤을 번쩍 끌어올렸다.

그와 함께 가수 나엘의 무대도 끝이 났다.

"와아아아아아--!"

눈과 귀, 모두를 즐겁게 해준 그녀의 무대가 끝이 나고, 그녀는 판정단의 평가를 받기 위해 무대 중앙에 섰다. 그리고 그녀 옆에는 554표로 1위를 지켜 온 김지민이 섰다.

그들 사이로 사회자가 나섰다.

"14주 동안 명곡의 탄생을 진행해 왔지만, 오늘같이 손에 땀을 쥔 무대는 처음이었습니다. 두 어린 가수 분들이 이런 최고의 무대를 만들어왔다니…… 결과를 떠나서 노력한 두 가수 분들에게 박수를 부탁드립니다."

관객들의 힘찬 박수가 이어지고, 사회자는 두 소녀에게 질문을 이어갔다. 어떻게 준비를 했나부터 무엇이 힘들었냐 등등 준비 과정의 이야기들이 주를 이루었다.

간단한 대화가 이어지고, 드디어 결과가 발표되었다.

"가수 나엘의 득표입니다. 100은 가볍게 넘네요. 200, 300……."

400을 넘어 마의 숫자라는 450도 가볍게 넘어갔다. 그러자 사람들의 입에서 탄성이 쏟아졌다. 그리고 60, 70을 넘어…….

"500! 오늘은 막내들의 날인가요? 명곡의 탄생 기준이 앞으로 매우 높아지겠습니다!"

사회자의 흥분한 목소리를 뒤로하고 숫자는 10을 넘어섰다. 그리고…….

"513! 아, 513입니다! 오늘의 우승은 은하 양입니다!"

팡파르와 함께 무대에 꽃가루가 터져 나왔다.

기쁨과 놀라움을 감추지 못하는 김지민을 나엘은 가볍게 안아주었다.

"축하해."

"고마워. 수고했어."

"쳇, 이번에는 이기고 싶었는데."

"미안해. 그리고 고마워."

유나윤의 아쉬워하는 말에 김지민은 그녀의 등을 다독여 주었다.

말과는 다르게 유나윤의 눈에는 살짝 눈물이 어려 있었다.

♪♫♪♫♪♫♪

"댄스 레볼루션? 파일럿은 아니군요. 이벤트성 추석 특집 프로그램이라 봐야겠군요."

이현지는 김대현 매니저의 보고를 받으며 아미를 좁혔다. 월드엔터테인먼트가 보유한 가수 4팀 중 댄스에 일가견이 있는 가수는 에디오스가 유일했다.

가뜩이나 무서운 그녀 앞인데 얼굴까지 가볍게 일그러지니 김대현 매니저는 바짝 긴장했다.

"촬영이 언제죠?"

"9월 10일입니다."

"10일이라. 그때 스케줄이……."

이현지가 컴퓨터로 문서파일을 열려 할 때, 조용히 듣고 있던 유정민이 벌떡 일어나 큰 소리로 말했다.

"제니가 홍천에서 촬영이 있고, 리스와 주연이 DLE 방송국에서 촬영이 있습니다. 서유는 여성지 인터뷰 겸 사진촬영이 있습니다. 그리고……."

"민아 스케줄은 있나요?"

"민아 씨는 음…… 이날은 없습니다. 비어 있습니다."

"알겠어요. 고마워요."

이현지는 시선을 얼굴을 붉히는 유정민에게서 김대현 매니저에게로 돌렸다.

"사장님과 보고한 뒤 결정해야겠지만 이 프로그램은 민아 단독으로 내보내는 게 어떨까 싶군요. 대현 매니저 생각은 어떤가요?"

"저도 그게 좋다 생각합니다. 에디오스 전원이 나가기엔 남는 게 없다고 생각합니다. 스케줄 내기도 빡빡하고……."

"오케이. 일단 한태영 PD한테 민아 단독으로 내보내도 괜찮은지 의사를 넌지시 물어보세요. 거부하진 않을 겁니다. 민아의 인기하며 춤까지 무엇 하나 빠지는 구석이 없으니까요."

민아는 에디오스의 컴백 앨범에 결정적인 역할을 했다. 거기에 댄스라면 주아의 자리까지 위협한다고 정평이 나있다. PD가 바보가 아닌 이상 거절할 이유가 없었다.

거절하면 다른 스케줄을 잡으면 될 테고.

"알겠습니다."

"다음은요?"

"지난번 말씀하신 프로듀서 건 말입니다. 오 프로듀서와 이야기를 해봤는데……."

김대현 매니저는 긴장한 목소리로 보고를 이어갔다.

김지민과 나엘이 출연한 '명곡의 탄생'은 평가단으로 참석한 사람들로부터 입소문을 탔다.

피아니스트 계효민의 출연이나 30명이 동원된 퍼포먼스가 사전에 알려지며, '명곡의 탄생'은 방송 전부터 숱한 화제를 만들어냈다.

–최고의 라이벌전.

–은하, 나엘. 여가수의 미래를 보다!

–하악하악. 닥치고 본방사수.

–피아니스트 계효민 지원 사격 VS 30 용사 승부는?!

결과에 상관없이 마지막에 두 소녀 가수가 서로 안아주며 훈훈한 모습까지 연출했다는 말까지 알려지면서 사람들의 기대감을 증폭시켰다. 혹자는 나엘이 분해서 울었다 뭐했다며 연출이라는 소문을 내기도 했지만 매도하지 말라는 비난을 받으며 단번에 묻혀 버리곤 했다.

강윤과 이현지는 '?'를 붙여 흥미를 유발시키는 기사들을 보며 얼굴에 웃음꽃을 피웠다.

"방송 전부터 이렇게 관심을 불러일으키다니…… 결과가 좋네요."

이현지는 만족했다.

김지민의 이번 앨범 마지막 활동인 '명곡의 탄생' 무대가 멋들어지게 마무리되었으니 더 바랄 것도 없었다. 계효민은 몸값보다 후에 있는 독주회에서의 도움을 원했다. 이에 강윤은 반드시 돕겠다며 흔쾌히 승낙했다.

강윤도 일이 잘 마무리되자 기분이 좋았다.

"이로써 다음 앨범 활동을 기약하기도 쉬워졌습니다. 이번 방송은 사람들에게 큰 영향을 줄 겁니다."

"입소문만으로 저 정도 영향을 줄 수 있다면…… 직캠이야 방송사에서 관리하니 상관없을 테고, 문제는 GNB네요. 거기서도 우리하고 같은 생각을 한 것 같은데…… 이번에 투자를 많이 했더군요. 이번에 손해를 보진 않았겠지만, 앞으로 어떻게 될지 모르겠어요."

걱정하는 이현지의 말에 강윤은 고개를 흔들었다.

"GNB나 우리나 서로 길게 봐야 할 사이입니다. 이번 일은 불가항력이었습니다. 서로 노리고 나타난 것도 아닐 테고 이런 일로 피곤하게 굴진 않겠지요. 사장이 밴댕이 소갈딱지가 아닌 이상 말이죠."

"한영숙 사장이 속이 넓지는 않은데……."

"그런가요? 아십니까?"

"알죠. 이전에 몇 번 만난 적이 있어요. 자꾸 잊는데, 나 MG 사장이었답니다."

강윤은 알았다며 고개를 끄덕였다.

"미안합니다, 몰라 봬서."

"알았으면 나 일 좀 줄여줘요. 요즘이 힘이 많이 드네요."

"죄송하지만 그건 안 되겠군요."

"하아, 이번에 해방 좀 되나 했더니."

이현지의 장난을 강윤은 가볍게 넘기며 화제를 돌렸다.

"댄스 레볼루션이라. 민아는 별말 없었습니까?"

"네. 춤이라면 물불 안 가리는 애니까요. 그 애야 타고난 춤꾼이잖아요."

"그러네요. 지금 연습실에 있다 하셨지요?"

"네. 아까 왔다가 루나스로 간다 하더군요. 오전에는 연습하고 있겠다고 했어요."

강윤은 유정민이 뽑아놓은 댄스 레볼루션 관련 서류들을 들고 루나스 연습실로 향했다.

연습실에는 정민아가 홀로 격렬한 춤동작을 연습하고 있었다.

"잠시 실례해도 될까?"

강윤이 문을 열며 인기척을 내자 정민아의 표정이 눈에 띄게 밝아졌다.

"아저씨?"

"안녕. 오랜만이네."

정민아는 강윤이 들고 온 물을 받아 벌컥벌컥 마시며 음악을 껐다.

그동안 서로 스케줄을 수행하느라 얼굴을 마주할 시간이 없었다. 며칠 만에 마주하니 반가움에 웃음꽃이 피었다.

강윤은 간단하게 근황을 묻고는 바로 '댄스 레볼루션'에 대한 이야기를 시작했다.

"……한 팀씩 나와서 겨룬다고요?

"응. 청팀과 백팀으로 나누고, 7라운드. 재미있는 게 투표는 거기 있는 가수들이 직접 할 거야."

"그럼 자기 팀에 투표할 수도 있잖아요?"

"예능이야, 예능. 목표는 시청률이고 재미지. 누가 이기냐가 중요한 게 아니라는 생각이야. 너도 가볍게 생각했으면 해."

"아, 그래요? 난 또 산혁 오빠한테 부탁해야 하나 생각하고 있었는데."

그러자 강윤이 어깨를 으쓱였다.

"그런 퍼포먼스는 솔로 앨범 낼 때나 중요할 때만 하는 걸로. 몸 버린다?"

"……쳇."

정민아가 입술을 삐죽대자 강윤이 그녀의 머리를 부드럽게 매만졌다.

"그런 예능 프로그램에 나가면서 몸 버릴 필요는 없잖아. 적당히 보여줘도 충분할 거야."

정민아는 알았다며 강윤의 손을 부드럽게 치웠다.

"알았어요. 그런데 머리에 손은 좀……."

"아, 미안. 기분 나빴어?"

"그건 아닌데, 너무 어린애 취급 받는 것 같아서요. 나도 어린 건 아닌데……."

"뭐? 요 꼬마자식이."

강윤은 어이가 없어서 그녀의 머리에 손을 얹고는 마구 비볐다. 그러자 정민아가 고개를 흔들었다.

"진짜, 하지 마세요."

"하하하하."

정민아와 함께 장난을 치며 강윤은 유쾌하게 웃었다.

'아씨, 나 애 아닌데. 언제까지 이러면 안 돼!'

반면 그녀는 그와 다른 무언가를 생각하고 있었다.

이후, 강윤은 정민아와 '댄스 레볼루션' 프로그램에 대한 주제로 이야기꽃을 피웠다.

강윤이 댄서나 기타 필요한 것을 지원해 주겠다 나섰지만, 정민아는 괜찮다며 손을 저었다.

"혼자서 괜찮겠어?"

"에이, 얼마 전에도 지민이 때문에 힘 많이 썼다는 거 알아요. 전 안심하세요. 혼자서도 잘하니까."

회사를 생각하는 기특한 발언에 강윤은 피식 웃었다.

"예쁜 말도 할 줄 아네. 많이 컸어."

"……원래 컸거든요. 하아, 차라리 다른 애들이 나와 주면 좋을 것 같아요. 전문 댄서들보다 호흡도 잘 맞고."

"그건 힘들 것 같아. 다 빼기 힘든 스케줄이라. 아니면 에일리라도 붙여줄까? 거긴 어떻게든 뺄 수 있을 것 같은데."

"……그냥 혼자 나갈게요. 에일리한테 시달리는 건 연습만으로 충분해요."

에디오스 지르박으로 통하는 에일리다. 듀엣으로 댄스 프로그램에 나가라니. 본무대에 오르기도 전에 암에 걸릴지도 모를 일이었다.

그걸 잘 아는 강윤은 크게 웃음을 터뜨렸다. 머릿속에서 정민아의 급한 성격과 에일리의 느긋함이 재미있는 광경을 연출하고 있었다.

"하하하. 알았다, 알았어. 하여간 성질은 급해 가지고. 에일리 잘 봐주라고."

"그러고 있다고요. 이젠 뭐라 하지도 않아요. 저 나쁜 애 아니에요."

"안다, 알아."

모든 이야기가 끝나고, 강윤은 자리에서 일어났다. 강윤과 떨어지기 싫었는지 정민아가 진한 아쉬움을 드러냈다.

"벌써 가세요? 더 계셔도 되는데."

"우리 소중한 가수의 시간을 오래 뺏으면 안 되지. 이만 가볼게."

"……괜찮은데."

정민아가 사방이 다 들리도록 중얼거렸지만 강윤은 웃으며 문을 나섰다.

그때 정민아가 강윤의 손을 꽉 붙잡았다.

"할 말 있니?"

"저…… 아저씨."

활달한 정민아답지 않은 쭈뼛한 모습에 강윤은 고개를 갸웃했다.

그런데 그녀는 잠시 뜸을 들이다 눈을 질끈 감았다. 그리고는 세차게 그의 팔을 끌어당겼다. 순간 그의 큰 몸이 당겨졌고 그녀와 몸이 밀착했다.

"민아야. 지금 이……!"

쪽.

강윤은 갑작스런 돌발행동에 말을 잇지 못했다. 이어 볼에 부드러우면서도 따스한 감촉이 느껴지자 눈이 휘둥그레졌다.

순식간에 강윤을 끌어안고 볼에 입술까지 댄 정민아는 그를 세차게 밀어냈다.

"어? 민아야. 갑자기 왜……."

"어린애라고 한 복수? 후후후후. 안녕히 가세요!"

정민아는 문을 쾅하며 닫고는 문고리를 걸어 잠갔다. 순식간에 벌어진 일이었다.

"뭐, 뭐야?!"

강윤은 멍해졌다.

놀라움, 당황 등 갖가지 감정들에 가슴이 쿵쾅거렸다.

"민아야, 민아야!"

강윤은 문고리를 흔들고 문을 두드렸지만 단단히 잠긴 문은 열리지 않았다.

갑작스레 닥쳐 온 폭풍은 그를 당황스럽게 만들었다.

'내가 왜 이러지? 정신 차려! 쟤 민아야, 정민아라고!'

한참이나 제자리에 선 강윤은 고개를 세차게 저으며 상념을 날리려 애를 썼다.

오랜 기간 일만을 위해 달려온 강윤에게 갑작스레 다가온 여인의 향기는 강렬하게 다가왔다.

덜그럭, 덜그럭!

─민아야! 민아야!

문고리가 세차게 흔들리며 문 너머로 그의 세찬 목소리가 들려왔다.

"헉헉……."

그녀의 숨소리는 거칠었다. 가슴은 마구 요동쳤고, 손은 자기도 모르게 마구 떨려왔다.

'아씨, 나 무슨 짓을 한 거야?! 이! 미친……! 앞으로 아저씨 얼굴을 어떻게 봐…….'

찰나의 순간에 벌인 사고가 그녀의 머리를 마비시켰다. 겨우 볼에 입술 좀 댄 걸로 가슴은 왜 이리 말을 안 들어 먹는지…….

하지만 저 옛날 남자는 어떤 생각을 할지. 막상 사고를 쳐놓으니 걱정이 앞섰다.

덜그럭거리던 문소리가 멈추며 인기척이 사라졌다. 그러

자 그녀는 긴장이 풀어져 문 앞에 미끄러지듯 주저앉았다.

"난 몰라…… 앞으로 어떡하지……."

사과처럼 새빨개진 얼굴을 양손으로 감싼 채, 정민아는 한참을 바닥에서 일어나지 못했다.

수업이 끝나고, 교사들도 하나둘씩 자리를 비워가는 교무실.

인문희는 자신의 뒤에 선 교감의 말에 땀을 삐질삐질 흘리고 있었다.

"인 선생, 이번 학폭위 일 다 끝냈나요?"

"죄, 죄송합니다. 아직."

"이런. 학기 초부터 학폭위 열린 것만으로도 문제인데, 처리까지도 늦습니까? 오늘 안으로 빨리 끝내도록 하세요."

"교감 선생님. 하지만 검토해야 할 것도 많고……."

"오늘 안 끝내면, 내일 경찰과 학부모한테 뭘 보여주려 하죠?"

"……네."

처리 기한을 늘려 달라 말하고 싶었지만 그 이전에 돌아온 건 타박이었다.

"인 선생. 힘들겠네. 수고하고."

"네. 윤 선생님 내일 봬요."

퇴근 시간이 되자 교무실에 빈자리가 하나둘씩 늘어갔다.

하지만 인문희는 자리에서 일어날 수 없었다. 심지어 결제를 해줘야 하는 교감마저 퇴근한다며 자리를 비웠지만 그녀는 야근을 위해 야식을 시켜야 했다.

"학기 초부터 애들이 왜 주먹질을 해선……."

보고를 위한 문서를 작성하며 인문희는 깊은 한숨을 내쉬었다.

개학한지 얼마 되지도 않아 반 여자 아이들이 주먹질을 했다. 문제는 싸움이 커져 6명이 얽히는 사태가 벌어졌고, 한 아이가 싸움이 커지자 경찰서에 신고하면서 학교 전체가 뒤집어졌다.

덕분에 인문희는 관리감독 소홀 등으로 이런 서류까지 작성해야 했다.

야식을 주문한지 얼마 지나지 않아 짬뽕이 도착했다. 하지만 그녀는 일에서 손을 놓지 못했다.

한참 일에 집중하다 늦게 서야 짬뽕을 개봉했고, 그녀는 우동같이 불어터진 면을 대면해야 했다.

"……눈물 젖은 짬뽕을 먹어보지 못하곤 야근을 논하지 말라. 하하하."

힘든 상황이었지만 인문희는 활짝 웃었다.

먹고 살려면 어쩔 수 없었다. 많은 사람들이 이렇게 살아가니까.

하지만…….

"……맛없어."

우동 같은 짬뽕은 정말 맛이 없었다.

인문희는 짬뽕을 옆에 던져놓고 깊은 한숨을 내쉬었다.

퇴근은 요원하고, 야식은 맛없고, 사람도 없고.

최악의 밤이었다.

"그때 그냥 교사 하지 말고 노래나 했으면…… 에이. 무슨 생각이래. 그랬다간 굶어 죽었을 거야. 에이! 정신 차리자, 정신!"

인문희는 마음을 가다듬고 다시 컴퓨터 앞에 앉았다. 그녀는 심기일전해서 퇴근을 위해 질주했다.

그때.

딩동.

컴퓨터에서 메일이 왔다는 알림음이 들려왔다.

'뭐지?'

평소 메일을 그리 확인하지는 않았다. 하지만 공부할 때면 다른 곳에 신경이 더 쓰인다 했던가. 그녀의 손이 메일로 옮아갔다.

─안녕하세요? 월드엔터테인먼트 이강윤이라 합니다.

그런데 전혀 상상도 못한 메일에 인문희는 눈을 비볐다.

"월드엔터테인먼트? 하얀달빛 소속사 아냐?"

이런 소속사가 자기에게 무슨 일로? 궁금증에 그녀는 바로 메일을 열었다.

"……!"

메일을 보는 그녀의 눈이 놀라움으로 물들어갔다.

추만지 사장의 얼굴엔 최근 웃음꽃이 피었다.

소속 가수 다이아틴이 동남아에서 인기몰이를 하고 있었고, 남자 아이돌 그룹 헤로이가 일본에서 좋은 성과를 거두고 있었다. 덕분에 윤슬엔터테인먼트의 자금과 위상이 동시에 쭉쭉 올라가고 있었다.

한편 고민도 되었다. 해외에서만 활동을 한다면 지난번 에디오스처럼, 기반이라 할 수 있는 국내시장을 놓쳐 버리는 실수를 범할 수도 있기 때문이었다.

"아니, 왜 그걸 지금 말합니까? 정민아라니요?"

사장실.

전화를 받는 추만지 사장의 음성은 곱지 않았다.

"뻔하지 않습니까. 아, 됐고. 기다리라니 뭘 기다리라는 겁니까. 안 됩니다."

그가 목소리를 높여갈 때, 사장실 문이 열리며 한 여인이 들어왔다. 언급된 주인공 강세경이었다. 그녀는 말을 걸려다 전화 통화에 자신이 언급되자 조용히 귀를 기울였다.

그걸 아는지 모르는지, 추만지 사장의 목소리는 점점 커져갔다.

"정민아와 우리 세경이 붙여봐야 뭐가 남겠어요? 기껏해야 라이벌전 한다는 노이즈 마케팅? 지금 상황에선 그리 필요 없습니다. PD한테 양해 구하고 취소하세요. 다시 말하는데, 이번 건 절대 안 됩니다. 다른 스케줄을 구하세요. 차라리 방송국에서 이미지 조금 깎이는 게 나아요. 그럼……."

추만지 사장은 용건을 이야기하곤 통화를 마쳤다. 그는 길게 한숨을 쉬며 고개를 흔들었다.

"세경이가 알면 난리가……."

"제가 뭘 알아요?"

"헉!"

추만지 사장은 순간 놀라 기겁했다. 그제야 강세경은 웃으며 인사를 건넸다.

"안녕하세요. 한 비서님이 문을 열어 주셔서 들어왔어요."

"그, 그래. 휴우. 일단 앉자."

두 사람이 자리에 앉자 곧 비서가 커피를 가져다주었다.

강세경은 커피엔 손도 대지 않고 바로 용건을 이야기했다.

"사장님. 저 댄스 레볼루션 나가고 싶어요."

"하아……."

추만지 사장은 머리를 부여잡았다.

강세경이 데뷔 이래 정민아와 줄곧 비교당해 왔다는 것은 이미 잘 알고 있었다. 하지만 비보잉까지 선보이는 정민아를 강세경이 춤으로 압도할 수 있을지는 미지수였다.

강세경의 기분이 상하지 않게 추만지 사장은 부드럽게 타일렀다.

"세경아. 나야 당연히 우리 세경이가 더 낫다고 생각하지. 하지만 그런 예능 프로그램에 나가면서까지 증명할 필요는 없어. PD 좋은 일만 시켜줄 필요는 없잖아?"

정민아와 강세경.

에디오스와 다이아틴의 리더이자 댄싱머신들의 대전.

PD에게 이보다 멋진 그림이 어디 있을까?

누구보다 추만지 사장의 말을 잘 따르는 강세경이었지만, 이번에는 쉽게 고집을 꺾지 않았다.

"사장님. 전 데뷔할 때부터 정민아와 비교당해 왔어요. 그 정민아는 솔로 앨범까지 내면서 사람들에게 실력을 증명하는데 전……."

"세경아."

"사장님. 앨범 내달라는 것도 아니잖아요. 예능 프로그램이에요. 그냥 손해 본다는 마음으로 한 번만 내보내주시면 안될까요? 저 정말 민아 이겨보고 싶어요. 더 이상 정민아와 비교당하고 싶지 않아요!"

강세경은 강하게 나섰다. 평소 온순한 그녀로서는 상상도 못할 일이었다.

지금까지 추만지 사장은 가수가 주장해도 아니다 싶으면 그들의 고집을 꺾으며 안전한 길을 고집해왔다. 하지만 언제까지 그들의 주장을 무시할 수도 없었다.

추만지 사장은 눈을 감았다.

'……차라리 이번에 들어주는 게 낫겠어. 지더라도 어차피 해외에서 활동하면 잊힐 일이야. 이번에는 한번 다독이는 게 낫겠어.'

다이아틴의 성과가 계속 올라가는 지금, 한번 다독일 필요가 있었다. 마냥 채찍만 휘두를 순 없는 노릇이다.

추만지 사장은 눈을 떴다.

"알았어. 나가자"

"사장님, 감사합니다."

"대신, 앞으로는 이런 주장하기 없기다? 알았지?"

"네. 알겠습니다."

강세경의 확답을 받자 추만지 사장은 시원하게 웃었다.

"좋아. 기왕 나가는 거 꼭 이겨보자. 팍팍 밀어줄게. 우리 세경이가 최고지. 안 그래?"

"맞아요. 사장님 최고!"

추만지 사장과 강세경은 강하게 의기투합했다.

아직 명곡의 탄생이 방영되진 않았지만 방송사의 양해를 구해 강윤은 김지민의 공연 영상을 따로 녹화할 수 있었다. 빠른 모니터를 위한 조치였다.

박소영과 김지민은 지하 스튜디오에서 강윤과 함께 모니터 중이었다.

–진한 그대의 향기 –추억하는 가로수 –난 –기억하리~

영상에서 김지민과 오케스트라, 계효민의 피아노 소리가 하나의 아름다운 하모니를 이루며 관객들을 빠져들게 만들고 있었다. 절정에 접어든 김지민의 목소리는 커다란 파도처럼 무대를 장악했고, 웅장한 팀파니가 극적인 효과를 더해갔다.

'저기가 가장 빛이 강한 부분이었어.'

모니터를 하면서도 강윤은 금빛을 생각하고 있었다. 완연한 금빛을 보지 못한 아쉬움, 지금까지 자신이 만든 무대 중 가장 강렬한 빛에 대한 즐거움 등 여러 가지 상념이 교차했다.

첫 무대를 거하게 만든 박소영은 그녀대로 얼떨떨했다.

영상이 끝나자 강윤은 차분히 말했다.

"다시 말하지만 모두 수고했어."

"수고하셨습니다."

김지민과 박소영은 고개를 꾸벅 숙였다.

간단한 인사치레가 오가고, 강윤은 본격적으로 모니터를 시작했다.

"두 가지를 같이 말하고 싶어. 무대 모니터와 음악적인 모니터. 원래 따로따로 하는 게 좋을 것 같지만, 어차피 지민이도 화성학을 배우고 있으니까 같이 해도 상관없겠지?"

"네."

"좋아. 그럼 처음부터 보자. 인트로는 효민 씨가 많이 봐 줬지? 지민이가 들어오는 부분과 인트로가 부드럽게 연결되는 부분이 매우 좋았던 것 같아."

박소영은 악보를 보며 고개를 끄덕였다.

"맞아요. 저도 거기서 놀랐어요. 원래 제가 만든 부분은 G로 시작하는데, 효민 언니가 반키를 내리고 멜로디를 조금 바꿔주셨어요. 그리고 여기는 연음으로 이었고…….”

박소영은 수정 전과 이후의 악보를 강윤에게 보여주었다. 계효민과 함께 고민하며 편곡한 악보였다. 말이 편곡이지, 인트로와 끝내는 부분인 아웃트로는 작곡까지 함께한 것과 다름없었다.

김지민은 신기함에 눈을 빛냈다.

“어쩐지, 노래가 완전히 다른 느낌이었어요. 경황이 없어서 말은 못했는데, 최고였어요.”

“고마워. 효민 언니한테 정말 많이 배웠어. 그리고 여긴…….”

박소영은 이어 편곡한 여러 부분을 보여주었다. 강윤은 다시 영상을 재생해 오케스트라의 연주와 악보를 번갈아보았다. 자세히 들어보니, 바이올린 음이 미묘하게 틀어지게 들려왔다.

강윤은 영상을 잠시 멈추고 김지민에게 물었다.

“들리니?”

“네?”

“다시.”

김지민이 고개를 갸웃대자 강윤은 바이올린의 음이 틀어진 부분을 재생했다. 하지만 그녀는 여전히 의문 어린 표정을 지었다.

오히려 그보다 먼저 박소영이 눈치채고는 운을 땠다.

“알았다. 오케…….”

“쉿.”

하지만 강윤은 대답하려는 박소영을 제지하며 김지민에게로 눈을 돌렸다. 김지민은 한참을 고민하다 힘들여 답했다.

"첼로 음이 약간 이상한 것 같은데…….."

"첼로는 정상이야. 다시."

강윤은 김지민이 맞출 때까지 영상을 재생했다. 김지민은 눈에 잔뜩 힘을 주며 음악에 귀를 기울였다.

"어? 알았다! 바이올린이죠?"

10번을 더 듣고서야 강윤이 의도한 대로 바이올린의 음이 틀어진 부분을 찾아냈다. 강윤은 그제야 고개를 끄덕였다.

김지민은 어깨를 추욱 늘어뜨렸다. 50여 개에 이르는 오케스트라에서 틀린 음을 찾는 건 정말 어려웠다.

"소리가 너무 많아서 정말 힘들어요."

"오케스트라에서 틀어진 소리를 찾는 건 최고난이도지. 이런 청음은 앞으로 콘서트나 그룹사운드와 소리를 맞출 때 키워두면 좋은 능력이야. 종종 훈련하자."

"네."

강윤은 박소영에게로 눈을 돌렸다.

"소영이는 이제 편곡가로서 확실히 데뷔했어. 첫 스타트가 좋았어. 여러 곳에서 도움을 받았지만, 이 정도 곡을 오케스트라로 편곡할 정도면…… 좋아. 앞으로 잘해보자."

"아니에요. 전 아직 멀……."

박소영이 손을 내저었지만 강윤은 무시하곤 말을 이었다.

"예명은 뭐로 할래?"

"네? 예명이라니요?"

뜬금없는 물음에 박소영은 고개를 갸웃했다. 연예인도 아니고 예명이라니.

하지만 곧 이어진 강윤의 말에 그녀의 표정이 환하게 밝아졌다.

"요즘은 작곡가들도 예명을 짓잖아. 앞으로 작곡가로서 쓸 이름말이야. 그냥 박소영이라는 이름도 괜찮고."

"아! 그, 그⋯⋯."

자신의 노래.

그것을 위한 이름.

강윤은 그것을 이야기하고 있었다.

박소영의 눈이 감격으로 물들어갔다.

"음원도 내는 거 알고 있지? 정산하면 통장에 바로 넣어줄게. 음악으론 처음으로 돈을 벌겠네. 기분 묘하지?"

"하하하⋯⋯. 얼떨떨해요. 이런 순간이 오다니⋯⋯."

김지민이 박소영의 어깨를 감싸 안자 박소영의 눈가에 눈물이 그렁그렁 고여 갔다.

"사실, 처음엔 언니 곡을 안 좋게 생각했었어요. 미안해요. 그리고 축하해요."

"⋯⋯고마워, 지민아."

박소영은 볼을 타고 흐르는 눈물을 훔쳤다.

처음 김지민이 자신을 미심쩍어 하는 건 이미 알고 있었다. 하지만 이젠 그걸 넘어 인정까지 받았다. 이건 어떤 기분과도 비교하기 힘들었다.

강윤도 서로를 끌어안은 두 여인의 모습에 흐뭇한 미소를 지었다.

'산을 하나 넘었네.'

이제 하나를 끝냈다는 생각에 강윤은 가볍게 숨을 내쉬었다.

이후 강윤은 회식을 제안했다. 당연히 두 여인은 만세를 부르며 찬성했고, 이틀 뒤에 회식이 잡혔다.

모든 용건을 끝낸 강윤은 스튜디오를 나와 사무실로 향했다.

사무실로 가니 이현지가 기쁜 얼굴로 그를 맞아주었다.

"좋은 일 있습니까?"

"후후. 메일 답변이 왔어요. 보겠어요?"

"그 회식 동영상 말이군요. 뭐라 하던가요?"

개인 메일이 아닌, 회사 공식 메일 계정으로 보냈기에 이현지도 열람할 수 있었다.

강윤은 입고 있던 조끼를 벗고는 바로 이현지의 옆에 섰다.

이현지는 직접 보는 게 낫다며 바로 메일을 열어주었다. 강윤은 낭랑한 목소리로 메일을 읽기 시작했다.

"안녕하세요? 저는 우진 초등학교에 근무하는 교사 인문희라고 합니다. 아, 교사였군요."

강윤은 조금 놀랐다. 영상에서 선생님, 선생님 부르는 모습에 교육 관련 업종이라 예상하긴 했었다. 그런데 진짜 교사일 줄이야…….

"일단 계속 보세요."

강윤은 멋쩍은 미소를 짓고는 계속 메일을 읽어나갔다.

"제 동료 교사가 귀사의 오디션 응모에 회식 영상을 올렸다는 걸 나중에 알게 되었습니다. 자의는 아니었지만 제대로 된 성의를 보이지 못한 점을 먼저 사과드립니다. 그런데도 저에게 관심을 가지고 오디션을 제안해 주신 점, 깊이 감사드립니다. 귀사의 오디션에 응모를 해보고 싶습니다. 가능할런지요?"

중요한 이야기가 나오자 강윤은 눈에 이채를 띠며 메일을 계속 읽어갔다.

"과거에 '채아'라는 이름으로 제30회 대학가요제에 입상했고, 이후 가수로 데뷔했습니다. 디지털 싱글 '사랑해 오빠'라는 노래로 활동했으나, 성과는 미미했었죠. 자세한 건 만나서 말씀드리고 싶습니다. 답변 기다리겠습니다."

생각보다 적극적인 답이 오자 강윤의 입가에 호선이 그려졌다.

"30회 대학가요제면…… 잠깐."

강윤은 뭔가가 떠올랐는지 인터넷에 '30회 대학가요제 역대 수상자'를 검색했다.

[제30회 대학가요제]

- 동상
  - 리커버리 〈이현아, 문미영, 민찬민, 구형석, 김희진, (한려예술대학)〉: 시간 있나요.
- 은상
  - 채아 〈인문희 (경문교대)〉: Time.
- 금상
  - NiGulNiGul 〈한진연, 지연우 (XX대학교)〉: 나 오늘 한가해요.

'진짜네.'

강윤의 눈이 호기심을 띄었다.

30회 대학가요제에서 가장 주목받았던 가수는 이현아의 리커버리였다. 하지만 리커버리 멤버들은 가수보다 다른 길을 선택했고, 이현아도 선배들의 압박에서 벗어나고 싶었다. 그 덕에 지금의 멤버들을 만나 '강적들', 지금의 하얀달빛을 결성했다.

결과적으로 은상이나 금상에 대한 관심이 상대적으로 덜했던 대학가요제였다. 그런데 그들과 인연이 닿다니, 인연이란 묘했다.

"왜 그러나요?"

"아무것도 아닙니다. 저쪽에서 적극적이니 시간을 잡아보는 게 좋을 것 같습니다."

"알았어요. 채아라. 자료는 제가 수집해 놓죠. 그럼 언제가 좋을까요?"

시간을 더 끌 필요도 없었다. 인문희가 직장인임을 고려해 강윤은 토요일에 오디션을 제안해 달라 요청했다. 이현지도 동의했다.

곧 이현지는 토요일에 오디션을 보자는 메일을 보냈다.

"끝. 보냈어요. 대학가요제 입상자였다니. 놀랍네요. 노래를 잘하는 이유가 있었군요."

"그러게 말입니다. 당시에 포커스가 현아가 있던 리커버리에 집중되어 있었죠. 왜 동상밖에 안 되느냐는 말도 돌았으니까요."

"현아도 대학가요제 출신이었죠? 어쩌면 잘 알지 모르겠네요. 한번 물어보는 것도 괜찮겠어요."

강윤도 그녀의 말에 동의했다.

오디션 업무를 처리하고 강윤은 사무실을 나서 연습실로 향했다.

GNB엔터테인먼트의 12층 사옥은 세련된 건물로 정평이 나 있었다. 건물 전체가 반사유리로 반짝였고, 배를 연상케 하는 외양은 전 엔터테인먼트 사를 통틀어 가장 아름다운 건물이라 선정되기도 했다.

하지만 그 빛나는 사옥의 사장실에선 어울리지 않는 소리가 새어 나오고 있었다.

"하아……."

3시간째.

한영숙 사장은 짙은 한숨을 쉬며 이마의 골을 깊게 패고 있었다.

'어떻게 준비한 기회인데, 그걸 날려먹다니! 으으으 으…….'

불과 몇 시간 전에 나엘이 출연한 14회 '명곡의 탄생'이 방영되었다.

―최고의 기대주, 은하.

―함께 작업하고 싶은 후배 가수, 은하.

―록의 아버지 윤택수, 은하 같은 가수 많이 나왔으면 좋겠다.

방송 이후, 인터넷을 도배한 기사들을 보며 한영숙 사장은 분한 마음에 온몸을 부르르 떨었다.

강시명 사장의 도움까지 받아 댄서도 불러들였고, 방송사의 협조도 받아 더 많은 시간도 할애 받았으며, 언론플레이까지 펼쳤건만…….

인터넷은 온통 은하투성이였다.

1. 은하

2. 계효민

실시간 검색어 1위부터 5위도 모조리 은하가 점령해 버렸다.

나엘은 6위에 랭크되어 있었다.

'대체 우리 나엘이 어디가 부족해서, 어?!'

보면 볼수록 속이 쓰려왔다.

"월드엔터테인먼트는 작지만 저력 있는 기획사죠. 이번에도 분명 뭔가를 준비해 왔을 겁니다. 그곳 사장이 안목이 있거든요."

강시명 사장이 했던 이야기가 한영숙 사장의 머리를 맴돌았다.

'이강윤, 월드! 확실히 경계해야겠어.'

변할 기미를 보이지 않는 검색어 순위를 바라보며, 그녀는 이를 부드득 갈았다.

직장인들은 커피를 사랑한다.

그들이 몰려 있는 곳은 카페가 성황을 이루게 마련이다. 파인스톡이 있는 디지털 단지에도 많은 카페가 있었다. 카페들은 출근, 점심, 퇴근시간마다 몰려드는 직장인들로 홍역을 치른다.

하지만 붐비는 카페에도 브레이크 타임은 있었다.

점심시간이 지난 오후시간이었다.

"이 시간은 역시 한가해서 좋네요."

파인스톡의 하세연 사장은 차가운 아메리카노를 마시며 분위기 있는 음악을 즐겼다.

그녀와 마주 앉은 강윤이 부드러운 얼굴로 말했다.

"이런. 직원들은 한창 일할 시간 아닙니까?"

"사장이 없어야 직원들이 눈치 안 보고 일할 수 있어요."

"……그냥 놀고 싶어 하는 것 같은데."

"들켰나요? 후후."

이미 두 사람은 농담을 주고받을 만큼 가까워졌다.

강윤은 달달한 라떼를 빨대로 저으며 본격적인 용건을 이야기했다.

"여기 지난번 투자 기획안에 대한 답변입니다."

"빠르시네요. 좀 더 여유 있게 주셔도 되는데."

하세연 사장은 차분히 강윤이 준 서류들을 읽어나갔다. 월드엔터테인먼트가 파인스톡의 음악사업 부문에 분기별로 투자를 하겠다는 기획안이었다.

모든 서류들을 검토하는 데 한참의 시간이 걸렸다. 아메리카노가 담긴 잔이 빈 잔이 되자, 그녀는 서류를 내려놓았다.

"사업의 시작은 2년 뒤군요. 2014년 오픈이라. 월드에서 장기 투자를 해주시네요. 저희가 플랫폼을 확실히 마련할 수 있을 거라 확신하시는 건가요?"

통신사들의 이익을 침해한다며 충돌하는 상황에서 투자자를 모집하는 일은 생각보다 어려웠다. 파인스톡이 통신사와의 힘싸움에서 질 것이라는 분석도 매우 많았다.

그런데 강윤이 이렇게 과감히 투자를 하니 그녀로서도 의문이었다.

"모두가 편안하게 쓸 수 있는 플랫폼이 형성되면 통신사들도 별 수 없을 겁니다. 지금은 과도기라 생각하는 게 어떨까 하는 생각이 드는군요. 객관적으로 비교해 봐도 문자 서비스보단 파인스톡이 훨씬 편안하니까요. 음성까지 전달할 수 있으면 정말 좋겠네요."

"오! 그거 정말 좋은 생각인데요?"

무심코 나온 강윤의 말에 하세연 사장이 손뼉을 쳤다.

"데이터 통신으로 목소리를 전달한다. 조금만 연구하면 개발할 수 있을 거예요. 역시, 사장님은 우리에게 구세주네요."

"도움이 된 건가요?"

"되다마다요. 그렇잖아도 다른 서비스도 생각하고 있었는데, 음성…… 하하하!"

하세연 사장은 시원하게 웃었다. 마음속에 걱정하고 있던 무언가를 놓은 듯한 모습에 강윤도 기분이 좋았다.

'파인스톡이 망하고, 나중에 세이스에서 서비스하던 것이지만…… 상관은 없겠지?'

강윤은 괜히 어깨를 으쓱였다. 어차피 세이스에서는 지금 이런 서비스를 하지 않는다. 자신 대신 MG엔터테인먼트를 선택한 것에 대한 서운함도 은연중에 있었다.

이후 두 사람은 카페에서의 여유를 좀 더 즐기고는 자리에서 일어났다.

"다음에는 제가 월드로 갈게요. 제가 김재훈 팬이거든요."

"재훈이요? 그러면 오실 때 말해주세요. 시간을 맞춰놓지요."

"와우. 그럼 기대할게요."

하세연 사장은 강윤과 손을 맞잡고는 발랄한 발걸음으로 회사로 돌아갔다.

강윤도 차를 끌고 HMC 방송국으로 향했다. 정민아가 출연하는 '댄스 레볼루션' 촬영이 있는 날이었다.

'A5NS 스케줄 때문에 촬영이 저녁부터 시작된다 했지? 다들 잘 하고 있으려나.'

운전을 하며, 강윤은 방송국에 있을 정민아 팀을 생각했다.

정민아는 맹연습을 했고 컨디션도 최상이었다. 매니저도 김대현 팀장이 따라붙어 빈틈없이 케어하고 있었다.

'그나저나 민아 이 녀석은 진짜…… 이걸 어떻게 받아들여야 하지? 얘 날 좋아하는 건가?'

얼마 전에 있었던 연습실 일만 생각하면 강윤의 마음은 싱숭생숭했다. 그도 바보는 아니었다. 정민아 정도면 손에 꼽을 만한 미인이다. 그런 미인이 자신을 끌어안고 볼에 뽀뽀까지 했다. 아무리 10대부터 봐왔다지만, 이런 스킨십은 목석같은 남자의 마음을 흔들어놓기에 충분했다.

핸들을 꺾으며 강윤은 한숨을 쉬었다.

'매니저와 연예인의 연애가 없는 건 아니지만…… 에이! 이건 아냐. 정신 차려, 정신. 민아다, 민아. 정민아라고!'

HMC 방송국에 도착할 때까지 강윤은 상념을 떨쳐내려 애썼다.

도착한 강윤은 바로 녹화가 있는 스튜디오로 향했다. 스튜디오는 막바지 세트 점검이 이루어지고 있었고, 출연하는 스타들은 모두 대기실에 있었다.

"어? 사…… 장님."

강윤이 대기실에 들어가니 정민아가 그를 반갑…… 아무튼 맞아주었다. 평소의 활기차던 정민아는 온데간데없고 조금은 사그라진 모습이었다.

"아, 그래. 대현 씨는?"

"대현 오빠는 화, 화장실 갔어요."

강윤과 대화를 하면서도 그녀는 얼굴을 붉혔다. 그녀는 강윤과 대화를 하는 것 자체가 부담이었는지 눈을 마주치지도 못했다.

"민아야."

"……네?!"

강윤의 평범한 부름에도 정민아는 목소리를 높였다.

'아씨! 나 왜 이래?! 티를 팍팍 내고 있잖아?!'

마음속으로 이불을 뻥뻥 차고 있었지만, 정민아는 최대한 덤덤한 표정으로 강윤을 대하려 애썼다. 하지만 감정이라는 게 마음대로 되는 게 아니었다.

그녀가 우물쭈물하고 있을 때 구세주가 나타났다. 대기실 문이 열리며 남녀가 들어선 것이다.

"여어, 이 사장님. 오랜만입니다."

마른 체격에 커다란 코가 도드라지는 추만지 사장이었다. 그는 강윤을 보자 반가움을 드러내며 손을 내밀었다.

강윤도 반가움을 드러내며 그의 손을 마주잡았다.

"추 사장님, 오랜만입니다."

"얼굴이 환하십니다. 하긴, 은하에 에디오스까지. 밝을 만하죠? 하하하."

추만지 사장은 화통하게 웃으며 친밀감을 드러냈다.

비록 다이아틴과 에디오스가 라이벌 관계라 하지만 강윤은 곡을 주는데 망설이지 않았다. 그것도 명곡을 주었다. 당연히 호감이 갔다.

"사장님 말씀대로 요즘 즐겁습니다. 모두가 만족할 만한 성과를 얻고 있으니까요. 아, 다이아틴도 일본에서 좋은 반응을 얻고 있다 들었습니다."

"저희야 멀었지요. 이 사장님이 기획한 주아가 만든 성과에 비하면 말이죠."

"하하하. 그렇게 말씀 안 하셔도 됩니다. 오리콘 차트 5위

안에 드는 성과를 내고 있다는 거 다 알고 있습니다."

"그래도 1위 한 번은 해보고 명함을 내밀어야죠. 아직은 멀었습니다. 하하하."

강윤과 추만지 사장 사이에서 덕담이 오갔다.

두 사람이 회사와 가수를 주제로 화기애애하게 대화를 나누는데, 정민아에게 한 여인이 다가왔다.

"민아 선배. 안녕하세요."

"세경 씨? 오랜만이에요."

강세경이었다. 그녀는 눈매에 힘을 주며 미소를 지었다.

인사가 오갔지만, 강윤과 추만지처럼 친밀감이 오가지는 않았다. 마치 물과 기름 같았다.

강세경이 더 나이가 많음에도 불구하고 선배라며 꼬박꼬박 존칭을 했고, 정민아도 나이에 맞게 대우를 해주었다. 다른 멤버들은 가끔 연락도 하며 장난도 치는 것과는 대조적이었다.

정민아는 덤덤히 물었다.

"준비 많이 하셨어요?"

강세경 역시 차분히 답했다.

"많이는 못했어요. 스케줄이 워낙 많아서요."

"그래요? 아, 걱정이네요. 세경 씨 한 댄스 하잖아요. 으……."

정민아가 엄살을 부리자 강세경 역시 씨익 웃었다.

"아니에요. 아무리 그래도 민아 선배만 하겠어요."

고저 없는 대화 속에 두 여인의 눈에서는 불꽃이 튀었다.

그때, 대기실 문을 열고 일단의 무리가 들어섰다. 모두 8명에 이르는 남자들이었다.

"오, 왔니?"

추만지 사장이 그들을 보며 아는 척을 했다. 그러자 강윤이 의문어린 표정으로 물었다.

"어떤 분들인가요?"

"아."

그는 8명에 이르는 대인원을 옆에 세우고는 강윤과 정민아에게 소개해 주었다.

"얘들아. 인사드려. 사장님, 저희 연습생들입니다. 오늘 우리 세경이와 함께 녹화에 참가할 아이들이죠."

"안녕하십니까!"

힘찬 목소리가 대기실에 울려 퍼졌다.

강세경과 함께 녹화에 참여한다는 연습생들의 인사를 받으며 정민아는 얼떨떨해졌다.

'뭐? 준비 별로 안 했다고?'

정민아는 속으로 코웃음을 쳤다.

9:1.

말과 다르게 강세경은 철두철미하게 준비해 온 것이다.

'좋아. 한번 붙어보자고!'

정민아의 가슴이 승부욕으로 활활 불타오르기 시작했다.

강윤은 승부욕으로 눈빛을 태우는 정민아와 다르게 여유

있는 표정을 지었다.

"모두 하나같이 뛰어난 연습생인 것 같습니다. 이거, 오늘 긴장해야겠는데요?"

강윤의 말에 정민아가 눈이 휘둥그레졌지만, 그는 그녀의 어깨에 가볍게 손을 얹었다.

'진정해.'

그의 뜻을 알아차린 정민아는 그제야 흥분을 조금 가라앉혔다.

강윤의 말에 추만지 사장도 웃으며 답했다.

"이 사장님이 그렇게 말씀해 주시니 기분이 좋군요. 부족한 아이들입니다. 세경이 옆에서 덕 좀 보자고 염치 불구하고 데리고 나왔습니다. 조만간 방송에서 뵐 수 있을지 모르겠네요."

추만지 사장의 말과는 다르게, 강세경의 눈에는 서슬 퍼런 기운이 어려 있었다.

'단단히 준비해서 나왔군.'

데뷔 전 방송 무대에 적응을 위한 목적도 있겠지만, 강세경을 지원하려는 목적이 더 강한 것 같았다.

강윤이 보니 8명의 남자 연습생들은 온몸에 기합이 들어 보였다. 10대 후반부터 20대 초반까지 다양한 연령의 남자들은 굳게 입을 다물고 추만지 사장에게 집중하고 있었다.

'연습생들이 많은 건 부럽네. 연습생 숫자는 소속사의 힘이나 마찬가지인데.'

연습생 1인당 1년에 들어가는 돈은 대략 3천만 원.

많은 연습생을 데리고 있을 수 있다는 건 소속사가 힘이 있다는 것이다. 언제든 시기에 맞는 가수를 기획할 수 있다는 말이기도 하고 말이다.

"……."

"……."

화기애애한 사장들의 분위기와는 다르게, 정민아와 강세경의 눈빛은 여전히 불타고 있었다. 두 사람의 승부욕에 강윤은 정민아를 돌려 세웠다.

"이런. 민아가 긴장을 많이 한 것 같습니다. 사장님, 오늘 살살 부탁드립니다."

"제가 부탁드려야 할 말인 것 같습니다. 그럼 이따 뵙지요."

추만지 사장과 강세경 일행이 대기실을 나서자 정민아가 불퉁한 어조로 말했다.

"저 깍쟁이. 뭐? 준비를 많이 못 해? 허. 웃기는 짜장이네."

모범생이 전날 밤새놓고 공부 하나도 안 했다며 거짓말하는 모습이었다. 그런 행태에 정민아는 기가 막혔다.

강윤은 부드러운 어조로 정민아를 달랬다.

"준비 많이 했을 거라고 예상했잖아. 사실은 나오지 말았어야 하는 자리라 보는데……. 난 강세경이 여기에 나온 이유를 모르겠어. 내가 사장이면 절대 안 내보냈을 거야."

"왜요?"

"손해거든. 다이아틴도 이미 최고 위치에 있는 가수인데,

굳이 이런 데 나와서 춤 실력을 증명해야 할 이유가 없어. 내 생각엔…… 민아 너 때문에 나온 게 아닐까 싶어."

"아."

정민아는 이해했는지 박수를 쳤다. 줄곧 비교당해 온 그녀라면 그럴 만 했다.

"지금까지 춤으로 너와 비교당해 왔으니까…… 추만지 사장이나 강세경이나 이번에 콤플렉스를 떨쳐 버리려는 생각이라면 가능성은 있지. 거기에 연습생들 얼굴도 비쳐주면 나쁜 생각은 아냐."

"뭐, 아무래도 좋아요. 어차피 내가 이길 테니까."

정민아의 자신만만한 답에 강윤은 그녀의 등을 다독여 주었다.

"그래, 그래야 민아답지."

"흐흐."

정민아는 자신만만하게 웃었다.

그때, 그녀의 머릿속에 강윤과 있었던 해프닝이 다시 떠올랐다. 어떻게 대화를 해야 할지 망설였었는데, 언제 그런 일이 있었냐는 듯 자연스러워졌다.

'……아직은 그것대로 좋을까?'

정민아는 가볍게 한숨을 쉬었다.

여자로도 보지 않는 걸까? 아무렇지도 않게 자신을 대하고 있었다. 대체 무슨 생각인 건지.

감정이 있는데 숨기는 걸까? 뭘까? 묻고 싶었게 산더미였지만…….

관뒀다.

지금은 이대로 그의 응원을 받는 게 더 좋았으니까.

"준비 잘하고. 이따 보자."

"네."

강윤이 대기실을 나서고, 정민아는 본격적으로 메이크업에 들어갔다.

"……저 등신."

"에?"

"……아무것도 아니에요. 계속해 주세요."

메이크업 아티스트가 정민아의 투덜거림에 놀라 눈을 휘둥그레 떴지만, 정민아는 아무렇지도 않은 표정으로 눈을 감으며 메이크업을 재촉했다.

……이대로가 좋다 해도 서운함은 남아 있는 법이었다.

HMC 방송국의 스튜디오.

댄스 레볼루션 녹화는 뜨거움을 더하며 절정으로 향해가고 있었다.

"레스타임의 승리로 스코어는 3:3!"

MC 강덕중의 흥분한 목소리가 스튜디오를 가득 메우며 긴장을 고조시켰다.

코믹 댄스와 제대로 된 댄스의 적절한 조화로 양 팀이 고루 점수를 가져가 스코어는 팽팽했다. 덕분에 방송 분량을 확보해야 하는 한태영 PD의 얼굴에는 웃음꽃이 피어 있었다.

"이제 승부를 결정지을 마지막 대결입니다. 진정한 댄싱 퀸을 가리는 자리이기도 합니다. 모두 박수로 맞아주십시오! 청팀 에디오스의 민아, 백팀 다이아틴의 강세경!"

"오오오오오!"

출연진들의 박수 소리와 함께 정민아와 강세경은 어깨에 잔뜩 힘을 주고 앞으로 나섰다.

"에이스전으로 오늘 승부가 결정되는데요. 세경 양, 우승하면 상품으로 뭘 가져가고 싶은가요?"

MC 강덕중은 가라앉은 눈빛을 하고 있는 강세경에게 물었다. 강세경은 잠시 생각하더니 조근한 어조로 답했다.

"한우?"

"오, 한우요? 이유를 물어도 될까요?"

"고기 먹어본 지가 좀 돼서……."

여기저기서 웃음소리가 터져 나왔다. 척 보기에도 강세경은 길었지만 마른 체형이었다.

MC 강덕중은 장난스러운 눈으로 스태프들이 분주히 얽혀 있는 전방으로 시선을 돌렸다.

"저런. 사장님. 다이어트도 좋지만 고기부터 먹여야 할 것 같네요. 우리 세경 양 녹화 끝나고 고기 좀 사주세요."

강윤과 함께 서 있던 추만지 사장은 손을 들며 알았다는 제스처를 취했다. 사장다운 유연한 대처였다.

MC 강덕중의 마이크가 이번에는 정민아에게로 향했다.

"민아 양. 민아 양은 우승하면 어떤 선물을 가져가고 싶으신가요?"

"저도 한우요."

"흠, 민아 양은 잘 드시는 것 같은데…… 우승해도 고기는 세경 양에게 양보하는 걸로?"

정민아는 강세경보다 확실히 볼륨감이 있었다. 강세경과 키는 비슷했지만 건강미가 느껴졌다.

MC 김덕중의 말에 가볍게 웃음이 터졌다. 정민아는 그렇지 않다며 웃어넘겼고, 한우에 대한 열의를 다졌다.

대결을 펼칠 두 여인과의 인터뷰를 끝내고, MC 강덕중은 인터뷰를 더 끌지 않고 바로 강세경을 중앙으로 올렸다.

"더 끌지 않겠습니다. 바로 모십니다. 강세경입니다!"

"오오오!"

출연진들과 스태프들의 박수가 이어지고, 스튜디오의 조명이 은은해졌다. 그와 함께 대기하고 있던 7명의 남자들이 강세경을 둘러쌌고, 한 남자는 그녀를 가볍게 끌어안았다.

"오, 뭔가 멋진 작품이 나올 것 같군요."

무대를 흥미로운 시선으로 보는 강윤의 말에 추만지 사장도 웃으며 답했다.

"부족하지만 한번 보시죠."

일렉트로닉 효과음에 리드미컬한 반주가 흐르기 시작했다.

그와 함께, 남자의 손이 강세경의 볼을 부드럽게 쓸어내리며 두 사람의 허리가 한 동작으로 돌아갔다. 그녀 주변을 둘러쌌던 남자들도 박자에 맞게 스텝을 밟아 대열을 맞추며 앞으로 나왔다.

－이 목소리 사랑인 걸 알고 있는데 －부드럽게 네 달콤함을 들려줘~

중견 여가수 지현의 '사랑인걸'이라는 노래에 맞춰, 강세경은 파트너 남자와 함께 화려한 동작으로 춤을 추기 시작했다. 그녀의 춤에 맞춰, 남자들은 대열을 갖추며 그녀를 돋보이게 했다.

'잘하네.'

표정변화는 보이지 않았지만 정민아는 놀랐다.

섹시함을 극도로 어필하는 춤으로 강세경은 모두의 시선을 한 몸에 사로잡았다. 너무 짧지도, 길지도 않지만 몸매 라인을 부각시키는 의상은 그녀의 댄스를 한층 부각시켰다.

'보통 연습한 게 아니군.'

스튜디오 아래에서 무대를 지켜보던 강윤도 적잖이 감탄했다.

7명의 남자들이 빈틈없이 강세경을 보조했고, 1명의 파트너는 그녀의 여성미를 한층 부각시켰다. 특히 파트너 역할을 하는 남자의 두터운 팔뚝에 난 힘줄이 불끈댈 때마다 몇몇 여성 출연진들은 저도 모르게 입을 벌리는 해프닝도 벌어졌다.

"하하하, 어떤가요? 많이 부족하지요?"

추만지 사장의 조금은 가식어린 말에 강윤은 차분히 답했다.

"아닙니다. 확실히 대단하네요. 세경이가 한 댄스 한다는 건 알고 있었는데…… 잘하는군요."

"그렇게 말씀해 주시니 기쁩니다. 그래도 민아를 따라갈 수 있을지 걱정입니다."

"저야말로 걱정입니다. 민아가 세경이를 따라갈 수 있을지."

강윤도 겸손히 답했다. 물론, 두 사람의 마음은 전혀 달랐지만.

파트너와 거리를 벌리며, 강세경은 화려한 춤사위를 마음껏 뽐냈다. 그녀는 리드미컬한 각기 춤을 선보이며 모두의 시선을 사로잡더니, 이내 다시 섹시댄스로 돌아와 남자들의 시선을 단번에 사로잡았다. 10초 남짓한 시간이었지만, 이 짧은 반전이 남녀 모두에게 환호성이 나오게 만들었다.

다시 파트너와 다시 몸을 밀착시킨 그녀는 부드럽게 웨이브를 타며 손짓으로 파트너의 턱선을 농락했다. 그리고 다른 남자들은 그녀를 둘러싸곤 부각시키는 역할을 해냈다.

'대단…….'

'장난 아니다…….'

함께 출연한 가수들은 강세경의 춤에 혀를 내둘렀다. 모두가 한 노래, 한 춤을 해서 가수가 된 이들이었지만 강세경의 춤은 모두를 사로잡기에 충분했다.

사람들의 감탄사를 넘어, 강세경의 춤은 절정에 이르렀다.

강세경은 파트너의 턱을 손으로 잡고 어깨로 가볍게 웨이브를 탄 후, 그를 강하게 끌어안았다. 그와 함께 파트너가 그녀의 허리를 휘감았고 격정적인 동작을 연출했다.

"오!"

출연진들에게서 감탄사가 터져 나왔다. 그와 함께 강세경의 젖혀진 머리가 들리며 파트너의 머리를 잡고 입술을 가까이 가져갔다.

닿을락 말락. 아찔한 장면을 연출하며 강세경의 댄스는 마무리되었다.

"오오오!"

여기저기서 박수와 환호성이 터져 나왔다. 팀 구별 없이, 모두가 그녀의 춤에 넘어간 것이다. 숨죽이며 촬영에 임하던 스태프들도 박수를 치며 강세경의 춤에 환호를 보냈다.

"감사합니다."

박수갈채가 쏟아지는 가운데 MC 강덕중은 흥분한 어조로 거친 숨을 내뱉는 강세경에게 다가갔다.

"멋진 무대, 잘 봤습니다. 세경 양, 이렇게 춤을 추려면 얼마나 준비를 해야 하나요?"

강세경은 잠시 숨을 고르고는 새침한 어조로 답했다.

"후우, 후…… 부끄러운 이야기지만, 스케줄 때문에 연습을 많이 하지는 못했어요. 한…… 이틀?"

"이야. 이틀 연습하고 이 정도 춤을 춘단 말인가요? 대단하네요!"

MC 강덕중은 감탄사를 연발하며 인터뷰를 이어갔다.

그 모습을 보며 정민아는 어이없다는 듯 코웃음을 쳤다.

'이틀은 무슨…… 못해도 일주일 이상은 꼬박 연습한 것 같은데.'

겸손과 가식을 넘나드는 인터뷰를 하며, 강세경은 간간이 정민아에게 날선 눈빛을 쏘아 보냈다.

'이 정도, 할 수 있어?'

'흥. 어디 보자고.'

두 사람 사이에 튀는 불꽃은 카메라에 고스란히 담겼다.

과열되는 두 여인의 시선에 강윤은 난색을 표했다.

"이거, 너무 과열되는군요. 이런 걸 원한 건 아니었는데……."

추만지 사장도 같은 생각이었는지 볼을 긁적였다.

"맞는 말씀입니다. 애들은 싸우면서 크는 거지요. 괜히 어른이 끼어서 망신살 뻗치는 일은 없었으면 합니다."

"저도 같은 생각입니다.

결과에 따른 실력 평가는 다른 사람들이 알아서 해줄 것이다. 굳이 손을 더럽힐 이유가 없었다.

'확실히 준비는 많이 해왔어.'

강윤은 조금은 잠잠해진 두 여인을 보며 팔짱을 끼었다.

말과는 다르게, 강세경은 정민아와 댄스로 맞붙는 걸 알고 많은 걸 준비해 온 것이 분명했다.

'뚜껑은 열어봐야 아는 거지.'

무대에 나서기 전, 인터뷰를 하는 정민아를 보며 강윤은 씨익 웃었다.

"더 말할 필요가 있겠습니까. 민아 양, 그럼 가실까요?"

"네."

인터뷰가 끝나기가 무섭게, 정민아는 주머니에 넣어 온 비니를 썼다. 어깨까지 내려오는 머리카락이 살짝 가려지며 분위기가 미묘하게 달라졌다.

'뭐지?'

'뭘 준비한 거야?'

스타일 하나로 분위기가 달라진 정민아의 모습에 출연진들도 숨을 죽였다. 놀라운 춤을 보여준 강세경이 정민아의 춤에 대한 기대감을 한껏 높여놓았다.

조명이 은은해지며 정민아가 손을 올렸다.

―스르륵 감기는 눈, 내 꿈속 사랑스러운 오빠―!

정민아가 턴을 하며 돌아섰다.

그런데 출연진들의 눈이 휘둥그레졌다. 모두의 귀에 척 감겨오는 반주 때문이었다.

"이거, My Sweety Daring? 아냐?"

"맞아맞아."

"이거 다이아틴 타이틀곡 아냐?"

모두의 놀라움 사이로 정민아는 자신의 가는 다리를 손으로 부드럽게 쓸어내렸다. 'My Sweety Daring'의 시작이었다. 양손을 휘로 흔들며 다리를 찼다. 치어리더를 연상케 하는 'My Sweety Daring'의 안무였다.

거기서 끝이 아니었다. 'My Sweety Daring'은 도입부가

EDM으로 시작하지만 정민아의 'My Sweety Daring'은 EDM이 사라지고, 그 부분을 휘파람 소리와 함께 다른 어쿠스틱 음들이 대체했다. 편곡으로 완전히 다른 곡이 되어버린 것이다.

－남들 눈엔 Ugly 내 눈엔 Cute 사랑스러운 오빠 영원한 나의 사랑~

정민아는 가볍게 허리를 흔들며 귀여움을 어필했다. 다이아틴의 안무와 비슷하면서도 또 달랐다. 그녀의 팔랑거리는 하얀 치마가 매력을 극대화시켰다.

"와우!"

남자 출연진들은 지금까지 전혀 보지 못했던 정민아의 모습에 홀라당 넘어가 버렸다. 정민아는 출연진들을 향해 가볍게 윙크를 했고, 한 남자 출연진은 심장이 두근거렸는지 가슴을 부여잡으며 뒤로 넘어갔다.

"쳇."

……여자들은 정민아에게 어울리지 않는다며 불편해하긴 했지만 말이다.

하지만 귀여움을 강조하는 춤은 잠깐이었다.

－넓고 넓은 세상 －내 눈엔 오직－ 그대만 보여요－

분위기가 바뀌었다.

진한 색소폰 소리가 울려 퍼지며 빠른 재즈풍의 반주가 흘러나왔다. 그런데 이번 곡 역시 모두에게 익숙한 노래였다. 다이아틴의 노래, 'Story'였다.

"재즈풍으로 들으니 느낌이 완전히 다르군요. 원곡하고

느낌이 완전히 달라요. 거기에 연결도 자연스럽고…… 직접 편곡하셨나요?"

"네. 원곡의 색깔이 강해 애를 먹긴 했습니다."

"놀랍군요. 이 곡, 나중에 저희가 사용해도 될까요?"

추만지 사장의 눈이 휘둥그레졌다.

정민아가 다이아틴의 곡을 사용하겠다며 허락을 구했을 때 걱정이 앞섰다. 하지만 아무리 정민아라 해도 원곡자를 능가하기는 힘들다 판단해 사용을 허락했는데…… 이런 반전 있는 편곡이 나올 줄은 상상도 하지 못했다.

강윤은 칭찬을 듣고는 고개를 가볍게 끄덕였다.

"얼마든지요. 저야 감사하죠."

"'My Sweety Daring'을 주실 때부터 알아봤습니다. 메들리라니, 한방 먹었군요."

추만지 사장은 멋쩍은 얼굴로 머리를 긁적였다.

치어리더를 연상하는 춤을 추며 귀여움과 여성미를 강조하던 정민아는 한 출연진을 콕 찍어 그를 데리고 중앙으로 나왔다.

"어어어?"

끌려나온 남자는 당황하는 표정으로 중앙에 섰다. 정민아는 그의 몸을 손으로 가볍게 훑었다.

"오오오!"

주변의 환호를 받으며, 정민아는 가볍게 남자의 주변을 한바퀴 돌았다. 그러자 그를 부러워한 다른 출연진들은 난리가 났다.

"나도, 나도!"

"여기도 있어!"

하지만 그들에게 행운이 돌아오진 않았다.

정민아는 잠시 행운을 누린 남자를 가볍게 밀어냈고, 그는 황홀한 표정으로 제자리로 돌아갔다. 이어 정민아는 카메라를 향해 농염한 표정을 지으며 농익은 춤을 이어갔다.

강세경과 달리 파트너 하나 없었지만, 정민아는 몸짓과 동작 하나하나로 주변을 모두 빨아들였다. 게다가 원곡과 완전히 달라진 편곡은 그녀의 춤사위에 힘을 더했다.

긴 색소폰 소리가 빠른 비트의 드럼소리로 가려지며 분위기가 다시 바뀌었다.

가속이 붙으며 정민아의 스텝이 속도를 더해갔다. 그녀는 박수를 유도했고, 모두에게서 한 소리가 터져 나왔다.

이윽고, 짜르르 울리는 소리와 함께 마지막 노래가 흘러나왔다.

ㅡ오늘은 그대와 나~ 함께하는ㅡ

마지막도 역시 다이아틴의 노래였다. '사랑해'라는 연인의 사랑을 담은 노래로 그들의 대표곡이었다. 교복을 연상하게 하는 의상에 귀여움을 강조하는 춤으로 많은 사랑을 받은 곡이었다.

그러나 정민아의 춤은 완전히 달랐다. 빠른 비트의 영향을 받아 팝핀댄스를 추며 온몸으로 각을 만들어냈다.

"와아아아—!"

출연진들이 환호했다. 귀여운 안무로 남자들의 시선을 빼앗아갔다며 시샘하던 그녀들은 이미 없었다. 남자들도 따라하기 힘든 춤에 모두가 넋이 나간 지 오래였다.

'말도 안 돼! 어떻게 분위기를 저렇게 잘 타?!'

강세경은 기가 막혔다.

너무도 다른 3개의 노래 속에서 정민아는 제 무대인 양 자유롭게 뛰어놀았다. 단순 비보잉 댄스를 선보일 줄 알았건만…….

귀여움, 여성미, 강인함.

정민아는 보여줄 수 있는 모든 걸 보여주었다.

'……졌어.'

비보잉 탑락, 인디언 스텝을 밟아나가는 정민아를 보며, 강세경은 입술을 질끈 깨물었다.

정민아의 춤이 절정으로 치달았다. 그녀는 스텝을 밟으며 몸에 회전을 더하더니, 몸을 거꾸로 세우고는 머리로 몸을 한 바퀴 돌렸다.

"와아아아!"

비보잉의 고난도 스킬 중 하나인 헤드스핀이 터져 나오자 모두에게서 엄청난 환호성이 터져 나왔다. 심지어 침묵해야 할 스태프들도 목청껏 탄성을 내질렀다.

머리로 한 바퀴를 돈 정민아는 가볍게 앉으며 손으로 브이를 그렸다.

"휴우."

"와아아아아아!"

정민아의 진한 숨소리와 함께, 모두에게서 엄청난 함성소리가 터져 나왔다.

댄싱 퀸이라는 이름에 걸맞은 무대는 그렇게 끝을 맺었다.

5화
늘었다고 깨달았을 때?

"드-럽게 재미없네."

모처럼 이사회의에 참석한 주아는 회의실을 나서며 연신 투덜거렸다.

'쟤, 입질 또 왔나 보네.'

'이봐들. 피하자고. 시비 터봐야 남는 게 없어.'

그녀와 함께 문을 나서던 이사들은 조용히 자리를 피했다.

MG엔터테인먼트의 핵심인재인 주아와 충돌해 봐야 여러 모로 손해였다.

그런데 겁도 없이 귀하신 몸에게 말을 거는 이가 있었다.

"그래도 회사 최고 의사결정기구인데 대놓고 그러는 건 안 좋은 것 같은데?"

뒤에서 들려온 헛소리에 주아는 심드렁한 눈빛으로 뒤를 돌아보았다. 그런데 막상 잡아먹으려고 보니 이한서 이사가 웃으며 서 있었다.

"……에이, 난 또 누구라고. 놀랐잖아요."

"하하하. 반응이 참 솔직하구나."

"아무튼 굿 타이밍. 목말랐는데. 커피 한잔만 부탁해도 돼요?"

이사들이 혀를 차며 자신을 지나치는 와중에도, 주아는 그들에게 눈길도 주지 않았다. 암덩어리들과 마주해 봐야 피곤하니 말이다. 이한서 이사는 짐짓 서운한 표정으로 답했다.

"커피보다 차향이 더 좋은데."

"전 아메리카노 향이 훨씬 좋아요."

"허허."

이한서 이사는 어깨를 으쓱이곤 주아와 함께 자신의 집무실로 향했다.

집무실에서 주아는 이한서 이사가 내린 아메리카노의 은은한 향을 음미하며 눈을 감았다.

"아, 좋다! 역시, 이사님 커피는 최고예요, 최고."

주아는 엄지손가락을 치켜들었다. 차 다리는 실력이 커피에도 옮아간 게 분명했다.

그녀의 칭찬이 듣기 좋았는지 이한서 이사는 부드럽게 웃었다.

"다음에는 차도 맛봤으면 좋겠구나."

"다음에도 커피로 부탁해요."

"……하하."

주아의 강철 같은 고집에 이한서 이사는 어색한 표정을 지었다.

차와 커피의 향이 은은히 퍼져가고, 이한서 이사는 차분한 얼굴로 이사회의에서 있었던 일을 이야기했다.

"걱정이구나. MG 스타타워 프로젝트라니. 중국인 관광객도 좋고 다 좋은데, 지금은 공격적인 투자를 할 시기가 아닌데 말이야. 너무 위험해."

"이사님이 보기에도 그런가요?"

주아도 반쯤 빈 커피 잔을 내려놓았다. 그녀의 표정에도 걱정이 가득했다.

이한서 이사는 긴 한숨을 쉬며 답했다.

"계획에 따르면 타워가 들어설 위치가 강남 삼성동, 그것도 UO 쇼핑몰에 들어선다니. 그 비싼 땅값에 건축비까지…… 김진호 이사는 지금 MG의 신용도면 충분히 대출을 받을 수 있다 말하지만 잘 모르겠어."

"그래도 타워가 완공되면 관광자원으로 사용할 수 있다 하지 않았나요. 스타 관련 상품도 판매하면 엄청난 수익을 거둘 수 있을 거라고 들었는데……."

주아의 반문에 이한서 이사는 고개를 흔들었다.

"맞아. 하지만 그건 건물을 완공할 수 있을 때의 이야기지. 건물을 짓는 중에 무슨 일이 있을 줄 알고 그렇게 많은 어음을 발행하려는 건지…… 김진호 이사의 생각을 모르겠어. 만약이라도 상환기간이 돌아와 어음을 막지 못하는 일이라도 벌어지면…….”

“…….”

주아는 순간 인상을 썼다.

스타타워의 효과는 둘째 치고라도 이런 위험을 감수하면서까지 스타타워를 지어야 하는지가 그녀는 의문이었다.

“하아. 회장님이 물러나면서 모든 게 엉망이 되어가네요.”

“…….”

이한서 이사는 우울한 표정을 짓는 주아를 보며 아무 말도 하지 못했다.

‘정리가 거의 끝나 물러나야 하는데, 주아나 진서는 누가 챙겨주지?’

우울한 표정의 주아를 마주하며, 이한서 이사는 차마 속에 있는 말을 하지 못했다.

♪♩♫♬♪

활동이 끝난 김지민은 학교생활에 충실했다.

강윤은 김지민이 무슨 일이 있어도 학교에 꼬박꼬박 출석하게 했다. 성실하다는 이미지를 만들고, 또 일반인들과도 잘 섞일 수 있도록 하기 위한 조치였다.

자율학습 또한 마찬가지였다.

“은하…… 씨. 사인 좀 부탁해요.”

김지민은 다른 반에서 사인을 받기 위해 달려온 여학생에게 사인에다가 악수까지 해주었다.

이름이 알려지기 시작한 후 김지민의 학교생활은 팬들과의 만남의 장이 된 지 오래였다.

"은하야! 노래, 노래해 줘!"

"은하 언니! 사진 좀……!"

같은 반은 이제 덜해졌는데, 다른 반이나 후배들이 와서 은하를 보겠다며 난리였다. 덕분에 그녀의 반은 쉬는 시간이나 점심시간만 되면 북새통을 이뤘다.

그래도 연예인이 많이 다니는 학교로 전학 가기는 싫었다. 비록 항상 모범적인 생활을 해야 했지만, 일반인들의 생각을 알 수 있고 그들과 소통할 수 있다는 장점이 있기 때문이었다.

토요일, 자율학습까지 참여한 김지민은 점심시간이 되자 주차장으로 향했다.

그런데 평상시와 달리 문주명 매니저가 아닌, 강윤이 그녀를 데리러왔다.

"선생님?"

"타."

강윤은 눈이 휘둥그레진 그녀를 차에 태우곤 회사로 향했다. 차 안에서 김지민이 물었다.

"주명 오빠 무슨 일 있어요?"

"프러포즈한다고 휴가를 요청했거든. 그래서 내가 나왔지."

"아아. 주명 오빠 결국 프러포즈 하는구나. 지난번에도 여친이랑 싸웠다고 우울해 보였었는데……."

시간이 불규칙한 매니저 일을 하면서 많이 만나지 못해 여자 친구가 많이 서운해한다 했다. 그래도 그 여자 친구에게 프러포즈까지 한다 하니 김지민은 흐뭇했다.

회사 앞 사거리에서 두 사람이 탄 차가 신호에 걸렸다.

강윤은 사이드 브레이크를 채우며 김지민 쪽으로 시선을 돌렸다.

"오늘 오디션이 있어."

"오디션이요? 저 말씀인가요?"

전혀 듣지 못한 이야기에 김지민의 눈이 크게 떠졌다. 그러자 강윤은 실소를 머금으며 고개를 저었다.

"아니. 그랬으면 며칠 전에 말을 했겠지. 오늘 회사에 지망생이 오디션을 보러 올 거야."

"진짜요? 우와. 저 후배 생기는 거예요?"

김지민은 호기심이 가득한 눈으로 활짝 웃었다. 벌써 후배라니. 생각만 해도 즐거웠다.

천진난만한 김지민의 모습에 강윤도 피식 웃었다.

"그럴지도 모르겠네. 같이 보자."

"네."

후배에 대한 기대감이 김지민의 가슴을 설레게 했다.

두 사람은 회사에 도착해 바로 스튜디오로 향했다.

그곳에서는 이현지를 비롯한 월드엔터테인먼트 소속의 모든 가수들이 모여 있었다.

"지민아, 왔어?"

"안녕하세요?"

막내 김지민을 선배 가수들이 반갑게 맞아주었다. 이현아부터 김재훈, 에디오스 전원에 이르기까지. 김지민은 자신을 맞아주는 선배들에게 고개 숙여 인사를 건넸다.

이윽고 오디션 시간 20분 전.

스튜디오의 문이 열리며 마중 나간 유정민의 뒤를 따라 오디션을 보러 온 인문희가 들어섰다.

'히끅!'

인문희는 스튜디오를 메운 월드엔터테인먼트의 가수들을 마주하자 딸꾹질을 했다.

기껏해야 3명이나 4명 정도가 심사를 볼 줄 알았건만……이렇게 모든 가수들과 마주할 줄은 생각도 못했다.

그래도, 빠르게 정신을 수습한 그녀는 준비된 의자 앞에서서 고개 숙여 인사했다.

"아, 안녕하세요. 인문희라고 합니다."

역시 준비된 자리에 앉아 있던 강윤도 가볍게 인사를 건넸다.

"안녕하세요. 월드엔터테인먼트 대표, 이강윤입니다."

강윤은 그녀에게 자리를 권하며 말을 이어갔다.

"앞으로 문희 씨라 칭하겠습니다. 괜찮겠습니까?"

"네."

인문희는 떨리는 목소리로 답했다.

차분히 가라앉은 눈매의 강윤을 시작으로, 뒤편에 앉거나

서 있는 월드엔터테인먼트의 가수들은 그녀에게 강한 압박을 주었다.

'이현아.'

그중 함께 대학가요제에서 입상했던 이현아는 그녀에게 특별했다.

과거는 시작은 같이 했지만, 현재는 완전히 달랐다. 이현아와 잠시 눈을 마주하니, 그녀의 눈매가 가볍게 내려앉았다.

강윤은 표정이 멍해진 그녀에게 차분한 어조로 말했다.

"이 자리가 오디션이긴 하지만 그래도 최대한 편안한 자리로 기억되었으면 합니다. 저쪽에 다과도 준비해 놨습니다. 중간 쉬는 시간에 드시고 싶은 만큼 드시면 됩니다. 오늘 보고 싶은 게 많아서 조금 길어질지도 모르거든요. 괜찮을까요?"

"네. 최선을 다하겠습니다."

모범답안을 이야기하며, 인문희는 자리에서 일어나 목을 가다듬었다. 그녀의 목을 푸는 소리를 들으며 이현지를 비롯한 가수들도 인문희에게 집중하기 시작했다.

"일단 자유곡을 부탁드립니다."

강윤의 주문에 그녀는 눈을 감으며 준비해 온 노래를 부르기 시작했다.

"난 그랬어— 헤어져란 말을 달고 살았지~ 그땐 그게— 사랑의 모습인 줄 알았어——"

수년 전, 인문희가 대학가요제에서 입상했던 노래, 'Time'이었다. 무반주로 흘러나오는 노래에 강윤은 눈을 가라앉히며 집중했다.

"끝없이 회상하며– 널 추억해~"

그러나 그리 밝지 않은 하얀빛을 마주하니 강윤의 눈매가 가늘어졌다.

뒤편에서, 김재훈은 고개를 갸웃거리며 옆에 있던 이현아에게 말했다.

"은상이었다고 했지? 현아 네가 더 나은 것 같은데?"

"옛날엔 정말 잘했었어요. 통통 튀는 목소리가 매력적이었거든요. 그런데 지금은 그 맛이 덜하긴 하네요."

이현아도 씁쓸한 표정으로 답했다.

인문희는 실눈을 뜨곤 강윤과 가수들을 바라보았다. 그런데……

'으…… 별론가 봐.'

인문희는 당황했다.

모두가 실망했는지 표정에서 좋지 않은 분위기가 확연히 느껴졌다. 특히 김재훈과 이현아는 눈에 띌 정도로 고개를 흔들었고, 거기에 위축이 됐는지 인문희의 목소리는 저도 모르게 작아졌다.

그때, 강윤이 손을 들었다.

"잠깐."

"네?"

인문희는 심장이 덜커덕 뛰었다.

"끊어서 미안합니다. 아무래도 문희 씨 긴장이 덜 풀어진 것 같네요."

"아, 그게⋯⋯."

"5분만 쉬었다 가지요."

긴장했다고 휴식을 주다니! 인문희는 감격을 넘어 당황했다. 과거에 몇 번 오디션에 임했었지만 5분 남짓 오디션을 보고 가라고 하는 게 다반사였다.

'으으⋯⋯.'

인문희는 실수했다는 부끄러움에 얼굴을 부여잡으며 의자에 주저앉았다. 그런 그녀에게 강윤이 다가와 차분히 말했다.

"시간은 충분히 드릴 겁니다. 문희 씨는 우리를 심사자라 생각하지 말고, 관객이라 생각했으면 합니다."

"관⋯⋯ 객?"

"네. 관객. 그냥 편안하게 들려주시면 됩니다."

말을 마친 강윤은 다시 자리로 돌아갔다.

5분이 채 지나지 않았지만, 그녀는 괜찮아졌는지 자리에서 일어나 자세를 바로 했다.

"이제 괜찮아졌어요."

강윤이 고개를 끄덕이자 인문희는 간단하게 목을 풀고는 힘 있게 목소리를 내기 시작했다.

"난 그랬어-"

다시 한 번 인문희가 부르는 'Time'이 스튜디오에 퍼져나갔다.

강윤은 그녀의 음표가 만들어내는 하얀빛을 보며 눈을 가늘게 떴다.

"누가 또 그랬어— 과거는 잡을 수 없다고— 하지만 난 잡고 싶었어— 그때의 널——"

하지만 하얀빛은 매우 약했다. 아니, 이번에는 회색마저 섞여 있었다.

'윽…….'

오히려 조금 전보다 못한 효과였다.

회색빛의 영향에 강윤은 저도 모르게 눈살을 찌푸렸다. 감정에 진한 영향을 주는 회색은 그를 괴롭게 만들었다.

그래도 인문희는 기죽지 않고 노래를 계속해 갔다.

강윤도 힘든 와중에도 희미하게 웃으며 노래에 귀를 기울였다.

'……안 맞는 옷을 입은 것 같군.'

듣기 좋은 목소리였다. 하지만 노래와 맞지 않는 듯했다. 밸런스가 맞지 않는 듯한, 그런 느낌이었다.

'이상해.'

'내 생각도.'

뒤에서 듣고 있던 크리스티 안과 한주연도 고개를 흔들었다.

대부분의 가수들이 그들과 생각이 같았는지 서로 속삭이며 의견을 교환해 갔다.

호의적이지 않은 분위기 속에서도 인문희는 흔들리지 않고 노래를 끝맺었다.

가볍게 박수를 치며 강윤은 차분히 말했다.

"수고했습니다. 후우."

회색의 악영향을 떨쳐 버리기 위해 강윤은 가볍게 몸을 떨었다. 끈적한 기분을 떨쳐버리기 위함이었다.

인문희는 강윤의 이상한 행동에 의문을 가지면서도 곡에 대한 평가 때문에 함부로 말을 잇지 못했다. 그저 긴장하며 평을 기다릴 뿐이었다.

그런데 이어진 말은 전혀 예상 밖이었다.

"다음 곡은 '사모곡'으로 부탁해도 되겠습니까?"

"사모곡이요?"

평가가 이어질 거라 생각했던 인문희는 고개를 갸웃했지만 이내 승낙했다.

분명 영상으로 보냈던 그 노래였다. '같은 노래를 왜 또 들으려 하나'라는 생각도 들었지만. 상념을 떨친 그녀는 다시 목을 가다듬곤 노래를 시작했다.

"그대를 사모하지만– 당신은 내겐 먼 당신인 것을– 나를 바라봐 줘요––"

조금 전과는 다른, 구성진 목소리가 스튜디오를 진하게 울렸다.

음표와 빛도 완전히 달라졌다. 주황색 음표가 만들어내는 새하얀 빛에 강윤은 눈이 휘둥그레졌다.

'역시. 트로트에 딱 맞는 목소리였어.'

강윤은 주먹을 불끈 쥐었다.

"그 모습-그리워--눈물지으며-사모하는 그대를 찾아--"

애잔하면서도 내면을 울리는 멜로디가 연신 가슴을 울려 갔다.

가수들도 강윤의 생각과 같았는지 이번에는 눈까지 감으며 노래에 몰입하고 있었다.

노래가 진행되며 하얀빛 안에 이질적인 기운이 감돌기 시작했다.

'은빛?!'

생각도 못한 현상에 강윤은 경악했다.

목소리만으로 은빛을 내는 건 민진서의 연기 이후로 처음이었다. 그 이후, 빛만 볼 수 있던 자신이 음표를 볼 수 있게 되지 않았던가?

가슴을 따스하게 감싸는 부드러운 느낌에 강윤은 저도 모르게 눈을 감았다.

하지만…….

"……저."

그 느낌은 잠시뿐이었다. 인문희의 노래는 순식간에 끝이 났다. 하지만 강윤은 여전히 노래에서 헤어 나오질 못했다.

그때, 강윤의 뒤에 바짝 붙어 있던 정민아가 강윤에게로 얼굴을 가져가더니 귓가에 휙 바람을 불어넣었다.

"헉!"

강윤은 순간 놀라 벌떡 일어났다.

"큭큭큭."

가수들이 강윤의 당황하는 모습에 킥킥대며 웃었고, 이현지도 난데없는 장난에 난감한 표정을 지었다.

'저게!'

이현아는 정민아를 향해 눈에 불을 켰다. 저런 적극적인 표현이라니!

'홋.'

정민아는 라이벌을 향해 눈으로 씨익 웃었다. 너도 할 수 있으면 해보라는 뜻이었다.

그때였다.

꽁!

"아얏!"

대가는 혹독하게 돌아왔다.

강윤이 스튜디오가 울리도록 정민아에게 꿀밤을 먹여 버린 것이다.

"지금이 장난칠 때야?"

"……죄송해요."

강윤의 서슬 퍼런 기세에 정민아는 고개를 숙였지만, 안보이게 혀를 빼꼼 내밀었다.

"흠흠."

한편, 제정신이 든 강윤은 인문희에게 시선을 돌리며 평을 이야기했다.

"잘 들었습니다. 목소리에 감정을 싣는 능력이 발군이네요. 울림이 대단했습니다."

"감사합니다."

"한 곡 더 들어봐도 될까요?"

"물론입니다."

"이번에는 '부산가는 길'을 부탁해도 될까요?"

중견 트로트 가수 이미라의 대표곡이었다. 대부분의 국민들이 아는 이미라의 대표곡이었다.

"무, 물론이죠."

다시금 트로트 요청이 들어왔지만 인문희는 차분히 목을 가다듬었다.

그렇게, 그녀의 오디션은 계속 진행되어갔다.

2시간.

월드엔터테인먼트에서 인문희는 무려 2시간이나 오디션을 치렀다.

"수고하셨습니다."

오디션이 끝나자마자 대부분의 가수들은 스케줄을 수행하기 위해 회사를 나섰다.

인문희는 자신의 오디션이 끝나자마자, 가수들이 썰물과 같이 빠져나가니 이상한 기분에 고개를 갸웃했다.

그녀는 땀에 얼룩진 얼굴로 의자에 힘없이 주저앉았다.

지친 그녀에게, 유정민은 물을 가져다주었다.

"감사합니다."

인문희는 물을 정신없이 들이켰다. 꿀꺽꿀꺽 하는 소리가 스튜디오 사방을 울렸다.

강윤은 자리에서 일어나 그녀에게 다가갔다.

"긴 시간 동안 수고하셨습니다."

"사장…… 님이시죠? 고생하셨어요. 바쁘신 가수 분들까지 오셔서 못난 노래를 들어주시고…… 오늘 정말 꿈만 같았어요. 감사드려요."

지친 표정이었지만, 인문희는 부드럽게 미소 지었다.

미련 없이 노래할 수 있었던 하루였다. 그것도 요즘 잘나간다는 가수들 앞에서.

비록 오디션에서 떨어지더라도 후회하지 않을 것 같다는 생각마저 들 정도였다.

강윤은 의자를 끌고 그녀와 마주앉았다.

중요한 이야기가 나올 거란 것을 직감하자, 인문희는 긴장하며 자세를 바로 했다.

"있는 그대로 이야기하겠습니다. 오늘 9곡이나 부르느라 고생하셨습니다."

"하하, 네."

중간 중간 쉬는 시간도 가지고, 여러 가지 대화도 나누느라 2시간이나 소요되었다.

"솔직히 말하겠습니다. 노래를 오래 쉬신 것 같더군요."

"맞아요. 한 3년 이상은 쉰 것 같네요."

인문희는 쓸쓸한 표정으로 답했다.

기획사 사정으로 가수 활동을 못 하게 된 이후, 노래와 큰 인연이 없었다. 강윤이 그걸 집어내니 마음이 시큰했다.

그걸 아는지 모르는지 강윤은 말을 이어갔다.

"대학가요제 자료들을 찾아보니 그때 목소리와 오늘 들려 준 목소리가 상당히 차이가 난다는 걸 알 수 있었습니다. 스킬은 과거가 오히려 나았다고 생각합니다."

"……."

솔직한 강윤의 말에 인문희는 침묵했다.

떨어져도 후회하지 않을 거라 말하긴 했지만 막상 안 좋은 평가를 접하니 입맛이 썼다.

하지만 그의 말은 거기서 끝이 아니었다.

"하지만 목소리에 감정이 진하게 담겨 들려옵니다. 문희 씨의 노래에서는 진한 향이 느껴지는 것 같네요. 기술은 사라졌지만, 소리는 깊어졌다. 이게 제 결론입니다."

"아……."

인문희는 침을 꿀꺽 삼켰다. 이제 나오는 말이 진짜 결론일 테니까.

"문희 씨. 저희 월드엔터테인먼트와 계약하시겠습니까?"

혹시나 했던 생각이 현실이 되었다.

계약, 계약이라니!

인문희의 표정이 기쁨과 환희로 물들어갔다.

"정말 제가 가수가 될……."

인문희는 강윤의 제안을 수락하려다 멈칫했다.

가수의 꿈이 다가왔지만, 그걸 다시 잡기에는 과거와 현재의 괴리감이 너무도 컸다.

'지금 다시 가수를 해도 괜찮을까? 재미는 없어도, 편히 살 수는 있는데?'

그녀의 나이 스물일곱.

생각 없이 꿈을 좇기엔 겁이 많아지는 나이였다.

매일 한숨짓게 하는 직장이었지만, 교사라는 안정된 직장을 포기하는 것은 결코 쉽지 않았다.

그녀의 마음을 알았던 걸까.

강윤은 멋쩍게 말했다.

"제가 성급하게 제 이야기만 한 것 같습니다. 지금 교사라 하셨지요?"

"아, 네."

"지금 바로 결정하기엔 교사라는 안정된 직장이 만만치 않으리라 생각합니다. 제가 문희 씨 입장을 배려하지 못했네요. 미안합니다."

자신을 생각해주는 강윤의 모습이 인문희는 신기했다.

오히려 그로서는 짜증나는 상황일 수도 있는데 말이다. 그녀가 아는 엔터테인먼트 종사자들은 자기중심에 우격다짐이 강한 이들이 대부분이었다. 이런 배려를 가진 이들은 쉽게 만나기 힘들었다. 게다가 자신이 전도유망한 어린 연습생도 아니고, 나이도 많은 일반인이나 다름없는데…….

"아니에요, 아닙니다. 오히려 제가 죄송하죠. 좋은 추억

남겨주셔서 감사합니다."

"아닙니다. 충분히 생각해 보셨으면 합니다. 전 인문희 씨가 멋진 가수가 될 수 있으리라 생각하고 제안한 거니 신중히 고려해 주셨으면 합니다."

오디션이 끝나고, 인문희는 자리에서 일어났다.

강윤은 그녀를 입구까지 배웅했다.

월드엔터테인먼트 사옥의 허름한 입구를 나서며, 인문희는 강윤에게 공손히 고개를 숙였다.

"오늘 정말 감사했습니다. 좋은 꿈을 꾼 것 같았어요."

"좋은 시간이었다니 다행입니다."

인문희는 쉽게 발걸음이 떨어지지 않았다.

노래할 때의 두근거림과 설렘이 쉽게 잊혀 지지 않았다. TV에 나오는 가수들이 자신의 노래에 집중하며 평하던 오늘이 머릿속에서 떠나지 않았다.

그러나 이젠 꿈에서 깰 시간이었다.

'……그래. 이만하면 됐어. 다시 노래하기엔 너무 늦었잖아? 이게 맞아.'

인문희는 애써 마음을 다독였다.

아쉬움에 쉽게 떨어지지 않는 발을 억지로 뗐다. 하지만 그녀의 동그란 눈가가 파르르 떨려왔다. 이곳을 벗어나면 눈물이 쏟아질 것 같았다.

그때였다.

"문희 씨. 잠시만요."

"네?"

강윤이 인사하고 가려는 그녀를 붙잡았다.

"문희 씨의 나이나 직업 등의 이유로 가수에 대해 쉽게 생각하기가 어렵다는 걸 잘 알고 있습니다. 하지만 가볍게 한 제안이 아니라는 걸 알아주셨으면 합니다. 문희 씨라면 충분히 다시 무대에 설 수 있습니다. 저도 좋은 방법을 생각해 보겠습니다. 조만간 다시 뵙겠습니다."

인문희는 강윤이 건네는 명함을 공손히 받아 들고 월드엔터테인먼트를 벗어났다.

길가의 여러 사람을 지나치며, 인문희는 복잡한 상념에 잠겼다.

'가볍게 한 제안이 아니라고? 무대에 다시 설 수 있다? 하아······.'

혹시, 진짜 가수가 될 수 있지 않을까?

집으로 가는 그녀의 머리는 갈수록 복잡해져 갔다.

인문희를 보내고, 강윤은 남은 일을 정리하다 희윤에게서 걸려온 전화를 받았다. 희윤은 인터넷에서 김지민이 출연한 '명곡의 탄생' 영상을 봤다며 호들갑을 떨었다.

─이번에 지민이 노래한 거 봤어. 우와. 완전······.

전화로 들려오는 동생의 놀라는 어조에 강윤도 같은 생각이라며 차분히 답했다.

"이번에 지민이가 정말 열심히 준비했거든. 소영이도 고생 많이 했고."

김지민과 박소영 사이를 조율하고, 계효민을 섭외했으며, 오케스트라 팀을 모아 거대한 무대를 만든 건 강윤 자신이었다.

하지만 그는 자신의 공보다 다른 이들의 수고를 더 언급하며 높여주었다.

―그래도 제일 수고한 건 오빠잖아. 그런 무대 만들려면 불협화음이 엄청났을 텐데…….

음악 이론뿐만 아니라, 프로듀싱에 대한 전반적인 수업을 듣는 탓에 그녀는 강윤의 고생을 잘 알고 있었다.

동생의 기특한 말에 강윤은 웃음으로 답했다.

"우리 희윤이, 다 컸네. 그런 기특한 말도 할 줄 알고."

―……원래 컸거든요? 하여간 맨날 애 취급.

"하하하."

남매간의 훈훈한 대화가 오가고, 희윤은 조심스럽게 다음 화제를 꺼냈다.

―내가 보낸 파일 받았어?

"재훈이 이번 곡 말이지? 이제 보려고."

―하아.

평소 곡을 보낼 때와는 다른 반응에 강윤은 의아해했다.

"왜 그래?"

―오빠. 그게…… 아니, 일단 보고 이야기하는 게 좋겠어.

강윤은 희윤이 보낸 악보 파일을 열었다.

차분히 멜로디를 검토하던 강윤은 중반부에서 눈이 동그래지더니, 후렴부에선 입이 쩌억 벌어졌다.

"잠깐. 이게 뭐야? 뭐가 이렇게 높아?"

후렴부 들어가기 전에 2옥타브 A, B를 넘나들더니 기어이 후렴에선 3옥타브를 넘어 C, 그리고 F까지 음이 치솟았다. 과거에 김재훈이 불렀던 노래와 거의 비슷한 음역이었다.

─……역시 안 되겠지?

희윤의 목소리에는 자신이 없었다.

월드엔터테인먼트에 오기 전, 김재훈이 무리한 스케줄을 수행하다 성대에 문제가 생겼다는 걸 그녀도 알고 있었다.

"키를 낮추는 게 낫지 않겠어? 이걸로 활동한다면 목이 상할 것 같은데?"

─나도 계속 말했어. 그런데 지르지 않으면 느낌이 안산다면서 말을 안 들어. 하아…… 음이 높다고 노래가 무조건 좋은 건 아니잖아. 오빠가 재훈 오빠 좀 말려줘.

전화기에서 짙은 한숨이 들려왔다.

강윤은 단호한 어조로 답했다.

"알았어. 무조건 말려야지. 이 곡 이대로 활동하면 성대에 무리가 올 거야."

─역시…….

"일단 내가 재훈이하고 이야기해 볼게. 폭탄을 지고 갈 필요는 없어."

-알았어. 그럼 난 오빠만 믿을게.

"재훈이는 내가 설득해 볼게. 아, 이번에 지민이하고 소영이, 거기로 가는 거 알지?"

-응. 소영이한테 연락 받았어.

한국은 명절과 함께 짧은 휴가가 시작되지만 미국은 아니었다.

졸업반이라 한국에 올 수 없는 희윤에게 박소영과 김지민이 가기로 결정했다.

"애들 왔다고 클럽 같은 데서 밤새지 말고."

-알았어. 나 시끄러워서 클럽 안 좋아해.

"하하하. 셋이서 곡 작업하면서 놀면 되겠네."

-에이. 놀러 온 사람까지 부려먹는 거야? 이 악덕 사장님 보게?

장난기 어린 동생의 말에 강윤은 크게 웃음을 터뜨렸다.

그 후, 개인적인 안부를 묻고는 통화는 마무리되었다.

"현아 곡 받고 재훈이가 고음의 맛을 알았나. 왜 이런 곡을……."

강윤은 의문을 품고는 짐을 챙겨 집으로 향했다.

집에 도착하니 거실의 불은 꺼져 있었고 김재훈의 방에서만 불빛이 새어 나오고 있었다.

똑똑.

강윤은 김재훈의 방문을 노크하곤 안으로 들어섰다.

"형. 오셨어요?"

"응. 잠깐 이야기 좀 할까?"

강윤은 김재훈의 침대에 앉았다. 그의 앞에 김재훈이 의자를 끌어다 앉자, 강윤은 차분히 본론을 꺼냈다.

"오늘 희윤이에게 네 곡을 받았어."

"아⋯⋯."

김재훈은 바로 강윤이 말하고자 하는 바를 알아챘다. 누구보다도 자신의 목에 신경을 쓰는 이가 강윤이었으니까.

"재훈이 너도 알겠지만, 난 가수의 생각을 가장 중요하게 생각해. 알고 있지?"

"네."

"하지만 무슨 일이 벌어질 줄 알면서 그런 곡으로 활동하게 할 순 없어. 미안."

강윤이 반대할 줄은 알고 있었다. 하지만 이렇게 단호하게 직접적으로 말할 줄은 생각하지 못했다.

김재훈은 순간 오기가 생겼다.

"형, 저 목 완전히 회복된 지 몇 년이 지났어요. 이만하면 괜찮을 거라 생각해요."

그의 말에 강윤은 고개를 흔들었다.

"완전한 회복이라. 성대가 나가면 완전한 회복은 없어. 약간 변형이 올 뿐이지. 지난번 고음이었던 현아 곡도 3옥타브 C가 최고였잖아. 더 올리고 싶어도 버겁지 않았어?"

"그건⋯⋯."

순간 김재훈은 멈칫했다.

그 반응을 보며 강윤은 차분히 말을 이어갔다.

"재훈아. 네 마음은 알겠지만, 이번 앨범 한번으로 활동 영원히 접을 건 아니잖아. 싱글 한번 내고 가수 안 할 거니?"

"⋯⋯."

"지금이 2000년대 초반도 아니고, 고음 높게 지른다고 누가 더 노래 잘하나 봐주는 시대도 아니잖아. 내 생각엔 지금의 네 목소리를 가다듬는 게 어떨까 싶어."

김재훈은 침묵했다.

강윤의 말에는 설득력이 있었지만 욕심을 떨치기 힘들었다.

'저 고집. 하여간.'

김재훈의 눈에서 고집을 읽은 강윤은 작게 고개를 흔들었다. 김재훈도 은근히 황소고집이었다.

하지만 이 부분은 타협의 여지가 없었다.

"재훈아. 이대로 가봐야 평행선이야. 네가 이렇게 나오면 난 이번 곡을 엎는 수밖에 없어."

"형. 그런⋯⋯."

강윤이 한번 한다면 한다. 사장의 기질을 김재훈이 모를까?

엄청난 초강수에 김재훈은 크게 당황했다.

자신이 활동을 시작하면 어떻게든 이익이 난다는 걸 김재훈은 잘 알고 있었다. 월드엔터테인먼트에서 에디오스 다음으로 이익을 내는 가수가 그였다. 그런데 곡을 엎겠다니.

고집을 부리던 김재훈이 주춤해지자 강윤은 차분히 말을 이어갔다.

"문제가 생길 걸 뻔히 아는데, 누가 불을 지고 섶에 뛰어들겠어? 차라리 안하는 게 낫지. 나중에 생각이 바뀌면 이야기하자."

강윤은 자리에서 일어났다.

그러자 김재훈이 그를 붙잡았다.

"자, 잠깐만요. 형."

김재훈이 조금 물러난 기색을 보이니 강윤이 그를 돌아보았다.

"왜?"

"그게……."

"생각이 바뀌면 말해줘. 아, 혹여나 그 곡으로 연습을 하거나 그런 일은 없길 바라. 네가 월드에 있는 한, 그 곡으로 앨범을 내는 일은 없을 거야. 네가 다른 소속사로 간다면 모를까."

이토록 강윤이 강하게 나오니 김재훈은 침을 꿀꺽 삼켰다. 그의 말은 농담이 아니었다.

강윤이 문을 나서려 할 때 김재훈이 다급히 외쳤다.

"잠깐! 알았어요. 안할게요."

"뭐라고?"

"……이 곡, 안 할게요. 안 하면 되잖아요."

김재훈은 결국 고집을 꺾었다.

그 말을 들은 강윤은 몸을 돌려 다시 자리에 앉았다.

"약속할 수 있어?"

"……네."

눈을 질끈 감으며 김재훈은 힘겹게 답했다. 포기하고 싶지 않았지만, 사장이 이렇게까지 나오니 별수 없었다. 게다가 그게 자신을 생각해서 그러는 거니…….

그러자 강윤은 차분한 어조로 말했다.

"알았어. 대신 나도 약속할게."

"약속이요?"

김재훈의 물음에 강윤은 강한 어조로 답했다.

"목에 무리가 가지 않으면서, 고음을 지르지 않아도 충분히 좋은 곡을 줄게. 실망시키지 않을 테니까 조금만 기다려 줘."

"네. 알았어요."

고음에 대한 아쉬움을 안고 김재훈은 고개를 끄덕였다.

'곡을 어떻게 입혀야 하나…….'

강윤은 악상을 떠올리며 머리를 쥐어짜기 시작했다.

"인 선생."

"…….."

"인 선생."

"…….."

점심시간이 지나 수업시간이 되었다. 그러나 인문희는 멍한 시선으로 깊은 상념에 잠겨 있었다.

'아직 늦지 않은 걸까? 그 사람은 아직 연락 한번 없고…….'

하지만 직장에서 멍하게 있으면 화를 부른다.

"인 선생!"

"네, 네!"

인문희의 뒤에서 눈을 가늘게 뜨고 있던 교감은 호통을 쳤다.

그제야 인문희는 화들짝 놀라며 뒤를 돌아보았다.

고개를 세차게 흔드는 인문희의 모습에 교감은 혀를 찼다.

"쯔쯧. 지금 5분 지났어요, 5분."

"네? 아, 에엣?!"

"에엣은 무슨. 수업 안 가나요?!"

인문희는 허둥지둥 수업자료들을 챙겨 서둘러 교실로 달려갔다.

교감은 급히 나서는 그녀의 뒷모습을 보며 고개를 흔들었다.

"쟤는 안 돼, 젊은 애가 열정이 없어."

인문희의 인사평가가 안 좋게 기록되는 순간이었다.

어린 학생들과 부대끼면서도, 그녀의 머릿속에 있는 상념은 쉽게 떠나가지 않았다. 칠판에 적는 숫자는 음표 같이 보였고, 들려오는 음성은 멜로디로 들리는 것 같았다.

'하아…….'

물 백묵을 힘겹게 놓으며, 인문희는 한숨을 내쉬었다.

도무지 집중이 되질 않았다.

지난 토요일, 오디션을 보고 온 이후로 계속 이랬다. 가수에 대한 미련을 떨치고 일상에 충실할 수 있을 줄 알았건만 실상은 그 반대였다.

"선생님."

"……."

"선생님."

"아, 미안. 왜 그러니?"

"선생님이 저 부르셨잖아요."

"그, 그랬니? 미안해."

심지어 노래에 대한 생각을 하느라 조금 전 여자아이를 부른 것조차 잊어버릴 지경에 이르렀다. 그녀는 작게 한숨지었다.

학생들이 아닌, 상념과 싸우느라 지친 하루가 그렇게 흘러갔다.

"휴우……."

다행히 오늘은 야근이 없었다. 추석이 가까워 온다고 학교 일이 줄어든 탓이었다.

인문희가 힘없이 털레털레 교문을 나서는데, 웬 남자가 그녀를 기다리고 있었다.

"아니, 사장님?"

"안녕하세요."

강윤이었다.

그는 엷은 미소를 지으며 그녀에게 다가왔다.

"불쑥 찾아와 죄송합니다. 혹시 시간 괜찮으신가요?"

"그게…… 네. 괜찮아요."

특별한 일정은 없었다. 아니, 오히려 강윤을 만나고 싶었다는 게 정답이었다.

저녁시간이라 강윤은 그녀와 함께 근처 레스토랑으로 향했다.

'아, 어떻게 말을 해야 하지?'

하고 싶었던 말은 많았지만 막상 강윤을 마주하니 인문희는 무슨 말을 꺼내야 할지 생각이 나지 않았다.

그러나 막상 강윤은 가수에 대한 이야기는 일절 하지 않았다.

그저 초등학교 이야기를 묻거나 누구나 공감할 만한 연예계 이야기를 하며 편안하게 대화를 이끌 뿐이었다.

스파게티를 포크로 돌돌 말며, 강윤은 조근한 어조로 말했다.

"담배를 처음 배우는 연령이 많이 내려갔다 들었습니다."

"네. 저희 반에서도 두 명이나 담배 문제로 붙들렸어요."

"저런…… 교사도 쉽지 않네요."

인문희는 질렸다는 어조로 담배 문제로 얽힌 학생들 이야기를 해나갔다. 부모님이 소환되어 왔는데 오히려 우리 애 기죽인다며 적반하장으로 나와 피가 거꾸로 솟았다는 이야기를 실감나게 해주었다.

강윤은 그녀에게 공감하며 고개를 흔들었다.

"과보호가 아이들을 망치는군요."

"제 생각도 그래요. 적당히 엄한 부모 밑에서 자란 애들이 더 착하고 모범적이었어요."

인문희의 학교 이야기로 한참이나 대화가 계속되었다.

메인 요리가 나오고, 빈 접시가 될 때까지.

분위기 있는 음악이 흐르는 가운데, 인문희는 괜히 강윤에게 미안해졌다.

'사장님도 분명 바쁜 시간 내서 왔을 텐데……'

결국, 인문희는 참지 못하고 이야기를 꺼내고 말았다.

"사장님. 그때 제안하신 가수 이야기 말인데요."

인문희는 정중하게 거절하려 했다. 그런데 강윤과 마주하니 쉽게 입이 떨어지지 않았다.

'노래, 하고 싶은데……'

이 기회를 놓치고 싶지 않았다. 하지만 적지 않은 나이, 안정을 포기하는 것도 쉽지 않았다.

"편하게 말씀하세요."

계속 말하는 것을 망설이는 인문희에게 강윤이 분위기를 풀어주었지만, 그녀는 쉽사리 입을 떼지 못했다.

이도저도 못하는 상황에서 그녀는 식탁 위에 풀썩 엎드리고 말았다.

"……으. 흑…… 흑."

"문희 씨?"

"으흑흑……."

결국 눈물이 왈칵 쏟아지고 말았다. 감정의 홍수가 터져
버리고 만 것이었다.

강윤은 당황스러웠지만, 그녀의 눈물이 멈출 때까지 조용
히 기다렸다.

이윽고, 붉어진 눈으로 그녀가 조심스럽게 고개를 들었다.

"……죄송해요. 아, 추태를 보였네요."

"아닙니다."

"이거…… 아, 부끄러워."

인문희는 손으로 얼굴을 가리더니 부채질을 했다. 부끄러
움에 얼굴이 후끈 달아올랐다.

그녀는 연신 부채질을 하더니 진정이 되었는지 자세를 바로
했다. 그래도 감정을 쏟아내니 조금은 정리가 되는 듯했다.

"……월드에 다녀온 후로 여러 가지를 생각했어요. 과연
월드에서 나의 어떤 면을 보고 스카웃을 제안한 건지. 과연
내가 다시 가수가 될 수 있을까. 이런 것들이요. 그런데……
솔직히 잘 모르겠어요. 사실, 크게 볼 게 없는데……."

"있습니다. 문희 씨가 누구보다 감정을 잘 싣기 때문입니다."

"감정을 잘 싣는다?"

인문희가 고개를 갸웃하자 강윤은 차분히 설명을 이어갔다.

"소리를 내는 스킬 등은 다른 가수들과 크게 차이가 나지
않는다고 생각합니다. 음색 차이야 있지만…… 이 부분은 트
레이닝을 통해 더 특색 있게 만들어야 할 부분이라 봅니다.

하지만 감정은 다릅니다. 이건 가르치기도 어렵고, 설명하기도 애매합니다. 전 이걸 높이 평가했습니다."

"아……."

"생각을 해봤습니다. 당장 직장을 그만두는 건, 저도 좋은 방법이 아니라고 생각합니다. 일단 학교를 다니면서 저희 회사에서 트레이닝을 받아보는 게 어떨까 합니다. 트레이닝을 받으며 3개월 뒤에 최종 결정을 하는 건 어떨까요?"

현실적인 제안이었다.

인문희의 얼굴이 눈에 띄게 밝아졌다. 그녀는 생각할 것도 없이 고개를 끄덕였다.

"그래도…… 괜찮을까요? 너무 폐를 끼치는 것 같은데……."

"하하하. 조금 손해이긴 하네요. 나중에 헤어지게 되더라도 홍보 잘해주세요."

강윤이 웃으며 이야기하자 인문희도 마주 웃으며 화답했다.

"물론이죠! 이런 호의를 받았는데 당연히! 저, 열심히 할게요."

"알겠습니다. 월드엔터테인먼트와 계약한 걸 환영합니다."

"잘 부탁드립니다, 사장님."

두 사람은 손을 굳게 잡았다.

모든 세대를 아우르는 트로트 가수로 이름을 떨칠 그녀와 강윤의 인연은 그렇게 시작되었다.

6화
인연의 절정

　민족 대이동의 날, 추석 연휴가 시작되었다.

　눈코 뜰 새 없이 바쁜 에디오스에 비해, 활동이 끝난 김지민은 한가했다.

　그녀는 덕분에 박소영과 함께 미국 휴가라는 좋은 시간을 가질 수 있었다.

　"이렇게까지 안 해주셔도 되는데……."

　공항 라운지에서 박소영은 강윤에게 미안함을 드러냈다.

　김지민도 스타를 챙기는 사장의 모습에, 직접 싸온 과일을 건네며 고마움을 전했다.

　강윤은 김지민이 직접 깎은 사과를 입에 넣으며 주변으로 시선을 돌렸다.

　"할머니는 어디 가셨니?"

　"화장실 가셨어요. 금방 오실 거예요."

김지민은 들뜬 목소리로 답했다.

미국행이라니. 김지민은 한껏 들떠 있었다.

'어른들도 많고, 희윤이도 있으니까 괜찮겠지.'

인력부족으로 매니저를 함께 보낼 순 없었다. 하지만 할머니도 있고, 희윤도 있으니 강윤은 크게 걱정할 일은 없다 여겼다.

아무래도 매니저가 있으면 일을 한다고 여길 수 있으니.

자유를 줄 때는 화끈하게 주는 것이 좋았다.

강윤과 함께 온 매니저가 수속을 마치고 올 즈음, 정길례 여사도 돌아왔다.

입구에서 강윤은 세 사람을 배웅했다.

"그럼 잘 다녀와."

"다녀오겠습니다."

박소영과 김지민이 고개를 숙이자 강윤은 손을 흔들었다.

그들을 배웅한 후, 강윤은 매니저와 함께 차에 올랐다.

강윤이 자연스럽게 운전석에 오르려는데, 매니저가 기겁을 하며 강윤에게 달려왔다.

"사장님. 운전은 제가 하겠습니다."

"괜찮습니다. 내가……."

"아닙니다!"

어느 직원이 사장이 운전하는 차를 타겠는가.

강윤은 어색한 미소를 지으며 뒷좌석에 탔다.

차 안에서, 강윤은 달력을 보며 스케줄을 정리했다.

'중국 약속이 다음 주였나? 국경절이 되기 전에 중국에 다녀와야 하는데……'

무려 일주일을 쉬는 중국 건국일. 춘절, 노동절과 함께 중국의 3대 황금 주라 불리는 기간이다. 그 기간이 되면 대부분의 중국 사람들이 쉬기에 일을 서둘러야 했다.

차가 공항을 나서는데, 비행기가 요란한 소리를 내며 착륙을 하는 모습이 강윤의 눈에 들어왔다. 그 모습을 보며 강윤은 생각했다.

'한류열풍이 심상치 않아. 관광은 말할 것도 없고 방송까지…… 미리미리 준비해 둬야 한다.'

강윤은 뒷좌석에서 차분히 서류를 보며 일을 준비해 갔다.

그가 회사에 도착하여 일을 하다 보니 어느덧 저녁시간이 되었다.

"저흰 이만 들어가 보겠습니다."

일을 마친 정혜진과 유정민이 퇴근하고, 사무실에는 강윤과 이현지가 남았다.

강윤의 책상 위에 음악 자료들이 잔뜩 쌓여 있는 모습에, 이현지가 질문을 던졌다.

"지민이 미국 가서 수업도 없을 텐데, 무슨 일 있나요?"

"오늘부터잖습니까."

"오늘부터라니, 아."

그제야 이현지가 기억이 났는지 손뼉을 쳤다.

오늘은 인문희가 연습생 신분으로 회사에 나오는 첫날이

었다.

이현지는 멋쩍은 듯, 혀를 내밀며 말했다.

"서류도 다 준비해 놓고 뭐람. 오늘 문희 씨와 연습생 계약 마무리할게요. 그나저나 연습생이 나이가 있으면 대하기 조금 힘든데……."

이현지는 쓴웃음을 지었다.

지위가 낮은 사람이 나이가 많으면 대하기 껄끄럽다. 나이를 중요하게 여기는 한국 문화의 영향이 컸다.

하지만 강윤은 괜찮다며 손을 저었다.

"재능은 확실합니다. 나이가 문제가 되진 않을 겁니다."

"후우. 사장님이 그렇게 말한다면야 확실하겠죠. 오늘 계약은 3개월만 하면 되지요?"

"네. 그쪽 의사도 중요하니까요."

이야기를 마친 강윤은 바로 스튜디오로 내려가 인문희를 맞을 준비를 했다.

잠시 기다리니, 스튜디오 문이 열리며 인문희가 들어섰다. 일을 마치자마자 왔는지 그녀의 표정에서 조금은 지친 모습이 드러났다.

"후우, 안녕하세요."

"어서 오세요, 문희 씨."

두 사람은 소파에 마주앉았다.

인문희가 강윤이 건넨 커피를 조심스럽게 마시고 있을 때, 이현지가 들어왔다. 그녀의 손에는 계약서가 들려 있었다.

"이건……."

인문희는 이현지가 건넨 계약서를 보며 잔뜩 긴장했다. 연습생이 된다는 사실이 실감났다.

그녀의 기분을 아는지 모르는지, 이현지는 강윤 옆에 앉아 차분한 어조로 설명했다.

"이제 문희 씨는 월드엔터테인먼트의 연습생이 되는 겁니다. 일단 계약기간은 3개월입니다. 3개월 뒤에 이 계약을 이어갈지 파기할지 다시 결정할 겁니다."

"아."

인문희는 고개를 끄덕이며 조항 하나하나를 꼼꼼히 살펴보았다.

'회사는 인문희에게 연습할 공간과 교육을 제공할 의무를 가지며, 인문희는 성실하게 연습에 임해야 할 의무가 있다? 세부 사항은 어디 있지…… 아, 여기 있다.'

계약서에는 자신이 받을 교육의 내용이 세세히 기록되어 있었다.

계약서에 세부적인 교육 내용과 의무를 기록한 것을 보니, 확실히 자신을 가수로 키우겠다는 의도가 강하게 느껴졌다.

'만만치 않겠구나.'

계약서를 모두 읽은 인문희는 작게 한숨을 내쉬었다.

여가시간은 물론, 앞으로의 인생이 크게 달라질 것 같은 그런 느낌이 들었다.

강윤은 계약서를 내려놓은 그녀에게 말했다.

"문제 있는 조항이 있으면 이야기하세요."

"아, 네."

시간이 부족하다뿐이지 크게 문제가 될 부분은 없었다.

인문희는 펜을 들어 사인했다. 그 모습에 이현지가 담담히 말했다.

"이로서 정식으로 월드엔터테인먼트 식구가 됐네요. 반가워요. 전 월드엔터테인먼트 이사, 이현지입니다."

"안녕하세요. 인문희입니다."

"음악적인 일 말고, 다른 필요한 사항이 있으면 저한테 이야기하면 됩니다. 그럼 잘 부탁해요."

이현지는 계약서를 챙겨 스튜디오를 나섰다.

서류 정리가 끝나자, 강윤은 본격적으로 연습에 들어가기 전, 음악에 대한 이야기로 수업을 시작했다.

"음악 이론을 모른다?"

정식으로 말을 편하게 하기로 한 강윤의 물음에 인문희는 작게 고개를 끄덕였다.

"……네. 무…… 문제가 되나요?"

"아니. 전혀."

혹여 능력 없어 보일까 움츠러든 인문희에게 강윤은 괜찮다며 손을 흔들었다.

대학가요제 출신에 잠깐이나마 가수 생활을 했기에 음악 이론을 알고 있을까 생각했는데, 전혀 그렇지 않았다.

"악기나 화성은 전혀 모르겠구나?"

"화성이 뭔가요?"

"쉽게 말하면 음을 연결하는 방법?"

"아아."

인문희는 메모지와 펜을 꺼내 강윤의 말 중 중요하다 생각하는 부분을 모두 적었다.

'노력하네.'

노력하는 그녀의 모습을 보며 강윤은 피식 웃었다.

확실히 배우고자 하는 의지가 느껴졌다.

"일단 음악 이론은 생각하지 말고, 노래부터 해보자. 발성이나 다른 부분은 전혀 생각하지 말고 편하게 부르면 돼. 내가 리스트 뽑아왔으니까 하나하나 해보면 돼."

인문희는 강윤에게서 곡을 적은 리스트를 받아들었다. 리스트에는 록부터 팝, 힙합에 트로트 등 각 장르를 대표하는 곡들이 적혀 있었다.

"건들지 마? 이 곡은 잘 몰라요."

"그건 빼고 하자. 부스로 들어가면 돼."

자리에서 일어난 그녀는 부스 안으로 들어가 마이크를 잡았다.

"아아. 아아."

오랜만에 들어간 부스가 어색한지, 그녀는 헤드셋을 쓰고는 볼을 긁적거렸다.

"잘 들려?"

"네. 아, 잠깐만요."

볼륨체크를 마치고 강윤은 신호를 보냈다.

록 음악 'Heart Act'의 MR이 흐르며 그녀의 목소리가 음표를 만들기 시작했다.

'역시.'

스피커들에서 나오는 음표들이 회색빛을 만드는 모습에 강윤은 눈썹을 꿈틀거렸다.

누구나 쉽게 부를 수 있는 무난한 록 음악이었지만, 그녀에게는 전혀 맞지 않는 듯했다.

'이 곡은 어지간한 가수들도 라디오에서 다 부르는 곡인데.'

취향도 타지 않고, 부르기도 쉬워 어지간히 노래를 잘하는 가수가 부르면 실력 있다는 평을 들을 수 있는 곡이었다.

그런데 회색이라니.

1절을 마치자마자 강윤은 마이크에 입을 가져갔다.

"다음 곡으로 넘어갈게."

"네."

곧 다음 곡, '바람은……'을 재생했다.

높지도, 낮지도 않으면서 매우 유명한 대표 발라드 곡이었다.

─그 바람 불어오면─ 난 그대를─

하지만 강윤은 이번에도 눈썹을 일그러뜨렸다.

그녀에게서 나오는 갈색 음표가 여러 스피커에서 나오는 MR의 음표들과 합쳐지며 옅은 검은빛을 만들어냈다. 온몸에서 느껴지는 찐득한 기운이 강윤에게 강한 영향력을 주고 있었다.

"다, 다음……."

간신히 1절까지 듣고는 강윤은 힘겹게 손짓을 했다.

그 이후 인문희는 댄스, 팝, 소울 등 여러 장르를 불렀지만 그녀의 노래는 계속 회색과 검은색을 반복해 갔다.

'이런 결과는 뭐…….'

설마가 사람을 잡는다는 게 이런 경우였다.

강윤은 허탈한 표정으로 계속 체크를 해나갔다.

그렇게 마지막 곡, 트로트를 대표하는 '고향생각'의 순서가 되었다.

인문희는 지친 와중에도 목소리를 가다듬고는 마지막 곡에 힘을 실었다.

-날 남겨두고 그대는 고향을 떠나갔지- 난 그대를 망부석이 되어-

오래된 느낌의 멜로디가 강윤의 귀를 간지럽게 했다.

그런데…….

'뭐야, 이거?'

강윤의 눈이 휘둥그레졌다.

음표들이 강렬한 하얀빛을 만들어내고 있었다. 70년대에 유행한 노래였다. 70년대 느낌의 편곡하나 하지 않은 MR을 그대로 타며 불렀지만, 인문희의 목소리가 그 MR의 단점을 소화하며 강한 빛을 만들어낸 것이다.

'차라리 목소리만 있다면 완전히 다르겠어.'

생각해 보니 그녀는 트로트를 부르며 목소리만으로 은빛을 만들어냈다. 반주가 발목을 잡은 격이었다.

1절을 지나 2절을 넘기니 하얀빛에서 이질적인 무언가가 피어나기 시작했다.

강윤은 확신했다.

'역시. 트로트 하나만 파야 해. 다른 장르는 보지도 말자.'

자신의 노래에 깊이 빠져든 인문희의 노래를 들으며, 강윤은 강하게 확신했다.

추석 연휴 첫날.

HMC 방송국의 특집 프로그램, '댄스 레볼루션'이 전파를 탔다.

전파를 타기 전부터 라이벌 가수의 대전이라는 점에서 '댄스 레볼루션'은 사람들의 많은 관심을 샀다.

특히 에디오스의 리더와 다이아틴 리더의 화끈한 댄스 대전은 방송이 끝나자마자 인터넷을 정민아 관련 기사와 댓글들로 도배해 버렸다.

-민아 완전 대박.

-공식 일인자 등극! 민아 완전 짱!

-난 진작 민아가 최고라는 걸 알고 있었다.

─실력하면 에디오스지.

─정민아 이기려면 8명이 아니라 80명은 데리고 와야 할 듯.

윤슬엔터테인먼트의 추만지 사장은 인터넷 반응을 보며 씁쓸한 미소를 지었다.

'결국…… 이렇게 되네.'

더 볼 것도 없었다.

다이아틴의 팬 카페에서도 이번 패배는 인정해야 한다며 한숨짓는 상황이었으니 말이다.

─추 사장 미침?

─강세경 거기 왜 내보냄? 돈독 오름?

─추만지는 무리도전을 찍은 겁니다. 사람과 기계의 한판 승부!

─세경이 불쌍해서 어쩔……ㅠㅠ

화살이 사장인 추만지 사장에게 날아오고 있었다.

'아, 씨. 난 반대했다고!'

팬 카페의 이상한 일치단결에 추만지 사장은 몸을 부들부들 떨었다.

"하하하하! 진짜요?"

희윤의 집에선 여자들 웃음소리에 접시 깨지는 소리가 들려왔다.

김지민은 희윤의 말에 깔깔대며 웃음을 터뜨렸고 박소영은 조용히 미소를 지었다.

"미치겠다니까. 지난번에는 화장실에 앉아 있는데 머릿속에 악상이 막 떠오르는 거야. 어어? 이거 지워지면 안 되는데? 적을 건 없고……."

"그래서 어떻게 했어요?"

김지민의 눈이 궁금함에 물들자 희윤이 손뼉을 쳤다.

"……그냥 바지 올리고 나가서 막 적었어."

"에에엑?! 진짜요?! 그럼 뒤처리도……?"

"그런 거 생각할 틈도 없었어. 기가 막힌 게 나오면 제정신이 안 든다고…… 그때 만든 게 'Speak Happy day'야."

"으…… 충격. 내 노래가 쾌변 곡이었다니……."

김지민은 한 손으로 코를 감싸 쥐었다. 그 반응에 희윤이 입을 가리며 웃었고, 박소영도 풋 소리를 냈다.

세 여인은 이야기로 꽃을 피웠다.

희윤은 강윤이 아닌, 다른 사람에게서 듣는 월드엔터테인먼트 이야기가 재미있었는지 눈을 빛냈고, 김지민과 박소영은 활동과 노래 이야기로 꽃을 피워갔다.

그때 희윤의 전화가 울렸다.

"어? 오빠다. 여보세요?"

희윤의 목소리가 반가움에 조금 높아졌다.

간단히 안부가 오가고, 전화에서 용건이 나왔다.

－재훈이 곡 작업은 잘되어 가니?

"재훈 오빠? 하아…… 어려워. 생각이 잘 안 나."

－그래? 시간이 많지는 않은데…….

강윤이 난색을 표하자 희윤의 안색도 조금 어두워졌다.

"……그래? 큰일이네. 그렇다고 이상한 곡을 줄 수도 없잖아."

－흠…… 희윤아. 이번에 미국에 간 애들하고 같이 해보는 건 어때?

"에? 소영이랑 지민이하고?"

강윤의 말에 희윤은 고개를 돌려 박소영과 김지민을 돌아보았다.

무슨 말인지 모르는 두 사람은 고개를 갸웃했다.

－재훈이 만족시키는 게 만만한 일이 아닐 거야. 소영이하고 머리 맞대면서 고민하면 좋은 게 떠오를지도 모르잖아.

"그건 그렇지만……."

희윤은 망설였다.

휴가 차 미국으로 온 친구에게 함께 일을 하자고 말을 하기가 미안해서였다.

그녀의 마음을 알았는지 전화기에서 부드러운 목소리가 들려왔다.

－소영이하고 같이 작업을 하는 게 너한테도 도움이 될 거야. 소영이가 네가 생각하지 못하는 걸 생각할 수도 있고, 너

도 소영이에게 없는 능력이 있으니까.

"그…… 렇지?"

오빠의 말은 틀린 적이 없었다.

그의 말에 긴가민가하던 희윤의 마음이 변했다.

―한번 같이해 봐. 지민이도 많이 가르쳐 주고.

"알았어. 해볼게."

잠시 망설이던 희윤은 결국 승낙했다.

―그럼 차 조심해. 특별한 일 있으면 바로 연락하고.

"오빠도."

통화를 마치고, 희윤은 통화에 귀를 기울이던 박소영 쪽으로 고개를 돌렸다.

"강윤 오빠가 뭐라고 하셔?"

"그게, 소영아."

희윤은 잠시 심호흡을 하고는 진지한 어조로 말했다.

"내가 이번에 재훈 오빠 곡 작업을 하고 있었거든. 그거 같이 작업해 보는 게 어떻겠냐 하더라고."

"아 그래? 오기 전에 들었었는데…… 그런데 괜찮겠어? 같이하는 게 쉬운 일이 아닌데……."

박소영은 조심스럽게 물었다.

공동 작업은 마음이 맞는 사람 사이도 틀어지게 만들 수 있는 쉽지 않은 일이었다.

"난 괜찮아. 소영아, 괜찮겠어?"

"나도 괜찮아. 지난번에 편곡한 실력도 보고 싶고. 그런데…… 관광은 하나도 못 할 텐데. 그건 조금 걱정?"

희윤으로선 새로운 방식에 환영했고, 박소영도 라이벌이면서 No.1 작곡가에게 배울 기회라 여겨 크게 반겼다.

"빨리 끝내고 놀러가지 뭐. 그럼 잘 부탁해."

희윤과 박소영은 의기투합했다.

남은 건 김지민이었다.

다행히 그녀도 생각이 크게 다르지 않았다.

"선생님 완전 놀라게 대작 하나 만들어 볼까요? 재밌겠는데요?"

"이 열정덩어리들. 아우."

희윤은 장난스럽게 박소영의 팔을 가볍게 때렸다.

"희윤아. 아파."

"히히. 잘 부탁해."

만만치 않은 과제가 던져졌지만 세 소녀는 단단히 뭉쳤다.

그들의 눈이 열정으로 강하게 빛나기 시작했다.

땅값이 천정부지로 치솟고 있는 서울 강남의 한 중심가.

화려한 빌딩숲 사이에 배경과 어울리지 않는 허름한 5층 건물이 있었다. 가게를 상징하는 흔한 간판, 네온사인 하나 없는 텅 비어 있는 듯한 건물이었다.

그러나 건물 5층에서는 은은한 보랏빛 조명과 함께 재즈 음악이 흐르고 있었다.

말 그대로 별천지였다.

1층 입구와 건물 여기저기에는 검은 정장을 입은 직원들이 단단히 지키고 있었고, 안에서는 배우도 울고 갈 만한 여성 바텐더들이 부드러운, 때로는 도도한 미소를 지으며 직원의 안내를 받아 오는 손님을 맞아주었다.

소위 아는 사람만 드나든다는 회원전용 바였다.

그곳에서도 VVIP만 모이는 2층에는 중견 트로트 가수 남훈이 편안한 얼굴로 술잔을 기울이고 있었다.

"크으……."

그는 호박빛 양주를 음미하며 가볍게 눈매를 찌푸렸다.

"오늘도 혼자 오신 건가요?"

이곳 최고의 에이스, 라라의 옥 굴러가는 목소리가 들려오자 남훈은 가볍게 고개를 흔들었다.

"아쉽게도 오늘은 아니야."

"그래요? 친구?"

"친구? 후후. 친구라고 하기엔 많이 어리지."

"어리다? 후후. 궁금해지네요. 우리 훈 씨가 데려오시는 분은 어떤 분일까요?"

라라가 미소와 함께 잔을 채워주었다.

남훈은 즐겁게 잔을 비워가며 입구로 눈을 돌렸다.

얼마 지나지 않아 엘리베이터 문이 열리며 정장을 입은 직원과 한 남자가 들어섰다.

직원의 안내를 받으며 2층으로 향하는 이는 강윤이었다.

그는 여기저기를 신기한 눈빛으로 둘러보며 탄성을 내고 있었다.

2층에서 그를 내려다보며, 남훈은 흐뭇한 미소를 지었다.

"저기 왔군."

"어라? 저분은…… 작곡가 뮤즈. 맞지요?"

"맞아. 알아?"

"저 팬이거든요. 뮤즈가 만든 곡들은 하나같이 명곡들이라…… 아쉽네요. 사인 받고 싶은데."

라라는 아쉬웠다.

들어도 듣지 못하고, 보아도 보지 못했다 해야 하는 것이 바텐더들의 생리다. 사인을 받는 건 꿈도 못 꿀 일이었다.

"어서 와요, 이 사장."

강윤이 2층에 들어서자 남훈은 가볍게 손을 들어 강윤을 맞아주었다.

"안녕하십니까. 전 제가 잘못 온 줄 알았습니다."

표정 하나 보이지 않던 강윤은 자리에 앉으며 그제야 당혹스러움과 탄성을 드러냈다.

오늘 자리는 정태성과의 콜라보 무대에 대한 보답이었다. 공적인 자리가 아닌, 사적인.

꽤 시간이 지났지만 강윤과 남훈 모두 시간을 맞추기 쉽지 않아 오늘에서야 만남을 가질 수 있었다.

"일단 앉아요. 라라. 인사해. 보고 싶어 하던 뮤즈, 이강윤 사장님이야."

"안녕하세요? 라라라고 합니다. 팬이에요. 반가워요."

고급스러운 드레스를 입고, 부드러운 미소를 짓고 있는 여성 바텐더의 모습에 강윤은 작게 탄성을 냈다.

'확실히 외모부터 다르구나.'

일반 바에서 일하는 여성과 다르게, 그녀에게선 기품이 느껴졌다. 키는 조금 작았지만, 주변을 부드럽게 감싸는 것 같은 분위기는 신비감마저 감도는 듯했다.

강윤은 그녀와 가볍게 인사를 하고 자리에 앉았다.

근황과 일에 대한 간단한 이야기가 오간 후, 본격적인 이야기가 시작되었다.

"이런 곳에서 보자 하셔서 놀랐습니다."

"내가 밥을 사기로 해놓고도 얼굴을 볼 수가 없어서……미안해서 내 비밀장소를 공개했네요. 대화상대가 필요할 때는 최고입니다."

"그렇습니까."

강윤은 씁쓸한 표정을 지었다.

남자의 이야기에 귀 기울여 주는 여자는 생각보다 만나기 쉽지 않다. 남훈의 말이 강윤은 십분 이해가 갔다.

남훈이 손짓하자 라라가 몇 가지 술을 섞어 칵테일을 만들기 시작했다. 화려한 쇼는 없었지만 예쁜 글라스에 푸른빛이 도는 칵테일이 담겼다.

"감사합니다."

강윤은 남훈과 잔을 부딪치고는 칵테일을 조금씩 넘겼다. 알싸하면서 달달한 느낌이 일품이었다.

술잔이 오가니, 남훈에게서 정태성과의 콜라보 무대에 관한 이야기가 나왔다.

"그때 무대는 내 인생에서 손에 꼽을 만한 무대였어요. 젊은이들에게 그런 환호를 받아본 게 얼마만인지…… 회춘한 기분?"

"회춘이라니요. 아직 한창때십니다. 그런 에너지 있는 무대는 아무나 소화할 수 있는 게 아닙니다."

"하하하."

남훈은 씨익 웃더니 강윤과 눈을 마주했다.

"이 사장, 고마워요. 내가 이 말을 하는 게 너무 늦은 것 같네."

"선생님."

"그 무대 이후 여러 가지가 변했어요."

매일 똑같이 반복되는 무대였다.

근 40년을 버텨온 베테랑이었지만, 다람쥐 쳇바퀴 돌아가듯 똑같은 식의 무대는 그를 질리게 만들고 있었다. 슬슬 은퇴를 생각할 정도로 마음이 심란했다.

하지만 강윤이 기획한 정태성과의 콜라보 무대가 그의 생각을 송두리째 바꾸어 놓았다.

"하하하하. 지금도 가끔 그날의 무대를 꿈꿉니다. 젊은이들과 함께 뛰는 열정의 무대! 이대로라면 10년은 더 뛸 수 있겠어요. 그 무대에서 내가 얻은 건 자신감이에요. 정말 고마워요."

남훈이 강윤의 손을 가볍게 잡았다.

강윤은 괜찮다며 고개를 흔들며 말했다.

"그동안 쌓여 있던 에너지가 무대로 표출된 게 아닐까, 전 그렇게 생각합니다. 저야말로 40년이 넘어도 새로운 무대를 꿈꾸는 모습에 많은 걸 느꼈습니다. 40년 동안 가수 생활을 이어왔어도 새로운 것을 찾고자 하는 열정. 그건 아무나 가질 수 있는 게 아니라 생각합니다."

"젊은 사람이 말을 잘하는군요. 허허."

남훈의 칭찬에 강윤은 어깨를 으쓱였다.

두 사람의 분위기는 화기애애했다.

간간이 라라가 이야기에 분위기를 더하며 빈 잔을 채웠고 2층의 분위기는 화기애애함을 더해갔다.

그런 분위기속에 강윤이 조심스럽게 물었다.

"선생님. 실례가 안 된다면 부탁…… 하나만 드려도 되겠습니까?"

"부탁? 말해 봐요."

남훈이 궁금한 표정으로 묻자 강윤이 잠시 생각하며 답했다.

"이번에 저희 소속사에 트로트를 지망하는 연습생이 하나 들어왔습니다."

"오? 트로트?"

남훈의 눈이 기쁨과 놀라움으로 물들었다.

새로운 인재가 항상 차고 넘치는 아이돌 가수와 달리, 트로트계는 항상 인재에 목말라 있었다. 밑바닥에는 수많은 가수들이 깔려 있었지만, 막상 사람들에게 사랑받는 트로트 가수는 기성 가수들을 제외하면 없다시피 한, 아이러니한 상황이었으니 말이다.

"네. 혹시 괜찮은 분이 있을지……."

강윤의 조심스러운 물음에 남훈은 대수롭지 않게 답했다.

"난 어떨까요?"

"네?"

순간, 강윤의 눈이 화등잔만 해졌다.

"선생님이 직접…… 말씀이십니까?"

"물론이지요. 왜 그런가요? 나로선 부족한가요?"

그 말에 강윤이 놀라 손사래를 쳤다.

가요계에서 40년을 버텨온 남훈이라면 말할 것도 없이 최고의 스승이었다.

"그럴 리가 있겠습니까. 다만……."

"다만?"

강윤은 잠시 망설이다 농담을 섞어 가볍게 답했다.

"선생님의…… 그러니까 선생님 같은 분을 트레이너로 모시면 돈이 얼마나 들겠습니까. 선생님 명성에 걸맞은 대가를 받으셔야 할 텐데요."

"돈? 후배를 키우는 일인데, 그까짓 돈이 문제일까."

그의 쿨한 반응에 오히려 강윤의 눈이 휘둥그레졌다.

돈은 중요한 요소였다. 대가 없이 교육을 받는다면 책임감을 느끼기 힘들 터. 차라리 투자한다 생각하고 대가를 치르는 것이 훨씬 나았다.

강윤이 뭔가를 생각하는데, 남훈이 한마디를 보탰다.

"그 전에, 그 지망생이 어떤 사람인지부터 봐야겠지요."

"그래야지요."

"트로트 지망생이라. 벌써부터 기대되는군요. 허허."

인재가 말라가는 트로트계를 걱정하는 한 사람으로서 남훈은 강윤의 말이 매우 반가웠다.

추후 필요한 것을 이야기하기로 하고, 그는 강윤과 방문 약속을 잡았다.

♪ ♫ ♪ ♫ ♪ ♪

'하아…….'

김재훈은 침대에 누워 멍하니 천장만 바라보고 있었다.

'아깝다, 아까워.'

며칠 전.

강윤에게 부르고 싶은 곡을 거부를 당한 이후 김재훈은 컴퓨터에 남아 있던 그 곡과 관련된 악보와 파일까지 모조리 지워야 했다. 만약에라도 그 곡을 연습하는 날에는 계약에 문제가 생길 거라며 으름장을 놓는 강윤에게 김재훈은 두려움을 느껴야 했다.

　'……이럴 때는 정말 무섭단 말이야. 쳇.'

　김재훈은 투덜대며 방안에서 나오지 않고 있었다.

　음악작업도, 활동도 아무것도 하고 싶지 않았다.

　그 나름대로의 반항이었다. 하지만 그걸 알면서도 강윤은 눈 하나 깜빡하지 않았지만.

　'연습이나…… 에이.'

　몇 번이나 자리에서 일어났다 앉았다를 반복하며, 김재훈은 시간을 그렇게 흘려보내고 있었다.

　그러나 시간만 축내기도 지겨운 법.

　멍하니 천장만 보기도 힘들어 컴퓨터를 켰다.

　-연습생이 가장 닮고 싶은 가수, 1위 주아.

　-민진서 등장에 ㅒ 공항 마비사태, 음반 발매 발표?

　-헬로틴트 리더 리아 숨 막히는 비키니 뒤태.

　인터넷을 보니 첫 포문을 여는 기사들은 MG엔터테인먼트 소속 연예인 관련 기사들이었다.

　'기레기들 진짜…….'

　김재훈은 '숨 막히는 어쩌고'를 누르려다 그만두었다. 결국 사진 하나에 볼 것 없는 기사의 양산이라는 걸 잘 알았으니 말이다.

　그때, 그의 핸드폰이 울렸다.

―재훈 오빠. 메일에 악보하고 음악파일 보냈어요. 보시고 연락주세요.

희윤에게서 온 문자였다.

김재훈은 서둘러 메일을 열었다. 악보와 음원이 첨부되어 있었다.

그는 컴퓨터에 다운받아 파일을 열었다.

'이건?'

관련 파일들을 듣고 보는 김재훈의 눈에서 이채가 어렸다.

푸동(浦東)국제공항.

다른 말로 상하이 신공항에 도착한 강윤은 수속을 끝내고 입국장을 나섰다.

'중국……'

공항을 나서며 강윤은 감회에 젖어들었다.

과거, 실패만 거듭하던 자신이 이제는 중국시장 진출을 위해 상해까지 왔다. 갈수록 발전하는 모습이 기뻤고, 즐거웠다.

강윤은 시계를 보며 일정을 체크했다.

'이사님이 데리러 올 사람이 있다고 했지?'

주차장 E구역의 3번 존으로 가서 서 있으면 그를 데리러 올 사람이 있을 거라 했다. 홀로 관계자들을 만날 것을 생각하며 여러 가지를 준비해 온 강윤으로선 행운이었다.

'누굴까?'

이현지는 자신의 친구라는 말만 되풀이하며 누구인지는 가르쳐 주지 않았다.

강윤은 의문을 품고 그녀가 말한 E구역의 3번 존으로 향했다.

'여긴가?'

도착해 보니 주차장이었다. 전방은 시내로 빠져나가는 도로가 위치해 있었다.

강윤은 인도에 서서 조용히 자신을 데리러 올 이를 기다렸다.

10분, 20분.

30분을 기다렸지만 차들만 씽씽 지나갈 뿐 픽업한다는 이는 나타나지 않았다.

'왜 이렇게 안 와?'

중국에 있을 수 있는 시간이 그리 길지 않았다.

그는 조금이라도 시간을 아껴 쓰고 싶은 마음에 괜스레 초조해졌다.

시간이 더 지나 강윤이 핸드폰을 들었을 때였다.

멀리서 쉽게 보기 힘든 붉은 스포츠카 한 대가 빠른 속도로 강윤 쪽으로 질주해 왔다.

'공항 안에서 뭐하는 거야?'

거친 운전에 강윤은 잔뜩 눈살을 찌푸렸다.

그런데 그 차가 하필이면 강윤 앞에 서는 게 아닌가? 그러더니 차 문이 열리며 한 여성이 모습을 드러냈다.

"선생님."

"지, 지…… 진서?!"

상상도 못한 여성의 모습에 강윤의 눈이 화등잔만 해졌다.

그가 크게 당황스러워하자 여성은 재미있는지 웃음을 터뜨렸다.

"일단 타세요. 가면서 이야기해요."

강윤을 선생님이라 부르는 그녀.

그를 마중 나온 여인은 다름 아닌 민진서였다.

당황할 틈도 없이, 강윤은 서둘러 민진서의 차에 올랐다.

민진서는 익숙하게 차를 운전하며 공항을 벗어났다.

공항에서 벗어나자 강윤은 그제야 당황스러운 감정을 드러냈다.

"어떻게 된 거니? 어떻게 알고 온 거야?"

한국뿐만 아니라 중국에서도 스타라 눈코 뜰 새 없이 바쁜 그녀이기에 이런 사소한 일에 시간을 냈다는 것이 괜스레 미안해졌다.

민진서는 씨익 웃으며 자초지종을 이야기했다.

"이번에 한국에 들어가면 월드에 가보려고 전화를 했었거든요. 그런데 이사 언니가 선생님이 여기로 넘어온다고 말해줬어요. 그래서 제가 마중 나온다고 했죠."

"이사님도 참…… 괜한 말을 해서는."

강윤은 작게 한숨을 쉬었다.

민진서는 황푸 강을 가로지르는 다리로 진입하며 화제를

바꿨다.

"여기 이틀 정도 계실 거죠?"

"그럴 생각이야. 시내에 숙소 잡아놨으니까 거기까지만 태워다줘. 아, 픽업도 해줬는데 이렇게 보내는 건 예의가 아니지. 시간 괜찮으면 차 한잔 대접할게."

"진짜요? 그런데 쉽진 않을 텐데……."

민진서는 기대감과 걱정을 동시에 드러냈다.

워낙 그녀가 이름을 알린 스타이다 보니 밖에서 가볍게 차 한잔 마시는 것도 쉬운 일이 아니었다.

그녀의 마음을 아는지, 강윤은 걱정 말라며 목적지를 이야기했다.

두 사람이 도착한 곳은 상해 예술지구에 있는 세월의 흔적이 고스란히 묻어 있는 전통 누각이었다. 겉은 허름했지만 높은 사람들이나 연예인, 이름난 사람들이 주로 드나든다는 찻집이었다.

"여긴……."

'연화각(蓮花閣)'이라 쓰인 입구 앞.

스카프 위로 민진서는 눈을 휘둥그레 떴다.

"여기 유명한 곳이잖아요. 류웨이한테 들었는데…… 역시 선생님은……."

민진서는 강윤을 보며 감탄사를 연발했다.

연화각은 유명인이나 정치인, 유력 인사들이 주로 드나든다는 고급 찻집이었다.

일반인들의 출입이 드물어 편히 즐길 수 있다는 말을 들은 적이 있었다.

이런 곳을 강윤이 알고 있다니…….

가뜩이나 두터운 콩깍지가 한 꺼풀 두꺼워졌다.

강윤은 머쓱한 얼굴로 말했다.

"중국에서 일을 하기 위해선 당연히 알고 있어야 하는 곳이니까."

"그랬구나……. 저도 말만 들어봤지 와보는 건 처음이에요. 여기 엄청 비쌀 텐데……. 안 되겠다. 선생님. 그냥 가요."

차를 맛보고 싶은 마음은 굴뚝같았지만, 강윤이 큰돈을 쓰는 걸 원하지 않았다.

하지만 강윤은 괜찮다며 그녀의 손을 잡았다.

"선생님."

"괜찮아. 지난번에 우리 애들이 네 별장에서 신세졌잖아. 이 정도는 해야지."

"그거야 힘든 일도 아니고……."

"진서야. 선생님이 말하면 들어야지."

이렇게 나오면 방법이 없었다.

결국 민진서는 졌다는 듯, 강윤의 손에 이끌려 안으로 들어섰다.

'헤헤.'

물론, 그에게 이끌려 들어가면서 입가에 지어지는 미소는 어쩔 수 없었다.

'확실히 예…… 내가 무슨 생각을.'

잠깐 민진서를 돌아보았다가 강윤은 얼굴을 살짝 붉힌 채 서둘러 고개를 돌려 버렸다.

허름한 겉과 달리 내부는 화려했다.

중국인들이 선호한다는 고급스런 붉은빛 기둥에 창에서는 햇빛이 스며들었다. 그리고 노란 창호지에 스미는 전등 빛이 고급스런 분위기를 연출하고 있었다.

강윤은 민진서를 이끌어 인공폭포가 가장 잘 보이는 꼭대기로 향했다.

고풍스러운 풍경에 민진서가 입을 벌렸고, 강윤은 자연스럽게 주문을 했다. 곧 치파오를 입은 여직원이 단아한 모습으로 다가와 차를 따라주었다.

강윤이 그 모습을 멍한 눈으로 바라보자 민진서가 손가락으로 그의 옆구리를 찔렀다.

"응? 왜 그러니?"

"선생님. 어딜 그렇게 보세요?"

"분위기가 너무 좋아서. 여기 분위기하고 치파오가 너무 잘 어울리지 않아?"

"……별론데."

민진서가 뜻밖에 불퉁한 반응을 보이자 강윤은 영문을 모른 채 눈을 껌뻑였다.

"그래? 예쁘지 않아?"

"잘 모르겠어요."

민진서는 딴청을 피우며 스카프를 벗었다.

그러자 치파오 차림으로 단아하게 차를 따르던 직원의 동공이 크게 확장되었다.

중국에서 이름을 알리는 민진서를 알아본 모양이었다.

'알았으면 그냥 가.'

민진서가 강윤 모르게 눈짓을 하자 직원은 서둘러 차를 따른 후, 빠른 걸음으로 사라졌다.

그제야 민진서는 웃으며 차향을 음미했다.

"음, 차향이 아주 좋아요."

"……직원 서비스가 조금 별론 것 같은데."

"왜요? 차향도 좋은데."

강윤은 여유 있는 다도를 생각했다가 직원이 차를 버리듯 따르고 가버리자 실망을 감추지 못했다.

모름지기 이런 고급 찻집은 서비스가 생명이거늘.

"……차도 한서 이사님이 타주시는 것만 못하네."

"맞아요. 한서 이사님 차가 최곤데…… 이번에 가면 한잔 부탁해야겠어요."

민진서는 찻잔을 내려놓고, 양손을 턱에 괴며 강윤과 눈을 마주했다.

"준비는 잘되어 가시나요?"

주어가 없었지만 강윤은 눈치로 그녀가 말하고자 하는 바를 알아챘다. 소속사 문제였다.

"준비야 하고 있는데 만만치가 않네. 시간이 조금 걸릴 것 같아."

예산 문제는 시간이 해결해 줄 것이다.

진짜 문제는 민진서가 온 이후였다.

MG엔터테인먼트보다 나아져야지, 오히려 나빠지면 그건 받아들이지 않는 게 나았으니까. 이를 위해 강윤은 여러 가지를 알아보고 있었다.

민진서는 아쉬웠지만 강윤을 보채지는 않았다.

"그래요. 선생님이 하시는 일이니까…… 믿을게요."

온전한 믿음.

민진서가 강윤에 대해 가지는 마음이었다.

그녀의 투명한 눈동자와 햇살이 겹치며, 강윤은 순간 숨이 막히는 기분을 느꼈다.

"흠흠……."

"선생님?"

강윤이 눈을 몇 번이나 비비자 민진서가 의아하게 그를 바라보았다.

그러나 강윤은 이내 괜찮다며 손을 들었다.

"아무것도 아냐. 아무튼 조금만 기다려 줘. 알았지?"

"네."

민진서는 고개를 끄덕이며 다시 찻잔을 들었다.

강윤도 차향을 음미하며 눈을 감았다.

'MG가 심상치 않아. 지금 건물을 지을 때가 아닌데…….'

대체 그들은 무슨 생각을 하는 건지.

엉뚱한 곳에 예산이 사용되기 시작하면 민진서 같은 스타들이 더 고생할 것은 불 보듯 뻔한 일. 기왕 마음먹은 이상 빠르게 일을 진행하고 싶었다.

두 사람은 이야기를 이어가다 화제를 다른 곳으로 돌렸다.

"에디오스 언니들은 잘 있지요?"

"응. 다들 바빠. 여기저기 부르는 곳이 많거든."

"저도 파인스톡에서 언니들 활동하는 걸 가끔 봐요. 인터넷이 느려서 자주 보지는 못해도 예쁜 자료들도 많아서 찾아보게 되더라고요. 스케줄까지 나와 있으니 언니들이 뭐하는지 단번에 알 수 있었어요. 친숙하게 다가오던데요? 요새 얼마나 바쁜지도 알 수 있었고요."

"그동안 오래 쉬었잖아. 애들이 미국에서 너무 일이 없어서 돈독이 올랐어."

"풋. 돈독이래. 하하하."

민진서는 풋 소리를 내며 웃음을 터뜨렸다.

그러다가 민진서는 뭔가 다른 게 생각났는지 손뼉을 쳤다.

"어라? 난 다른 걸 봤는데요. 파인스톡 게시판 보니까 '에디오스 굴려대는 악덕사장 물러나라'고 말하던데……?"

"뭐라고? 이것들이…….

"하하하하."

강윤의 반응에 민진서는 웃음을 터뜨렸다. 그러다가 가볍게 얼굴을 구기며 말을 이어갔다.

"역시 사람들이 이상한 거였어. 잘 알지도 못하면서 우리 선생님한테."

"진서야. 왜 그래?"

"생각해 보니 조금 화가 나서요. 악덕사장이라니요? 우리 선생님만큼 좋은 사장이 어디 있다고. 하여튼 웃기는 짜장들이야 진짜."

민진서가 화를 내자 도리어 강윤이 당황했다.

"에이, 그냥 웃자고 한 말이겠지."

"하여간, 조금 그래요. 걸리면 가만 안 두⋯⋯."

"진서야, 진서야!"

팔을 걷어붙이며 워리어로 변신하려는 민진서를 뜯어말리며 강윤은 진땀을 뺐다.

그러면서 강윤은 의아하게 생각했다.

'귀엽네. 이런 애인 하나 있으면 좋⋯⋯ 아니, 내가 무슨 생각을⋯⋯.'

강윤은 고개를 세차게 저었다.

제주도에서부터 오늘까지. 아니, 그 이전부터 가랑비에 옷 젖듯, 민진서에 대한 마음이 자리했다는 것을 강윤은 그제야 인식하기 시작했다.

'진서다, 진서라고. 정신 차려.'

하지만 조금씩 두근거리는 가슴을, 나이를 비롯한 여러 가지 생각에 강윤은 말도 안 되는 상상이라며 고개를 세차게 저었다.

월드엔터테인먼트에서 조금 떨어진 곳에 있는 포장마차.

퇴근한 직장인들로 북적이는 그곳에 이현지가 천막을 열며 들어섰다.

"왔구나."

"선배."

먼저 플라스틱 테이블에 자리를 잡고 있던 최찬양 교수는 선한 미소로 그녀를 맞아주었다. 이미 한잔하고 있었는지 테이블에는 소주 1병과 간단한 안주들이 세팅되어 있었다.

이현지는 잔과 술, 안주거리를 주문하고는 자리에 앉았다.

"선배, 갑자기 웬 포차예요?"

"그냥, 옛날 생각이 나서?"

"옛날엔 자주 마셨었죠. 전 술이 약해서 맨날 전이나 만들고……."

"그랬었지."

이현지는 그와 잔을 부딪치고는 단숨에 넘겼다.

알싸한 술기운이 조금씩 올라오며, 입이 가벼워지기 시작했다.

"요새 연애는 잘하고 있어요?"

"네가 퇴근만 잘 시켜준다면?"

"……내가 그 꼴 보기 싫어서 늦게 보내주는 거 알아요? 언제부터 혜진 씨랑 그렇고 그런 관계가 되어가지고는……."

이현지가 눈을 부라리며 투덜거리자, 최찬양 교수는 눈웃음을 지으며 부드럽게 넘겼다.

"좋은 사람이었어. 놓치기 아까운 사람이라……."

"혜진 씨 괜찮죠. 일도 잘하고, 싹싹하고. 아, 우리 사장님이나 어떻게 해야 하는데……."

최찬양 교수는 차마 '너부터 좀……'이라는 말을 하지 못했다.

그는 화제를 전환했다.

"내가 혜진 씨와 이야기하다 나온 건데, 좋은 아이디어가 있어."

"아이디어요?"

"요즘 UCC 영상들이 많이 올라오잖아. 재미있는 것들은 화제가 되기도 하고, 방송에 나가기도 하잖아. 소속 가수들이 UCC를 만들어 올리면 어떨까?"

"UCC요?"

"이런 거야. 지민이와 현아가 함께 노래하는 영상을 올린다던가, 재훈 씨랑 리스 씨가 잼을 하는 모습을 UCC로 올리는 거지. 아니면 소속 가수 모두가 노래하는 영상을 올린다던가."

나쁘지는 않은 제안이었지만, 아무래도 혼자 결정할 사항은 아닌 것 같았다. 아무래도 이미지의 소모를 가져오는 일이라 신중을 기해야 할 것 같았다.

"일단 사장님한테 이야기를 해봐야겠네요."

"나쁘진 않지?"

"네. 일단 재미있을 것 같네요."

생각지도 못한 조합이 나오면 사람들이 많은 흥미를 느낄 수 있을 듯했다.

이현지는 메모지에 방금 오간 이야기들을 적어나갔다.

중국 관영 방송사 CATV 관계자와의 만남 이후, 강윤은 짧은 한숨을 내쉬었다.

'반응이 괜찮은걸?'

CATV는 한류에 관심이 많았다.

특히 한국의 유명한 가수인 에디오스에 많은 관심을 기울였고, 중국에 진출한다면 첫 방송 출연을 CATV로 해달라는 뜻을 은연중에 비쳐왔다. 강윤은 확답보다 가볍게 분위기를 만들어가며 화기애애함 속에 대화를 마무리 지을 수 있었다.

'그것보다…….'

문제는 오히려 엉뚱한 곳에 있었다.

강윤은 지하 주차장에 있는 빨간 스포츠카의 유리를 가볍게 두드렸다. 그러자 유리창이 내려가며 한 여인이 모습을 드러냈다.

"……으응, 선생님, 오셨어요?"

잠깐 졸은 듯한 민진서가 웃으며 문을 열어주었다.

누가 볼까하는 마음에 강윤은 서둘러 차에 올랐고, 차는 이내 빠르게 방송국을 벗어났다.

"피곤할 텐데, 가라니까."

원래 강윤은 혼자 중국에 있을 계획이었다. 그럴 생각에 틈틈이 중국어도 공부했고, 오늘 그 덕을 봤다.

그런데 민진서가 운전기사를 자처하며 일정에 계속 함께 하니…….

강윤은 미안함과 부담스러움이 함께했다.

'거절하면 되는데 왜 못 해가지고선…….'

평소의 그라면 무슨 수를 써서라도 거절했을 텐데, 오늘은 그러지 못했다.

그 스스로도 이해할 수가 없었다.

그의 마음을 아는지 모르는지, 민진서는 활기찬 목소리로 말했다.

"이제 숙소로 가시는 거죠?"

"그래야지. 거기 위치가…….'

"거기 말고, 제가 아는 곳이 있어요."

"응?"

강윤의 눈이 휘둥그레졌지만, 민진서는 익숙하게 차를 몰고 목적지로 향했다. 100층 가까이 되는 높은 호텔이었다. 소위 별이 다섯 개나 된다는 최고급 호텔이었다.

호텔에 가까워지자 강윤은 당황한 목소리로 민진서를 제지했다.

"진서야. 이런 곳까지 필요 없어."

"제 사장님이 되실 분이잖아요. 품위 없게 이상한 곳에 머무르면 안 돼요."

"허……."

이상한 논리에 강윤은 아무 말도 하지 못했다.

곧 차는 고급호텔 입구에 섰고, 직원이 달려왔다.

[어서 오십시오.]

민진서는 주차요원에게 키를 주고는 강윤을 이끌어 로비로 향했다. 그러자 당황한 건 강윤이었다.

"진서야. 이렇게까지 안 해도……."

강윤이 애써 말했지만 민진서는 귀를 막기라도 한 듯, 그의 손을 꽉 붙잡고는 프론트로 향했다.

'얘가?'

강윤은 당황스러움과 두근거림 등 갖가지 감정이 뒤섞여 그녀에게 이끌려 갔다.

[어서 오십시오.]

[방 두 개 주세요. 스위트룸으로요.]

보통 남자가 여자를 끌고 올라가지만, 지금 상황은 뭔가가 거꾸로 되었다.

그래도 룸이 두 개라는 말에 강윤은 한숨을 쉬었다.

'무슨 기대를 하는 거냐.'

강윤은 스스로도 어이가 없어 고개를 흔들었다.

"선생님, 가요."

"어, 그…… 그래."

멍하니 서 있던 강윤은 그녀에게 이끌려 엘리베이터에 올랐다.

'이건 뭐 크게 말을 할 수도 없고…….'

엘리베이터가 높이 올라갈수록, 강윤의 머릿속은 복잡해졌다.

괜히 사람들의 시선이 쏠렸다간 그녀에게 해가 될지도 몰랐다. 게다가 방도 두 개였다. 비싼 룸값은 나중에 치르자는 생각을 하며 지금은 순순히 따라가기로 마음먹었다.

우여곡절 끝에 강윤은 스위트룸에 입성했다.

"멋있네……."

스위트룸이 괜히 스위트룸이 아니었다.

상해의 화려한 야경이 한눈에 들어오는 넓은 창가, 방 곳곳을 메운 편의시설에 깔끔하면서 수려한 욕실 등등. 지금까지 접해보지 못한 스위트룸의 신세계는 강윤을 멍하게 만들었다.

짐을 정리하고, 강윤은 욕실에서 몸을 씻었다.

드라마나 영화에서 나오는 대로 와인 한잔의 여유 등은 생각할 수도 없었다.

'진서…….'

중국에 오자마자 그의 일정은 그녀에게 이끌려 폭풍같이 지나간 것 같았다. 더 웃긴 건 민진서가 아니라 강윤 자신이었다.

'난 왜 오늘 거절을 못 했지?'

빛나는 상해의 야경을 보며, 강윤은 잠시 생각에 빠졌다.

이현아나 정민아가 자신에게 조금은 다른 마음을 가졌다는 것은 조금은 눈치채고 있었다. 사장과 소속 연예인이라는 신분과 나이 차이 등으로 경계하고, 또 경계해 왔다.

그런데 민진서는?

엄밀히 배우라는 세계는 강윤과 거리가 멀다. 그런데도 그는 민진서와 가까워졌고, 그녀의 기초를 다져줬으며 누구보다도⋯⋯.

가까워졌다.

'⋯⋯후우.'

머릿속이 혼란했다. 아니, 정확히는.

민진서로 차 있었다.

'⋯⋯모르겠다. 어떻게 해야 할지.'

딩동.

쓸쓸한 표정으로 침대에 걸터앉아 쉬려는데, 초인종 소리가 들려왔다.

"룸서비스 시킨 적 없는데. 누구지?"

강윤은 의아한 생각에 밖으로 나갔다.

문 앞에는 머리가 촉촉이 젖은 민진서가 서 있었다.

"쉬시는데 죄송해요. 잠깐 들어가도⋯⋯ 될까요?"

"어? 그, 그래."

강윤은 조금은 망설이며 답했다.

그러자 그녀는 옅은 비누 향을 풍기며 강윤을 지나쳐 안으로 들어섰다.

'향 좋다. 아니, 내가 무슨 생각을…….'

누구에게서도 이런 향을 느껴보지 못했었다.

강윤은 주체하지 못하는 마음을 떨치려 세차게 고개를 흔들었다.

"저도 이런 건 처음 봐요. 우와……."

민진서는 창가에 자리한 테이블에 앉아 작게 탄성을 냈다.

화려하게 수놓인 야경이 그녀의 마음까지 환히 밝혀주는 듯했다.

강윤은 창가에서 눈을 떼지 못하는 그녀에게 다가가 물었다.

"뭐 마실래?"

"음. 우리 분위기 한번 내볼까요? 와인 어때요?"

"와인? 뭔가 이상한데?"

분위기가 묘하게 돌아가는 것 같았지만, 강윤은 전화기를 들어 룸서비스를 신청했다.

얼마 지나지 않아 룸서비스가 올라와 와인 테이블을 세팅해주었다.

강윤은 와인을 따서 그녀에게 따라주었고, 민진서는 눈을 감으며 은은한 와인 향을 음미…….

"으, 맛없어……!"

……하지는 못했다. 와인의 깊은 향을 느끼기에 그녀의 입

맛은 소위 '초딩입맛'이었다.

그녀에겐 와인이나 소주나 크게 다르게 느껴지지 않았다. 술중의 술은 와인이라며 칭찬을 아끼지 않았던 동료들의 말이 거짓말이라고 까지 느껴질 정도였다.

순간적으로 찌푸려진 그녀의 표정에 강윤은 웃음을 터뜨렸다.

"하하하하."

"……선생님. 웃지 마세요."

"미안미안. 하하하."

가히 완벽에 가깝다는 외모와 반전되는 모습은 큰 웃음을 주었다.

강윤은 간신히 웃음을 멈추고 말했다.

"초딩입맛은 여전하구나."

"초, 초딩입맛이라니요. 저 애 아니에요."

"하하하. 맵고 짜고 단 것을 좋아하는 입맛이라는 말이야."

'초딩입맛'이라는 말이 아직 사용되지 않던 말이긴 했다. 강윤 앞에서 어려 보이기 싫었던 민진서가 발끈할 만했다.

강윤은 과일을 포크에 찍어 내밀며 말했다.

"자자. 우리 진서, 아."

"아, 진짜…… 선생님."

민진서는 부끄러워하면서도 살짝 입을 벌려 강윤이 준 과일을 직접 받았다.

'으, 부끄러…….'

그러더니 양손으로 얼굴을 가리며 빨개진 얼굴을 가렸다.

'귀엽네.'

강윤은 웃음을 숨길 수 없었다.

처음, 비누 향을 풍기며 들어왔을 때 잔뜩 긴장했던 초반과는 달리 지금은 분위기가 많이 풀어졌다. 덕분에 마음을 조금은 차분하게 다질 수 있었다.

맛없다는 와인을 옆으로 밀어놓고, 가볍게 다과를 즐기며 두 사람은 이야기를 시작했다.

민진서는 눈을 빛내며 강윤과 눈을 마주했다.

"선생님은 왜 기획자가 되셨어요?"

생각지도 못한 질문에 강윤은 조금 당황했다.

그 모습에도 민진서는 눈을 빛내며 가볍게 강윤을 보챘다.

"혹시 곤란한 질문…… 이었나요? 가르쳐 주시면 안 되나요?"

"그런 건 아닌데……."

"……전 선생님 믿고 저에 대한 많은 걸 말했는데, 막상 전 선생님에 대해 아는 게 없어요. 이건 불공평해요. 저도 알고 싶어요."

제주도에서 들은 강윤에 대한 이야기는 쏙 뺐다.

강윤은 어색한 웃음을 지었다. 생각해 보니 자신에 대해 이야기한 게 별로 없었다.

그녀의 반짝이는 눈을 보니 가볍게 넘어가기도 쉽지 않을 듯했다.

'뭐, 상관없겠지.'

민진서가 남도 아니고.

강윤은 짧은 한숨과 함께 이야기를 시작했다.

"누구한테 이런 말을 해본 적은 없었는데…… 막상 하려니 조금 부끄럽네."

"제가 처음인가요? 이거 영광인데요?"

"그러게. 이 바닥은 적당히 거리를 유지해야 살아남을 수 있으니까."

"그건 조금…… 그러네요. 마음 둘 곳도 없고."

강윤의 말에 공감하며, 민진서도 쓴 웃음을 지었다.

씁쓸한 기억을 떠올렸는지 강윤은 와인을 한 모금 입에 가져갔다.

"내가 매니저를 하던 시기는 기획사라는 개념이 막 자리 잡아가던 시기야. 나도 사실 돈이 된다는 소문만 듣고 아는 분을 통해 매니저가 됐었고. 매니저를 하는 당장에는 돈이 안 돼도 미래에는 큰돈을 벌 수 있다는 말을 듣고 이 바닥에 뛰어들었지."

"아아……."

"그때 난 내가 담당할 첫 스타를 만났어. A양이라고 할게. 그때 A양은 갓 데뷔한 파릇파릇한 신인이었어. 보통 신인들끼리는 잘 붙여놓지 않는데, 회사 사정이 그리 좋은 편이 아니었지. 그래서 신입끼리 붙는 상황이 연출되었지. 아무튼 그이후, 난 바닥에서 구르며 A양과 연예계 생활을 함께했지."

"그래서 어떻게 됐어요?"

"간단하게 이야기하면 A양은 떴어. 그런데 문제가 터졌지."

"문제요?"

"막 A양이 이름을 알리고 승승장구를 하려는 시기였어. 노래가 알려지고 행사들이 들어오기 시작할 때였지. 당시 소속사가 많은 부채를 안고 있었는데 그게 하필이면 만기가 얼마 남지 않았던 거야. 결국 궁여지책으로 회사에서는 A양에 대한 권리를 다른 소속사에 위임하면서 돈을 받았지. 본인 동의도 없이."

"네?!"

민진서의 눈이 화등잔만 해졌다.

기획사가 연예인의 동의도 없이 권한을 위임하고 받는다? 그런 말도 안 되는 일이 있었다니, 어이가 없었다.

"그건 당장 고소해도 할 말이 없지 않나요? 그런 계약은 무효잖아요."

"네 말이 맞아. 지금 그런 상황이라면 당연히 지킬 필요도 없겠지. 그런 계약은 애초에 성립 자체가 안 된다는 판례도 있으니 말이야. 하지만 그때는 그런 판례도 없었고, 권한 위임에 대한 명확한 체계도 없던 시절이야. 결국 지루한 법정 싸움을 해야 한다는 이야기야. 이제 막 뜨기 시작한 A양이 활동도 접고 법정싸움에 몰두한다는 건 말도 안 되는 일이잖아. 그 시간에 TV에 얼굴을 더 비치는 게 낫지."

"하하……."

민진서는 기가 막혔다.

불과 몇 년 전만 해도 연예인들에 대한 대우가 좋지 않았다는 건 알고 있었다. 그런데 이런 말도 안 되는 일이 일어났을 줄은 상상도 못했다.

강윤은 차분히 말을 이어갔다.

"그때 난 아무것도 할 수 없었어. 원 소속사 사장님께 빌어도 보고 그쪽 소속사에 찾아가 빌어도 봤지만, 어린애는 빠지라는 말만 들었지. 법적 조치도 알아봤지만…… 법정싸움에 시간을 소비할 여유가 없었던 A양은 결국 울며 겨자 먹기로 그쪽 소속사에 가게 되었어."

"그래서 어떻게 됐어요?"

"처음엔 잘나갔지. 하지만 반짝이었어. 그쪽 소속사는 원래부터 장기적인 계획보다 단기적으로 연예인을 소모시키는 회사로 악명이 높았거든. 계약기간이 끝나고 A양은 연예계를 떠나 소식도 알 수 없게 돼버렸어."

"……."

민진서는 침묵했다.

과거의 연예계가 말도 안 되는 일들이 일어난다는 것은 익히 들어 알고 있었다. 그런데 이 정도일 줄은 생각도 못했다.

그녀는 그런 환경에서도 바른 생각을 하고, 이루어가는 강윤이 더 대단해 보였다.

"그때 난 혈기가 왕성했었나 봐. 적어도 내 곁에 있는 가수

들은 마음 놓고 노래할 수 있게 해주겠다. 이런 생각을 하게
됐어. 그 생각이 지금의 위치까지 이끌지 않았나 생각해."

강윤은 들고 있던 빈 글라스를 내려놓았다.

과거에는 이런 생각으로 기획자에 도전했었고, 실패를 겪
었다. 이후 기획사를 차려 가수를 키웠지만 역시 실패를 반
복했다.

그러나 지금은 완전히 달라져 승승장구.

뒤돌아보지 않고 달려온 몇 년의 시간이 강윤은 뿌듯했다.

민진서는 의자를 당겨 강윤 옆으로 다가왔다.

"……처음 알았어요. 선생님이 이런 생각을 하고 있었다
는 걸."

"이거 쑥스럽네. 오글오글하기도 하고."

"아니에요. 정말 대단해요. 역시, 선생님은 대단해요."

민진서는 엄지손가락을 치켜들자 강윤은 씨익 웃으며 화
답했다.

그녀는 조금은 굳은 얼굴로 화제를 바꿨다.

"후우, 저도 배우 말고 가수를 할 걸 그랬나 봐요."

"그 재능을 썩히려고? 그건 아닌 것 같은데."

강윤은 손사래를 쳤다.

연기에 대해 잘 알지 못했지만, 민진서가 누구보다도 연기
를 할 때 빛이 난다는 것은 잘 알았다.

그런데 그녀에게서 나온 말은 강윤을 굳게 만들었다.

"그랬으면 지금쯤 선생님하고 함께하고 있었…… 겠죠?"

민진서가 강윤의 손을 꼬옥 붙잡았다.

"전 진심으로 월드에 있는 사람들이 부러워요. 선생님을 믿고, 하고 싶은 노래들을 마음껏 하고 있잖아요. 전…… 지금의 회사를 믿을 수도 없는데…… 솔직히…… 너무 힘들어요."

강윤의 손을 잡은 그녀의 손이 가늘게 떨려왔다.

강윤은 한 손으로 그녀의 어깨를 두드려 주었다.

그때.

갑자기 그녀가 강윤의 품에 안겨들었다.

"지, 진서야."

"……잠깐만, 빌릴게요."

그녀는 강윤의 가슴에 얼굴을 묻었다.

강윤은 잠시 망설이다 그녀의 등을 다독이며 긴 머리칼을 쓸어내렸다. 그러자 잠시 들썩이던 그녀가 진정되더니 떨리는 목소리로 말했다.

"저…… 요새 많이…… 힘들거든요."

"……."

강윤은 말없이 그녀의 등을 다독였다.

의자에 앉은 불편한 자세였지만, 그는 아랑곳하지 않고 그녀를 다독이려 애썼다.

시간이 얼마나 지났을까.

그녀는 촉촉이 젖은 눈을 들어 강윤을 올려다보았다.

"진서야. 진……!"

쪽.

그녀의 입술이 강윤의 입에 맞닿았다.

김지민이 없는 스튜디오는 인문희의 차지였다.

학교에서 초등학생들과 전쟁을 치르고 월드엔터테인먼트에 나온 인문희에겐 또 다른 전쟁이 기다리고 있었다.

그것은 다름 아닌 일본어와의 전쟁이었다.

ーこんにちは(안녕하세요).

컴퓨터에 앉아 일본어 동영상 강의를 보며 인문희는 펜을 열심히 굴렸다.

'코…… 뭐라고?'

아이들을 가르치는 일을 업으로 삼고 있었지만, 공부를 하는 일은 쉽지 않았다.

그래도 그녀는 포기하지 않고 열심히 필기도 해가며 공부에 열중했다.

그렇게 30분.

강의 하나가 끝나자 그제야 그녀는 기지개를 피며 자리에서 일어났다.

"으으, 어려워. 엔카인지 잉카 때문인지…… 일어는 모르겠드아!"

강윤의 지시로 듣게 된 일본어 강의였다. 차라리 영어였으면 나았을 것을…….

하지만 사장이 하라고 하면 해야지, 별수도 없었다.

인문희가 그렇게 온몸으로 외국어를 거부하고 있을 때, 스튜디오 문이 열리며 이현지가 들어섰다.

"이, 이사님."

"문희 씨, 안녕. 내가 방해했나요?"

"아, 아닙니다."

인문희는 당황했다.

혹여 이현지가 자신이 툴툴대는 걸 들었을까 봐 걱정되었다. 이제 신입인데 벌써부터 찍히면 곤란한 일이 벌어질 테니…….

그러나 이현지는 그녀의 생각과 다르게 부드럽게 웃으며 말을 걸어왔다.

"일본어 공부는 잘되어 가나요?"

"쉽지 않습니다. 제가 외국어는 워낙 부족해서……."

인문희는 한숨을 쉬며 고개를 흔들자 이현지가 그녀 옆에 다가와 교재로 눈을 돌렸다.

"그래요? 그럼 어디 같이 볼까요?"

"네?"

인문희의 눈이 휘둥그레졌다. 이사와 함께 공부를 한다니…… 도무지 머릿속에 그림이 그려지지 않았다.

이현지의 위치가 학교의 교감 정도 된다고 생각한 인문희에겐 큰 충격이었다.

"문희 씨. 앉아요. 보컬 연습도 하려면 여기에 투자할 시간이 길지 않으니까요."

"네!"

인문희는 목소리에 힘을 주며 자리에 앉았다.

중국에서의 짧은 일정을 마치고 강윤은 한국으로 돌아왔다.

아침 비행기로 돌아온 그를 이현지가 마중 나왔다.

주차장에서 차에 짐을 싣는데, 강윤의 모습이 이상하게 풀려 있었다.

그 모습에 의아했던 이현지가 물었다.

"사장님. 무슨 좋은 일 있었나요?"

"네?"

"표정이…… 이상하게 좋아 보이네요? 흐음, 나 몰래 좋은 거 드시고 오셨어요?"

갑자기 날아든 돌직구에 강윤은 어깨를 으쓱였다.

"하하, 그럴 리가 있겠습니까? 오늘 컨디션이 좋아서 그런가 봅니다."

"그런가요? 이상하네. 분위기가 조금 변한 것 같은데……."

평소의 강윤은 부드러웠지만, 쉽게 접근하기 힘든 그런 분위기를 풍겨왔다. 그런데 지금은 그런 힘든 분위기는 온데간데없이 사라져 있었다.

이유가 궁금했지만, 이현지는 억지로 묻지는 않았다.

강윤은 바로 회사로 향했다.

몸은 피곤했지만, 사장이라는 위치는 쉽게 휴식을 허락하지 않았다.

"형. 오셨어요?"

스튜디오 문을 여니, 먼저 도착한 김재훈이 악보를 내려놓으며 그를 맞아주었다.

강윤은 그와 손을 맞잡으며 반가움을 표하고는 바로 용건을 이야기했다.

"애들한테 받은 곡은 괜찮았어?"

"확실히 이전보다 나았어요. 편곡이 나와 봐야 알겠지만, 분위기는 좋은 것 같아요."

"그래? 목에는 무리 안 갈 것 같고?"

"제 목이 유리도 아니고……."

김재훈이 가볍게 손사래를 치자 강윤은 껄껄대며 웃었다.

강윤은 컴퓨터에서 희윤이 보낸 음악파일과 악보를 열어 재생했다. 곧 스피커에서 피아노 소리가 울려나왔고, 강윤은 모니터에 뜬 악보를 날선 눈으로 바라보았다.

'흠…….'

하얀빛을 만들어내는 악보들은 이제는 당연한 듯했다. 음 높이도 적절했다. 3옥타브 C까지가 최대였다. 김재훈은 그 부분에 아쉬움을 드러냈지만, 그래도 곡에는 만족했는지 곡을 반려하거나 하지는 않았다.

하얀빛이 천천히 사그라지는 모습을 보며, 강윤은 김재훈에게로 눈을 돌렸다.

"나쁘지 않네. 이제 남은 건 편곡이네."

"후렴만 조금 굴곡지게 바꿨으면 좋겠어요. 아, 편곡은 형이 해주시는 건가요?"

은연중에 김재훈은 강윤의 편곡을 기대하고 있었다. 강윤도 그걸 알았는지 웃으며 고개를 끄덕였다.

"모처럼 힘 좀 써볼까? 안감이 잘 나왔으니 좋은 옷을 만들 수 있을 거야."

"잘 부탁해요, 형."

"너도 조금씩 연습해 두고. 가사는 직접 써보는 게 어때?"

"그럴게요. 느낌이 괜찮아서 금방 나올 것 같아요."

김재훈의 디지털 싱글에 대한 이야기는 그렇게 척척 진행되어 갔다.

to be continued

8클래스 마법사의 회귀

인류 최초의 8클래스 마법사 이안 페이지.
배신 끝에 30년 전으로 돌아오다.

설령 세상이 무너지는 한이 있더라도.
상상을 초월한 적이 눈앞에 나타나더라도.
지키고픈 이들을 반드시 지켜낼 수 있는 힘.

'그 힘이 적당할 필요는 없어.'

소중한 이들을 지키기 위한,
8클래스 이안 페이지의 일대기!